破解 JLPT
新日檢 N3
高分合格單字書

考題字彙最強蒐錄與攻略

· · · · ·

前言

在語言學習中，記憶單字是所有學習過程的基礎。就日語而言，大多數單字需要與漢字一起學習，因此許多學習者會覺得比其他語言更難。本書的編寫目的是為了幫助日語 N3 能力檢定的考生減輕學習負擔，並期盼他們能在閱讀的過程中提高日語能力。

這本單字書具有以下特點：

(1) 精心挑選的詞語呈現

透過分析 2010 年以後的考試資訊，我們精選了 1,080 個在 N3 考試中出現頻率較高的單字，以幫助考生高效學習。另外，還額外提供了 N4、N5 的重要單字，它們是 N3 學習的基礎，讓考生的學習只需要一本書即可完成。

(2) 透過例句理解單字

單字一個個地背誦固然很好，但如果透過完整的語句來記憶，將更容易理解且可以讓記憶更加持久。參考過往的試題，本書提供新的例句，幫助您理解單字意義、閱讀例句及應對文法。

(3) 透過聽力進行深度學習

所有單字和例句均以母語人士的正確發音錄製，以便您可以透過聽力來記憶，這對於考生準備聽力測驗非常有用。

(4) 高效的學習技巧

所有單元皆根據出題頻率進行分類，並依照單字詞性排列，為了讓學習更有效率，將上述分類規劃為 30 天來學習。

如果您能持之以恆每天學習 36 個單字，這本單字書將能發揮最大的作用，不僅幫助您高分考取 N3 檢定，還能讓您對日語充滿自信。我誠摯地希望本書對您的高分通過和技能提升能有所幫助。

金星坤

目次

前言 03

讀書計畫 06

本書的架構說明 08

本書的使用方法 10

★★★
Chapter 01・第一順位單字 11

| 名詞・動詞 | **Day 01** 學習單字｜1天1分鐘驗收 .... 12 |

Day 02 學習單字｜1天1分鐘驗收 20

Day 03 學習單字｜1天1分鐘驗收 28

Day 04 學習單字｜1天1分鐘驗收 36

Day 05 學習單字｜1天1分鐘驗收 44

Day 06 學習單字｜1天1分鐘驗收 52

Day 07 學習單字｜1天1分鐘驗收 60

Day 08 學習單字｜1天1分鐘驗收 68

形容詞 **Day 09** 學習單字｜1天1分鐘驗收 76

副詞・連接詞 **Day 10** 學習單字｜1天1分鐘驗收 84

實戰練習 92

★★☆
Chapter 02・第二順位單字 95

名詞・動詞 **Day 11** 學習單字｜1天1分鐘驗收 96

Day 12 學習單字｜1天1分鐘驗收 104

Day 13 學習單字｜1天1分鐘驗收 112

Day 14 學習單字 | 1 天 1 分鐘驗收 ………… 120

Day 15 學習單字 | 1 天 1 分鐘驗收 ………… 128

Day 16 學習單字 | 1 天 1 分鐘驗收 ………… 136

Day 17 學習單字 | 1 天 1 分鐘驗收 ………… 144

Day 18 學習單字 | 1 天 1 分鐘驗收 ………… 152

形容詞 　**Day 19** 學習單字 | 1 天 1 分鐘驗收 ………… 160

副詞・連接詞 　**Day 20** 學習單字 | 1 天 1 分鐘驗收 ………… 168

實戰練習 ………………………………… 176

★ ☆ ☆
Chapter 03 · 第三順位單字 ………… 179

名詞・動詞 　**Day 21** 學習單字 | 1 天 1 分鐘驗收 ………… 180

Day 22 學習單字 | 1 天 1 分鐘驗收 ………… 188

Day 23 學習單字 | 1 天 1 分鐘驗收 ………… 198

Day 24 學習單字 | 1 天 1 分鐘驗收 ………… 204

Day 25 學習單字 | 1 天 1 分鐘驗收 ………… 212

Day 26 學習單字 | 1 天 1 分鐘驗收 ………… 220

Day 27 學習單字 | 1 天 1 分鐘驗收 ………… 228

Day 28 學習單字 | 1 天 1 分鐘驗收 ………… 236

形容詞 　**Day 29** 學習單字 | 1 天 1 分鐘驗收 ………… 244

副詞・連接詞 　**Day 30** 學習單字 | 1 天 1 分鐘驗收 ………… 252

實戰練習 ………………………………… 260

附錄　補充詞彙 480 ……………………… 264

索引 ………………………………………… 296

讀書計畫

○ **Day 01** ___月___日
‣ 名詞·動詞
‣ 1 天 1 分鐘驗收

○ 複習 第 1 回
○ 複習 第 2 回

○ **Day 02** ___月___日
‣ 名詞·動詞
‣ 1 天 1 分鐘驗收

○ 複習 第 1 回
○ 複習 第 2 回

○ **Day 03** ___月___日
‣ 名詞·動詞
‣ 1 天 1 分鐘驗收

○ 複習 第 1 回
○ 複習 第 2 回

○ **Day 07** ___月___日
‣ 名詞·動詞
‣ 1 天 1 分鐘驗收

○ 複習 第 1 回
○ 複習 第 2 回

○ **Day 08** ___月___日
‣ 名詞·動詞
‣ 1 天 1 分鐘驗收

○ 複習 第 1 回
○ 複習 第 2 回

○ **Day 09** ___月___日
‣ 形容詞
‣ 1 天 1 分鐘驗收

○ 複習 第 1 回
○ 複習 第 2 回

○ **Day 13** ___月___日
‣ 名詞·動詞
‣ 1 天 1 分鐘驗收

○ 複習 第 1 回
○ 複習 第 2 回

○ **Day 14** ___月___日
‣ 名詞·動詞
‣ 1 天 1 分鐘驗收

○ 複習 第 1 回
○ 複習 第 2 回

○ **Day 15** ___月___日
‣ 名詞·動詞
‣ 1 天 1 分鐘驗收

○ 複習 第 1 回
○ 複習 第 2 回

○ **Day 19** ___月___日
‣ 形容詞
‣ 1 天 1 分鐘驗收

○ 複習 第 1 回
○ 複習 第 2 回

○ **Day 20** ___月___日
‣ 副詞 · 連接詞
‣ 1 天 1 分鐘驗收

○ 複習 第 1 回
○ 複習 第 2 回

○ **Day 21** ___月___日
‣ 名詞·動詞
‣ 1 天 1 分鐘驗收

○ 複習 第 1 回
○ 複習 第 2 回

○ **Day 25** ___月___日
‣ 名詞·動詞
‣ 1 天 1 分鐘驗收

○ 複習 第 1 回
○ 複習 第 2 回

○ **Day 26** ___月___日
‣ 名詞·動詞
‣ 1 天 1 分鐘驗收

○ 複習 第 1 回
○ 複習 第 2 回

○ **Day 27** ___月___日
‣ 名詞·動詞
‣ 1 天 1 分鐘驗收

○ 複習 第 1 回
○ 複習 第 2 回

○ **Day 04** ＿＿月 ＿＿日
‣ 名詞·動詞
‣ 1 天 1 分鐘驗收

○ 複習 第 1 回
○ 複習 第 2 回

○ **Day 05** ＿＿月 ＿＿日
‣ 名詞·動詞
‣ 1 天 1 分鐘驗收

○ 複習 第 1 回
○ 複習 第 2 回

○ **Day 06** ＿＿月 ＿＿日
‣ 名詞·動詞
‣ 1 天 1 分鐘驗收

○ 複習 第 1 回
○ 複習 第 2 回

○ **Day 10** ＿＿月 ＿＿日
‣ 副詞 · 連接詞
‣ 1 天 1 分鐘驗收

○ 複習 第 1 回
○ 複習 第 2 回

○ **Day 11** ＿＿月 ＿＿日
‣ 名詞·動詞
‣ 1 天 1 分鐘驗收

○ 複習 第 1 回
○ 複習 第 2 回

○ **Day 12** ＿＿月 ＿＿日
‣ 名詞·動詞
‣ 1 天 1 分鐘驗收

○ 複習 第 1 回
○ 複習 第 2 回

○ **Day 16** ＿＿月 ＿＿日
‣ 名詞·動詞
‣ 1 天 1 分鐘驗收

○ 複習 第 1 回
○ 複習 第 2 回

○ **Day 17** ＿＿月 ＿＿日
‣ 名詞·動詞
‣ 1 天 1 分鐘驗收

○ 複習 第 1 回
○ 複習 第 2 回

○ **Day 18** ＿＿月 ＿＿日
‣ 名詞·動詞
‣ 1 天 1 分鐘驗收

○ 複習 第 1 回
○ 複習 第 2 回

○ **Day 22** ＿＿月 ＿＿日
‣ 名詞·動詞
‣ 1 天 1 分鐘驗收

○ 複習 第 1 回
○ 複習 第 2 回

○ **Day 23** ＿＿月 ＿＿日
‣ 名詞·動詞
‣ 1 天 1 分鐘驗收

○ 複習 第 1 回
○ 複習 第 2 回

○ **Day 24** ＿＿月 ＿＿日
‣ 名詞·動詞
‣ 1 天 1 分鐘驗收

○ 複習 第 1 回
○ 複習 第 2 回

○ **Day 28** ＿＿月 ＿＿日
‣ 名詞·動詞
‣ 1 天 1 分鐘驗收

○ 複習 第 1 回
○ 複習 第 2 回

○ **Day 29** ＿＿月 ＿＿日
‣ 形容詞
‣ 1 天 1 分鐘驗收

○ 複習 第 1 回
○ 複習 第 2 回

○ **Day 30** ＿＿月 ＿＿日
‣ 副詞 · 連接詞
‣ 1 天 1 分鐘驗收

○ 複習 第 1 回
○ 複習 第 2 回

本書的架構說明

▌本文

單元預覽
可先聆聽 MP3 檔案，預覽今天要學習的單字。

學習單字
研讀考試必備單字，按照出題頻率和詞性整理了出題單字與預測單字，讓學習更有效率。

1 天 1 分鐘驗收
透過簡單的測驗確認是否已熟記單字。

實戰練習
模擬日本語能力試驗的題型來準備考試。

▌附錄

補充詞彙 480
收錄高分必備的重要單字。

索引
將全書的單字按照 50 音排序，方便輕鬆查找。

▌別冊

必考單字
收錄本書中出題率最高的單字，方便考前能快速瀏覽。

重點整理
整理了各種有用的 tip，讓你一目瞭然。

複習
利用表格記錄不易記住的單字，讓學習更有效率。

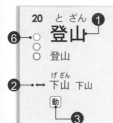

❶ **主要單字**：考試必備單字。記住單字後可用遮色片遮住複習。

❷ **補充單字**：整理出近似詞（≒）、反義詞（↔）、相關詞彙（＋）。

❸ **詞性標示**：

　　動 表示加上する可做動詞用。

　　名 表示去掉だ可當作名詞用。

　　　＊表示副詞可當名詞用。

　　ナ 表示也可當成ナ形容詞用。

❹ **例句**：透過例句自然掌握單字的意思與使用方法。

❺ **補充說明**：整理了日本語能力測驗所需的相關訣竅。

　　＊**易錯的漢字讀法**　　　整理了考生易犯的漢字讀法。

　　＊**筆劃類似的漢字**　　　整理了外形相似、易混淆的漢字。

　　＊**句型與語氣比較**　　　說明近似詞、同音異義詞等易混淆單字的差別，幫助準備
　　　　　　　　　　　　　　＜前後關係＞、＜用法＞題型。

　　＊**自．他動詞比較（N3）**　列出易混淆的自動詞、他動詞，方便比較。

❻ **Check Box**：用遮色片遮住後，若能閱讀和説出意思，就在圓圈中作標記，
　　　　　　　　為了牢牢記住，別忘了要複習喔。

本書的單字是針對日本語能力試驗，不能當作字典使用。本書的
動詞與形容詞都以基本形標示，**ナ** 形容詞則是以 **だ** 形標記，而
不是字典形。

本書的使用方法

 Step 1 本回預覽

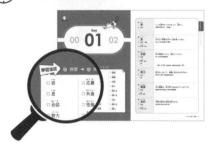

先預覽當天要學的單字,把已經會的單字打勾以掌握還有哪些不會的單字,幫助有效學習。

 Step 2 跟著複誦

請掃描左方 QR Code,可聆聽本書的 MP3 音檔,各單元隨選隨聽。聆聽時,請跟著複誦,最少 2 次。用眼睛看、耳朵聽、嘴巴唸,背誦效果會更好。

 Step 3 背誦單字

跟著複誦後,就開始背單字。研讀完一天份的單字之後,用遮色片遮住,測試自己是否都記住了。可將背不熟的單字整理在別冊中以便複習。

 Step 4 驗收練習

利用 < 1 天 1 分鐘驗收 > 確認是否已記住當天的單字。每一單元結束後可挑戰 < 實戰練習 >,幫助複習及應考。

Chapter
01

★★★
第一順位單字
Day 01~10

Day

00　**01**　02

 學習進度　◯ 預習 → ◯ 熟讀 → ◯ 背誦 → ◯ 測驗

□ 岩 <small>いわ</small>	□ 応募 <small>おう ぼ</small>	□ 指示 <small>し じ</small>	□ 原料 <small>げんりょう</small>
□ 息 <small>いき</small>	□ 外食 <small>がいしょく</small>	□ 全部 <small>ぜん ぶ</small>	□ 整理 <small>せい り</small>
□ 合図 <small>あい ず</small>	□ 性格 <small>せいかく</small>	□ 家賃 <small>や ちん</small>	□ 自由 <small>じ ゆう</small>
□ 努力 <small>ど りょく</small>	□ 訪問 <small>ほう もん</small>	□ 現在 <small>げんざい</small>	□ 笑う <small>わら</small>
□ 表面 <small>ひょうめん</small>	□ 影響 <small>えいきょう</small>	□ 案内 <small>あんない</small>	□ 集める <small>あつ</small>
□ 目的 <small>もくてき</small>	□ 空席 <small>くうせき</small>	□ 協力 <small>きょうりょく</small>	□ 届ける <small>とど</small>
□ 料金 <small>りょうきん</small>	□ 首都 <small>しゅ と</small>	□ 地球 <small>ち きゅう</small>	□ 包む <small>つつ</small>
□ 活動 <small>かつどう</small>	□ 卒業 <small>そつぎょう</small>	□ 解決 <small>かいけつ</small>	□ 疲れる <small>つか</small>
□ 意志 <small>い し</small>	□ 未来 <small>み らい</small>	□ 希望 <small>き ぼう</small>	□ 頼む <small>たの</small>

| 01 ○○○ | いわ
岩
岩石 | ここは岩がたくさんあって、危ない。
這裡有很多岩石，很危險。 |

| 02 ○○○ | いき
息
氣息、呼吸
≒ 呼吸 呼吸 | 山の上で何度も大きく息を吸ってみた。
在山上多次試著大口吸氣。 |

| 03 ○○○ | あいず
合図
信號
≒ 信号 信號
動 | 私が合図をしたら、始めてください。
我一打信號就請開始。

「合図」和「信号」意思相同，但會話中較常使用「信号」。 |

| 04 ○○○ | どりょく
努力
努力
動 | 努力もしないで、試験に受かるはずがない。
都不努力是不可能通過考試的。 |

| 05 ○○○ | ひょうめん
表面
表面
≒ 表 表面 | 月の表面は、砂や岩でおおわれているそうだ。
聽說月球表面被沙子和岩石覆蓋著。 |

| 06 ○○○ | もくてき
目的
目的
＋ 目標 目標 | 今回の旅行の目的は何ですか。
這次旅行的目的是什麼？ |

07 りょうきん
料金
費用、收費

+ ひよう 費用 費用

来月からタクシー料金が上がるらしい。

下個月開始計程車費用好像會提高。

りょうきん
料金：費用
かもく
科目：科目

---

08 かつどう
活動
活動
[動]

就職活動のために、先輩の会社を訪問した。

因為求職活動拜訪了前輩的公司。

---

09 いし
意志
意志

+ いし 意思 想法

自分の意志で何かを決めることは大切だ。

以自己的意志決定事情是很重要的。

いし
意思：指自己在想的事情。
いし
意志：指對某行動的決心。

---

10 おうぼ
応募
報名參加、應徵
[動]

彼は写真コンテストに応募して優勝した。

他參加攝影比賽獲得第一名。

---

11 がいしょく
外食
外食
[動]

最近、外食ばかりしている。

最近總是外食。

---

12 せいかく
性格
性格

彼女は明るい性格で、みんなに愛されている。

她的性格開朗，受到大家的喜愛。

13 ほうもん
〇〇〇
〇〇 **訪問**
訪問
動

しゅしょう あした かっこく こうしきほうもん
首相は明日からアジア各国を公式訪問する。
首相從明天起正式訪問亞洲各國。

ほうもん
訪問：訪問
せんもん
専門：專業

14 えいきょう
〇〇〇
〇〇 **影響**
影響
動

たいふう えいきょう ひこうき しゅっぱつ おく
台風の影響で飛行機の出発が遅れた。
因為颱風的影響，飛機的起飛延遲了。

15 くうせき
〇〇〇
〇〇 **空席**
空位

ゆ ひこうき くうせき
ロンドン行きの飛行機に空席はありますか。
往倫敦的飛機還有空位嗎？

16 しゅと
〇〇
〇〇 **首都**
首都

しゅと
イギリスの首都はどこですか。
英國的首都在哪裡？

17 そつぎょう
〇〇
〇〇 **卒業**
畢業
にゅうがく
↔ 入学 入學
動

だいがく そつぎょう おや こうこう おも
大学を卒業したので、親に孝行しようと思う。
因為大學畢業了，所以想孝順父母。

18 みらい
〇〇〇
〇〇 **未来**
未來

じんるい みらい かんきょう ほご
人類の未来のために環境を保護するべきだ。
為了人類的未來，應該保護環境。

みらい
未来：指與過去相對的客觀時間。
しょうらい
将来：指接下來會到來的主觀時間。

19 しじ
指示
○○○
指示
[動]

ぶちょう しりょう ぶか しじ
部長は資料をコピーするように部下に指示した。
部長指示了部下複印資料。

---

20 ぜんぶ
全部
○○○
全部
↔ いちぶ
一部 一部分

しごと ひとり ぜんぶ むり
この仕事を一人で全部やるのは無理かもしれない。
一個人全部做完這項工作或許太勉強了。

---

21 やちん
家賃
○○○
房租

えき とお やちん やす
駅から遠くなると、家賃は安くなる。
離車站遠的話，房租就會變便宜。

• **家**
や　家賃：房租
か　家族：家人

---

22 げんざい
現在
○○○
現在
≒ いま
今 現在

わたし そぼ げんざい さい
私の祖母は現在85歳です。
我的奶奶現在85歲了。

---

23 あんない
案内
○○○
導覽、引導
≒ ガイド 導覽（guide）
[動]

かいじょう うけつけ あんない ひと
会場の受付に案内の人がいる。
會場的接待處有導覽員。

あんない
案内：導覽、引導
あんぜん
安全：安全

---

24 きょうりょく
協力
○○○
配合、合作
[動]

しごと せいこう みな きょうりょく
この仕事が成功したのは皆さんのご協力のおかげです。
這項工作能成功是歸功於大家的合作。

25 ちきゅう
地球
○○○
○○ 地球

わたし　す　ちきゅう　かんきょう　まも
私たちの住む地球の環境を守りましょう。

一起來守護我們所居住的地球環境吧。

---

26 かいけつ
解決
○○○
○○ 解決
動

もんだい　ふたり　はな　あ　かいけつ
この問題は、二人が話し合って解決したほうがいい。

這個問題兩個人討論解決比較好。

---

27 きぼう
希望
○○○
○○ 期望、希望
のぞ
≒ 望み 希望
動

むすこ　だいがく　しんがく　きぼう
息子は大学に進学することを希望している。

兒子希望上大學。

---

28 げんりょう
原料
○○○
○○ 原料
ざいりょう
≒ 材料 材料

せいひん　げんりょう　ね　あ
製品の原料がどんどん値上がりしている。

產品的原料正不斷地漲價。

---

29 せいり
整理
○○○
○○ 整理
動

かれ　せいり　へた　へや
彼は整理が下手なので、部屋はごみだらけだ。

因為他不擅長整理，所以房間全是垃圾。

---

30 じゆう
自由
○○○
○○ 自由
ふじゆう
↔ 不自由 不自由、不方便
ナ

りょこう　い　じゆう　たの
旅行に行って、自由を楽しむ。

去旅行，享受自由。

じゆう
自由：自由
きょくせん
曲線：曲線

Day
01

31 わら
○ 笑う
○○ 笑

せんせい わら わたし しつもん こた
先生は笑いながら、私の質問に答えてくれた。
老師一邊笑一邊回答我的疑問。
わら
笑う：笑（自動詞）
わら
笑う：譏笑、取笑（他動詞）
わら
（※「笑う」可以作為自動詞，也可以作為他動詞。）

32 あつ
○ 集める
○ 蒐集

おとうと でんしゃ かん しゃしんしゅう あつ
弟は電車に関する写真集を集めている。
弟弟正在蒐集和電車有關的照片集。

あつ
集まる：聚集（自動詞）
あつ
集める：蒐集（他動詞）

33 とど
○ 届ける
○ 傳遞、送達、申報

に もつ きょうじゅう とど
荷物は今日中にお届けします。
行李會在今天內送達。

とど
届く：送達（自動詞）
とど
届ける：送達（他動詞）

34 つつ
○ 包む
○○ 包起來

つつ
これ、プレゼントなんですが、包んでいただけますか。
這個是禮物，可以幫我包裝嗎？

35 つか
○ 疲れる
○ 疲倦

きょう つか はや かえ
今日は疲れたから早く帰ろう。
今天很疲倦，所以我們早點回去吧。

36 たの
○ 頼む
○○ 請求、訂購

たの
レストランでピザを頼む。
在餐廳點披薩。

ちゅうもん
⇌ 注文する 訂購

たの ちゅうもん ちゅうもん
「頼む」和「注文する」都有訂購的意思，但「注文する」的意思更強烈，
たの
此外「頼む」還有拜託他人的意思。

1天1分鐘驗收

1 請在 a、b 當中選出相符的讀音。

1. 家賃　（a. かちん　　　b. やちん）

2. 指示　（a. じし　　　　b. しじ）

3. 空席　（a. くうせき　　b. こうせき）

2 請依據讀音在 a、b 當中選出相符的單字。

4. りょうきん　　　（a. 料金　　b. 科金）

5. じゆう　　　　　（a. 自曲　　b. 自由）

6. あんない　　　　（a. 案内　　b. 安内）

3 請從 a、b 當中選出最合適的詞。

7. これ、プレゼントなんですが、（a. 包んで　b. 頼んで）いただけますか。

8. 弟は電車に関する写真集を（a. 集まって　b. 集めて）いる。
　　おとうと　でんしゃ　かん　　　　しゃしんしゅう

9. 首相は明日からアジア各国を公式（a. 訪問　b. 応募）する。
　　しゅしょう　あした　　　　　　かっこく　こうしき

答案 1ⓑ　2ⓑ　3ⓐ　4ⓐ　5ⓑ　6ⓐ　7ⓐ　8ⓑ　9ⓐ

MP3 01-02

Day
01 **02** 03

學習進度 ● 預習 → ● 熟讀 → ● 背誦 → ● 測驗

□ しお 塩	□ そうたい 早退	□ はっけん 発見	□ ぎもん 疑問
□ みずうみ 湖	□ かいしゅう 回収	□ たいりょく 体力	□ ちゅうもん 注文
□ とうじつ 当日	□ しぜん 自然	□ あいて 相手	□ こうかん 交換
□ ねんじゅう／ねんちゅう 年中／年中	□ おうだん 横断	□ ふあん 不安	□ まも 守る
□ そうだん 相談	□ しょうひ 消費	□ けいさん 計算	□ やぶ 破れる
□ ぶんしょう 文章	□ めんせつ 面接	□ せいかい 正解	□ わか 別れる
□ ないしょ 内緒	□ るす 留守	□ もくひょう 目標	□ さ 覚める
□ かんさつ 観察	□ きげん 期限	□ しゅちょう 主張	□ ちが 違う
□ きんし 禁止	□ ねだん 値段	□ ほうこう 方向	□ お 終わる

01
しお
塩
○
○○
○
鹽

＋ しおから
塩辛い 鹹

しお わた
塩を渡してくれませんか。

可以拿鹽給我嗎？

02
みずうみ
湖
○
○○
○
湖

やま うえ みずうみ
この山の上には湖がある。

這座山上有湖。

03
とうじつ
当日
○
○○
○
當天

＋ きょう
今日 今天

りょうきん とうじつ げんきん しはら
料金は当日、現金で支払ってください。

費用請當天用現金支付。

とうじつ
当日：指事件發生的那天，可以用於過去和未來。
きょう
今日：指今天。

04
ねんじゅう ねんちゅう
年中／年中
○
○○
○
整年

＋ ねんじゅう む きゅう
年中無休 全年無休

ねんじゅう
あのスーパーは、年中、セールをしている。

那家超市整年都在打折。

05
そうだん
相談
○
○○
○
商量

⇌ はな あ
話し合い 商量
動

か ぞく そうだん き
家族と相談してから決めます。

和家人商量後再決定。

06
ぶんしょう
文章
○
○○
○
文章

かれ ぶんしょう わ
彼の文章は分かりにくい。

他的文章很難懂。

07 ないしょ
○○○
内緒
○○
秘密

≒ 秘密 秘密
ひみつ

かびん わ おや ないしょ
花瓶を割ったことは親には内緒にしておいた。
向父母隱瞞了打破花瓶的事。

ないしょ
内緒：只對特定少數的人保密。
ひみつ
秘密：沒有特定的隱藏對象，無論對象是誰都一概保密。

---

08 かんさつ
○○○
観察
○○
観察
[動]

かんさつ けっか
観察の結果をレポートにまとめる。
將觀察的結果整理成報告。

---

09 きんし
○○○
禁止
○○
禁止

↔ 許可 許可
きょか
[動]

ちゅうしゃ ていしゃ きんし
ここは駐車だけでなく停車も禁止されている。
這裡不只禁止停車還禁止臨停。

---

10 そうたい
○○○
早退
○○
早退
[動]

からだ ぐあい わる がっこう そうたい
体の具合が悪くて学校を早退した。
身體不舒服，從學校早退了。

---

11 かいしゅう
○○○
回収
○○
回収
[動]

ようし かいしゅう
アンケート用紙を回収します。
回收問卷用紙。

---

12 しぜん
○○○
自然
○○
自然
[ナ]

いま うつく しぜん まも たいせつ
今の美しい自然を守ることが大切だ。
守護現在美麗的自然是很重要的。

• 自
し 自然：自然
しぜん
じ 自分：自己
じぶん

13 おうだん
○○○ **横断**
○○ 横断、穿越

＋ おうだん ほ どう
横断歩道 行人穿越道
[動]

どう ろ　　おうだん　　　　くるま　き
道路を横断するときは車に気をつけましょう。

過馬路的時候要注意車輛。

---

14 しょう ひ
○○○ **消費**
○○ 消費

→ せいさん
生産 生産
[動]

こめ　しょう ひ りょう　へ　つづ
米の消費量は減り続けている。

米的消費量持續減少中。

---

15 めんせつ
○○○ **面接**
○○ 面試
[動]

めんせつ し けん　　　ご ご おこな
面接試験は、午後行われる。

面試在下午舉行。

---

16 る す
○○○ **留守**
○○ 外出

≒ ふ ざいちゅう
不在中 不在

とも　　　でん わ　　　　る す
友だちに電話したが、留守だった。

打了電話給朋友，但對方不在家。

・留
　　　　　　　る す
　る　　　留守：外出
　　　　　　　りゅうがく
　りゅう　留学：留學

---

17 き げん
○○○ **期限**
○○ 期限

≒ し き
締め切り 截止日期

ていしゅつ き げん　まも
レポートの提出期限を守る。

遵守報告的繳交期限。

---

18 ね だん
○○○ **値段**
○○ 價錢

≒ か かく
価格 價格

あめ ぶ そく　　や さい　ね だん　あ
雨不足で、野菜の値段が上がった。

由於缺雨，蔬菜的價格上漲了。

19 はっけん
○ **発見**
○
○ 發現
動

どうぶつ　　はっけん
めずらしい動物が発見された。

發現了罕見的動物。

---

20 たいりょく
○ **体力**
○
○ 體力

びょうき　　　　たいりょく　お
病気をしてから体力が落ちている。

生病之後體力下降了。

---

21 あい て
○ **相手**
○
○ 對方

あい て　　わる　　　　　ひ なん
相手の悪いところを非難する。

指責對方的缺點。

---

22 ふ あん
○ **不安**
○
○ 不安、擔心

あんしん
↔ 安心　安心
ナ

はじ　　　　はっぴょう　　　ふ あん　おお
初めての発表なので不安が大きい。

因為是第一次發表，所以很不安。

---

23 けいさん
○ **計算**
○
○ 計算

かんじょう
≒ 勘定　計算
動

けいさん　　ま ちが　　　　　しゅうせい
計算に間違いがあって修正した。

計算中有錯誤，所以修正了。

けいさん
計算：指計算數量。
かんじょう
勘定：指付款或計算東西、金錢的數量。

---

24 せいかい
○ **正解**
○
○ 正確答案

かいとう
≒ 解答　解答

つぎ　　もんだい　　せいかい　　か
次の問題の正解を書いてください。

請寫出下個問題的正確答案。

25 もくひょう
○○○ **目標**
○○
目標

＋ もくてき
目的 目的

う あ もくひょう たっせい
売り上げの目標を達成する。

達到營業額的目標。

---

26 しゅちょう
○○○ **主張**
○○
主張、論點

≒ いけん
意見 意見
[動]

かれ しゅちょう さんせい
彼の主張には賛成できない。

無法贊同他的主張。

---

27 ほうこう
○○ **方向**
○○
方向

≒ ほうめん
方面 方面

えき ほうこう
駅はどちらの方向ですか。

車站在哪個方向？

ほうこう
方向：指前進的方向、目標。
ほうめん
方面：指限定了方向的大概區域。

---

28 ぎ もん
○○○ **疑問**
○○
疑問

ちょう さ けっ か ぎ もん かん
調査結果に疑問を感じる。

對調查結果感到疑問。

---

29 ちゅうもん
○○○ **注文**
○○
訂購

≒ オーダー

訂購（order）
[動]

ちゅうもん ほん とど
注文した本が届いた。

訂購的書送達了。

---

30 こうかん
○○ **交換**
○○
交換、替換

≒ と か
取り替え 更換
[動]

でん ち こうかん
リモコンの電池を交換した。

替換了遙控器的電池。

31 まも
守る
○○○
守護、保護

↔ 攻める 攻撃

くに こくみん まも せきにん
国は国民を守る責任がある。
國家有保護國民的責任。

---

32 やぶ
破れる
○○○
破、破損

たいせつ ほん やぶ
大切な本が破れてしまった。
重要的書破了。

やぶ
破れる：破、破損（自動詞）
やぶ
破る：撕破、弄破（他動詞）

---

33 わか
別れる
○○○
分開、分別

↔ 会う 見面

えき とも わか いえ かえ
駅で友だちと別れて家に帰った。
在車站和朋友分別後回家了。

---

34 さ
覚める
○○○
醒來、睜開眼睛

あさはや め さ
朝早く目が覚めてしまった。
早上很早就醒了。

さ
覚める：醒來（自動詞）
さ
覚ます：喚醒（他動詞）

---

35 ちが
違う
○○○
錯誤、不同

しょうひん ね だん ちが
商品によって値段が違う。
價格因商品而不同。

---

36 お
終わる
○○○
結束

いま じゅぎょう お
今、授業が終わったところです。
現在課程剛結束。

お
終わる：結束（自動詞）
お
終える：做完、結束（他動詞）

1天1分鐘驗收

1 請在 a、b 當中選出相符的讀音。

1. 留守 (a. るす　　　b. りゅうしゅ)

2. 年中 (a. ねんちょう　b. ねんじゅう)

3. 自然 (a. じぜん　　　b. しぜん)

2 請依據讀音在 a、b 當中選出相符的單字。

4. しょうひ　　　　(a. 消費　b. 削費)

5. ちゅうもん　　　(a. 柱文　b. 注文)

6. ちがう　　　　　(a. 違う　b. 偉う)

3 請從 a、b 當中選出最合適的詞。

7. 大切な本が(a. 破って　b. 破れて)しまった。

8. 今、授業が(a. 終わった　b. 終えた)ところです。

9. 朝早く目が(a. 覚まして　b. 覚めて)しまった。

答案 1 ⓐ　2 ⓑ　3 ⓑ　4 ⓐ　5 ⓑ　6 ⓐ　7 ⓑ　8 ⓐ　9 ⓑ

Day

02 **03** 04

學習進度

● 預習 → ● 熟讀 → ● 背誦 → ● 測驗

□ 汗 (あせ)	□ 底 (そこ)	□ 緑 (みどり)	□ 多少 (たしょう)
□ 傷 (きず)	□ 商品 (しょうひん)	□ 感じ (かん)	□ 頭痛 (ずつう)
□ 前後 (ぜんご)	□ 分類 (ぶんるい)	□ 内容 (ないよう)	□ 応援 (おうえん)
□ 発生 (はっせい)	□ 合計 (ごうけい)	□ 緊張 (きんちょう)	□ 植える (う)
□ 登場 (とうじょう)	□ 休日 (きゅうじつ)	□ 混雑 (こんざつ)	□ 取る (と)
□ 最近 (さいきん)	□ 経由 (けいゆ)	□ うわさ	□ 手伝う (てつだ)
□ 失業 (しつぎょう)	□ 決まり (き)	□ 出張 (しゅっちょう)	□ 眠る (ねむ)
□ 調子 (ちょうし)	□ 原因 (げんいん)	□ 夫婦 (ふうふ)	□ 輝く (かがや)
□ 週刊誌 (しゅうかんし)	□ 改札口 (かいさつぐち)	□ 仮定 (かてい)	□ しぼる

01
〇〇〇
あせ
汗
汗

暑いのでじっとしていても汗が出る。
因為很熱，所以一動也不動也會流汗。

汗：汗
肝：肝臟（身體器官）

02
〇〇〇
きず
傷
創傷、損傷

メガネに傷がついてしまった。
眼鏡上有損傷。

03
〇〇〇
ぜん ご
前後
前後

彼の話だけでは、事件の前後関係がよく分からない。
只聽他的敘述，很難理解事件的前後關係。

04
〇〇〇
はっせい
発生
發生
[動]

家の近くで火事が発生し、大変だった。
家裡附近發生火災，情況很糟糕。

05
〇〇〇
とうじょう
登場
登場

≒ しゅつげん
出現　出現
[動]

女優の高橋さんが舞台に登場した。
女演員高橋小姐登上了舞台。

06
〇〇〇
さいきん
最近
最近

≒ ちか
近ごろ　最近

最近運動不足で太ってしまった。
最近因為運動不夠變胖了。

07 しつぎょう
失業
○○○
失業

+ しつぎょうしゃ
失業者 失業者
動

ふけいき　つづ　しつぎょうしゃ　ふ
不景気が続き、失業者も増えている。

經濟持續不景氣，失業者也在增加中。

しつぎょう
失業：失業
いっし
一矢：一支箭

---

08 ちょうし
調子
○○○
狀況

⇌ ぐあい
具合 情況

きょう　からだ　ちょうし
今日は体の調子がよくない。

今天身體狀況不好。

---

09 しゅうかんし
週刊誌
○○○
週刊雜誌

いま　しゅうかんし　いちばんう
今、この週刊誌が一番売れている。

現在，這本週刊雜誌賣得最好。

---

10 そこ
底
○○○
底部

+ ゆか
床 地板

そこ　ひろ　たお
このカップは底が広くて倒れにくい。

這個杯子底部很寬，不容易倒。

「底」、「床」皆意味著底部的部分，「底」指容器或凹陷物最下面的部
分，「床」是指建築物的地板。

---

11 しょうひん
商品
○○○
商品

⇌ しなもの
品物 商品

たな　しょうひん　なら
棚に商品を並べている。

架上陳列著商品。

---

12 ぶんるい
分類
○○○
分類

⇌ くぶん
区分 區分
動

おお　みっ　ぶんるい
みかんを大きさによって三つに分類する。

把橘子根據大小分為三類。

13 ごうけい
○○○
合計
○○
合計
動

こんかい の かい ひよう ごうけい まんえん
今回の飲み会の費用は、合計 3 万円だった。

這次的聚餐費用合計三萬日圓。

---

14 きゅうじつ
○○○
休日
○○
假日

≒ やす
休み 休息、假日

きゅうじつ いえ み おんがく き
休日は家でテレビを見たり音楽を聞いたりする。

假日在家看看電視、聽聽歌。

---

15 けい ゆ
○○○
経由
○○
途經
動

けい ゆ い
ロンドンを経由してパリへ行く。

途經倫敦前往巴黎。

---

16 き
○○○
決まり
○○
規定

≒ きそく
規則 規則

ふくそう がっこう き したが
服装は学校の決まりに従わなければならない。

服裝必須遵守學校的規定。

---

17 げんいん
○○○
原因
○○
原因

↔ けっか
結果 結果

けいさつ じ こ げんいん しら
警察で事故の原因を調べている。

正由警察調查事故的原因。

げんいん
原因：原因
こんなん
困難：困難

---

18 かいさつぐち
○○○
改札口
○○
檢票口

かいさつぐち じょうしゃけん わた
改札口では乗車券を渡してください。

請在檢票口交出車票。

Day 03

19 みどり 緑 / 緑色
緑のシャツを買った。
買了綠色的襯衫。

緑：緑色
縁：邊緣

20 かん 感じ / 感覚
この音楽は春の感じがする。
這音樂有春天的感覺。

21 ないよう 内容 / 内容
書類の内容をよく読んでください。
請仔細閱讀文件的內容。
↔ 形式 形式

22 きんちょう 緊張 / 緊張 [動]
発表のときは、緊張して胸がどきどきした。
發表的時候，緊張得心臟怦怦跳。

23 こんざつ 混雑 / 擁擠、混雑 [動]
観光地は、人と車で混雑していた。
觀光景點人車混雑。

24 うわさ / 風聲、謠言
うわさをすぐ信用してはならない。
不能馬上相信謠言。

32

25 しゅっちょう
○ **出張**
○○
○ 出差
[動]

あした しゅっちょう い
明日から出張に行きます。

從明天開始去出差。

---

26 ふう ふ
○ **夫婦**
○○
○ 夫妻

⇌ ふさい
夫妻 夫妻

ひさ ふう ふ りょこう
久しぶりに夫婦で旅行した。

久違地夫妻一起旅行。

「夫婦」和「夫妻」意思相同，但在對長輩或在公共場合時，使用「夫妻」比「夫婦」更加正式有禮貌。

---

27 か てい
○ **仮定**
○○
○ 假設
[動]

せつ まちが か てい
この説は間違っていると仮定してみよう。

試著假設這個學說是錯誤的吧。

---

28 た しょう
○ **多少**
○○
○ 多少、多寡

りょう た しょう ちゅうもん う
量の多少にかかわらず、注文を受けます。

不論數量多寡，都接受訂單。

---

29 ず つう
○ **頭痛**
○○
○ 頭痛

かぜ ず つう
風邪をひいて頭痛がひどい。

感冒了，頭痛得很厲害。

• 頭
ず 頭痛：頭痛
とう 一頭：一頭（牛、馬等大型動物的量詞）

---

30 おうえん
○ **応援**
○○
○ 加油
[動]

せんぱい しあい で おうえん い
先輩が試合に出るので、応援に行った。

因為前輩要參加比賽，所以去加油了。

応援：加油
教授：教授

31

う
植える

種植

庭に木を植えると季節の変化が感じられる。

在庭院種植樹木的話，就能感受到季節的變化。

32

と
取る

拿

すみませんが、そのしょうゆを取ってください。

不好意思，請幫我拿那瓶醬油。

33

て つだ
手伝う

幫忙

青木さんに仕事を手伝ってもらいました。

讓青木先生幫忙我的工作。

34

ねむ
眠る

睡覺

≒ 寝る 睡覺、躺下

本を読んでいるうちに眠ってしまった。

看書的時候睡著了。

「眠る」和「寝る」皆表示睡眠，但「寝る」含有躺著睡覺的意思，「眠る」則指睡覺的狀態。

35

かがや
輝く

閃耀

≒ 光る 發光

夜空に星が輝いている。

夜空中星星閃耀著。

「輝く」和「光る」的意思相似，但表現眼神或表情時會使用「輝く」。

36

しぼる

擠、榨

みかんをしぼってジュースにする。

擠橘子做成果汁。

1天1分鐘驗收

1 請在 a、b 當中選出相符的讀音。

1. 頭痛　　(a. とうつう　　b. ずつう)

2. 夫婦　　(a. ふふ　　　　b. ふうふ)

3. 植える　(a. うえる　　　b. はえる)

2 請依據讀音在 a、b 當中選出相符的單字。

4. おうえん　　　　　(a. 応援　　b. 応授)

5. みどり　　　　　　(a. 縁　　　b. 緑)

6. しつぎょう　　　　(a. 矢業　　b. 失業)

3 請從 a、b 當中選出最合適的詞。

7. すみませんが、そのしょうゆを(a. 取れて　b. 取って)ください。

8. このカップは(a. 底　b. 床)が 広くて倒れにくい。

9. みかんを(a. しばって　b. しぼって)ジュースにする。

答案 1 ⓑ　2 ⓑ　3 ⓐ　4 ⓐ　5 ⓑ　6 ⓑ　7 ⓑ　8 ⓐ　9 ⓑ

 Chapter 01

Chapter 02

Chapter 03

Day

03 **04** 05

學習進度 ○ 預習 → ○ 熟讀 → ○ 背誦 → ○ 測驗

□ 横 _{よこ}	□ 資源 _{しげん}	□ 停電 _{ていでん}	□ 割合 _{わりあい}
□ 穴 _{あな}	□ 平均 _{へいきん}	□ 位置 _{いち}	□ 健康 _{けんこう}
□ 最新 _{さいしん}	□ 他人 _{たにん}	□ 税金 _{ぜいきん}	□ 情報 _{じょうほう}
□ 法律 _{ほうりつ}	□ 香り _{かお}	□ 朝食 _{ちょうしょく}	□ 防ぐ _{ふせ}
□ 応用 _{おうよう}	□ 内側 _{うちがわ}	□ 姿勢 _{しせい}	□ 追う _お
□ 広告 _{こうこく}	□ 外科 _{げか}	□ 輸出 _{ゆしゅつ}	□ 借りる _か
□ 渋滞 _{じゅうたい}	□ 実力 _{じつりょく}	□ 選手 _{せんしゅ}	□ 燃える _も
□ 文句 _{もんく}	□ 当然 _{とうぜん}	□ 我慢 _{がまん}	□ 許す _{ゆる}
□ 関心 _{かんしん}	□ 規則 _{きそく}	□ 教師 _{きょうし}	□ 折る _お

01 よこ
横
○○○
○○
旁邊

≒ 隣 旁邊

鈴木さんの横にいるのは誰ですか。
在鈴木先生旁邊的是誰？

隣：指在同種類的目標物中距離最近的一個。
横：指水平方向或左右方向的旁邊，並不限於同種類的事物。

02 あな
穴
○○○
○○
洞、坑洞

袋に穴があいてしまった。
袋子上破了個洞。

03 さいしん
最新
○○○
○○
最新

この映画館で最新の映画が見られる。
在這家電影院能看到最新的電影。

04 ほうりつ
法律
○○○
○○
法律

川にごみを捨てるのは法律違反だ。
在河川丟垃圾是違反法律的。

05 おうよう
応用
○○○
○○
應用
動

このケータイには様々な技術が応用されている。
這個手機應用了各種技術。

06 こうこく
広告
○○○
○○
廣告
動

広告の効果で、新製品はよく売れている。
因為廣告的效果，新產品賣得很好。

07 じゅうたい
○○○ **渋滞**
○○ 交通堵塞
動

じゅうたい　くるま　まえ　すす
渋滞のせいで車が前に進まない。
因為交通堵塞的關係，車子無法前進。

---

08 もんく
○○○ **文句**
○○ 抱怨、牢騷

もんく　い　しごと
文句ばかり言ってないで、仕事しなさい。
不要總是發牢騷，去工作吧。

・**文**
もん　文句：抱怨、牢騷
ぶん　文学：文學

---

09 かんしん
○○○ **関心**
○○ 關心、興趣

≒ きょうみ
興味 興趣

きょういくもんだい　かんしん
教育問題に関心がある。
對教育問題有興趣。

---

10 しげん
○○○ **資源**
○○ 資源

しげん　たいせつ
資源を大切にしましょう。
珍惜資源吧。

しげん
資源：資源
そうげん
草原：草原

---

11 へいきん
○○○ **平均**
○○ 平均

いがく　はったつ　へいきんじゅみょう
医学の発達で、平均寿命ものびている。
由於醫學的進步，平均壽命也在增加。

---

12 たにん
○○○ **他人**
○○ 他人

たにん　へや　はい
他人の部屋に入るときは、ノックをする。
進入他人的房間時要敲門。

13 かお

香り 香氣

この果物は香りがいい。
這個水果的香氣很香。

14 うちがわ 内側 內側
↔ 外側（そとがわ）外側

黄色い線の内側にお立ちください。
請站在黃線的內側。

内側：內側
測量：測量

15 げか 外科 外科

田中さんは外科のお医者さんです。
田中先生是外科醫生。

・外
げ 外科：外科
がい 外国：外國

16 じつりょく 実力 實力

彼女は実力のある歌手だ。
她是有實力的歌手。

17 とうぜん 当然 理所當然、當然
≒ 当たり前 理所當然 [ナ]

教師としてこの忠告は当然のことだ。
作為教師，這個忠告是理所當然的。

18 きそく 規則 規則
≒ 決まり 規則

これから学校の規則を説明します。
接下來要說明學校的規則。

19 ていでん
○○○
○○ **停電**
停電
動

テレビを^みているときに、停電^{ていでん}して困^{こま}った。

正在看電視的時候停電了，真困擾。

20 い ち
○○○
○○ **位置**
位置
＋ 場所^{ばしょ} 場所
動

^き決められた位置^{い ち}に車^{くるま}を止^とめる。

把車停在指定的位置。

21 ぜいきん
○○○
○○ **税金**
税金

^か買い物^{もの}をすると、税金^{ぜいきん}を払^{はら}うことになっている。

買東西時，需要付稅金。

22 ちょうしょく
○○○
○○ **朝食**
早餐
≒ 朝^{あさ}ご飯^{はん} 早餐

朝食^{ちょうしょく}をとらないで出勤^{しゅっきん}する人^{ひと}が増^ふえた。

不吃早餐就去工作的人增加了。

23 し せい
○○○
○○ **姿勢**
姿勢

^{ただ}正しい姿勢^{し せい}で座^{すわ}ってください。

請用正確的姿勢坐好。

24 ゆ しゅつ
○○○
○○ **輸出**
出口
↔ 輸入^{ゆ にゅう} 進口
動

この会社^{かいしゃ}は、自動車^{じ どうしゃ}を外国^{がいこく}に輸出^{ゆ しゅつ}している。

這家公司正將汽車出口到國外。

輸出^{ゆ しゅつ}：出口
車輪^{しゃりん}：車輪

25 せんしゅ
○○○
選手
○○
選手

ゆうしょう　せんしゅ
優勝した選手にインタビューした。
訪問獲得冠軍的選手。

---

26 が まん
○
我慢
○
忍耐、忍受
動

かれ　しつれい　たい ど　が まん
彼の失礼な態度に我慢できなかった。
無法忍受他失禮的態度。

---

27 きょう し
○
教師
○
教師、老師

せんせい
≒ 先生 老師

かのじょ　ゆうのう　きょう し
彼女は有能な教師である。
她是有能力的教師。

---

28 わりあい
○
割合
○
比例

ひ りつ
≒ 比率 比率

たまご　せいぶん　わりあい　しら
卵の成分の割合を調べた。
調查了蛋的成分比例。

---

29 けんこう
○
健康
○
健康
ナ

けんこう　うんどう
健康のために運動をしよう。
為了健康來運動吧。

けんこう
健康：健康
けんせつ
建設：建設

---

30 じょうほう
○
情報
○
資訊、消息

さまざま　りょこう　じょうほう　あつ
様々な旅行の情報を集めている。
正在蒐集各種旅遊資訊。

じょうほう
情報：資訊、消息
せいそう
清掃：清掃

31
防ぐ ふせ
○○○ 防止、預防

事故を防ぐ工夫をしましょう。 じ こ　ふせ　く ふう

設法預防事故吧。

32
追う お
○○○ 追趕

母親が子供の後ろを追って走っている。 ははおや　こ ども　うし　お　はし

母親在小孩後面追著跑。

33
借りる か
○○○ 借（入）

借りた本を返した。 か　ほん　かえ

歸還借來的書。

借りる：借（入） か
惜しい：可惜 お

34
燃える も
○○○ 燃燒

燃えないゴミは金曜日に出してください。 も　きんようび　だ

不可燃垃圾請在星期五拿出來。

燃える：燃燒（自動詞） も
燃やす：燃燒（他動詞） も

35
許す ゆる
○○○ 允許、原諒

今回だけは許してください。 こんかい　ゆる

這次請你原諒。

36
折る お
○○○ 折斷

公園の木の枝を折ってはいけません。 こうえん　き　えだ　お

不能折斷公園的樹枝。

折れる：折斷（自動詞） お
折る：折斷（他動詞） お

1天1分鐘驗收

① 請在 a、b 當中選出相符的讀音。

1. 外科 （a. げか　　　　b. がいか）

2. 文句 （a. ぶんく　　　　b. もんく）

3. 税金 （a. せいきん　　　　b. ぜいきん）

② 請依據讀音在 a、b 當中選出相符的單字。

4. うちがわ　　　　　　（a. 内側　　b. 内測）

5. じょうほう　　　　　（a. 清報　　b. 情報）

6. かりる　　　　　　　（a. 借りる　b. 惜りる）

③ 請從 a、b 當中選出最合適的詞。

7. 公園の木の枝を (a. 折っては　b. 折れては) いけません。

8. 医学の発達で、 (a. 平均　b. 応用) 寿命ものびている。

9. (a. 停電　b. 渋滞) のせいで車が前に進まない。

答案 1ⓐ　2ⓑ　3ⓑ　4ⓐ　5ⓑ　6ⓐ　7ⓐ　8ⓐ　9ⓑ

Day

04 **05** 06

學習進度　● 預習 → ● 熟讀 → ● 背誦 → ● 測驗

□ 歯 _は	□ 単語 _{たんご}	□ 複数 _{ふくすう}	□ 検査 _{けんさ}
□ 空 _{から}	□ 発表 _{はっぴょう}	□ 締め切り _{しきり}	□ 制限 _{せいげん}
□ 呼吸 _{こきゅう}	□ 血液 _{けつえき}	□ 集中 _{しゅうちゅう}	□ 泣く _な
□ 貯金 _{ちょきん}	□ 各地 _{かくち}	□ 移動 _{いどう}	□ 振る _ふ
□ 指導 _{しどう}	□ 共通 _{きょうつう}	□ くせ	□ 迷う _{まよ}
□ 順番 _{じゅんばん}	□ 材料 _{ざいりょう}	□ 到着 _{とうちゃく}	□ 分ける _わ
□ 泡 _{あわ}	□ 完成 _{かんせい}	□ 大会 _{たいかい}	□ 囲む _{かこ}
□ 休養 _{きゅうよう}	□ 期待 _{きたい}	□ 食器 _{しょっき}	□ 怒る _{おこ}
□ 経営 _{けいえい}	□ 栄養 _{えいよう}	□ 楽器 _{がっき}	□ 信じる _{しん}

01
○
○○

は
歯
牙齒

は　いた　　　　　は　い しゃ　い
歯が痛くなって歯医者に行った。
牙齒痛去看了牙醫。

は
歯：牙齒
さいきん
細菌：細菌

02
○
○○

から
空
空、空洞

から　　　　びん　　　　　　お
空になった瓶はここに置いてください。
空了的瓶子請放在這裡。

・空
　　　　　　そら
　そら　空：天空
　　　　　　から
　から　空：空、空洞

03
○
○

こ きゅう
呼吸
呼吸

め　と　　　　　　　　　　こ きゅう
目を閉じて、ゆっくりと呼吸してみた。
閉上眼睛，試著慢慢呼吸。

いき
≒ 息 呼吸
[動]

04
○
○○

ちょきん
貯金
儲蓄、存款
[動]

ちょきん　　　　かね　りょこう　い
貯金したお金で旅行に行った。
用儲蓄的錢去旅行了。

05
○
○○

し どう
指導
指導
[動]

せんせい　　　し どう　　　　　　はつおん　れんしゅう
先生の指導にしたがって発音の練習をした。
遵從老師的指導練習了發音。

06
○
○○

じゅんばん
順番
順序

はっぴょう　じゅんばん　き
発表の順番を決めよう。
來決定發表的順序吧。

07 あわ
○
○ 泡
○ 泡沫

せっ　　　あわ　　た　　　て　　あら
石けんで泡を立てて手を洗いましょう。

用肥皂搓出泡沫洗手吧。

---

08 きゅうよう
○
○ 休養
○ 休養

≒ やす
休み　休息

動

じ たく　じゅうぶん　きゅうよう　　と
自宅で十分に休養を取ってください。

請在家裡好好休養。

---

09 けいえい
○
○ 経営
○ 經營

けいえいがく
＋ 経営学　經營學

動

ちち　　ぼうえきがいしゃ　　けいえい
父は貿易会社を経営している。

父親在經營貿易公司。

---

10 たん ご
○
○ 単語
○ 單字

きのう なら　　　たん ご　　　　　わす
昨日習った単語をもう忘れてしまった。

已經忘了昨天學到的單字。

たん ご
単語：單字
そうげん
草原：草原

---

11 はっぴょう
○
○ 発表
○ 發表
動

ちょう さ　けっ か　　はっぴょう
調査の結果を発表した。

發表了調查的結果。

---

12 けつえき
○
○ 血液
○ 血液

けつえきがた
＋ 血液型　血型

けんこうしんだん　　けつえきけん さ　　う
健康診断で血液検査を受けた。

在健康檢查中接受了血液檢查。

---

13 かくち
○ **各地**
○○ 各地

彼は、世界各地を旅しながら写真を撮っている。

他一邊在世界各地旅行一邊拍照。

かくち：各地
お客さん：客人

---

14 きょうつう
○ **共通**
○○ 共通、共同

きょうつうてん
＋ 共通点 共通點
動 ナ

私たちの共通の趣味は、テニスである。

我們共同的興趣是網球。

---

15 ざいりょう
○ **材料**
○○ 材料

げんりょう
≒ 原料 原料

料理するための材料を買っておいた。

買好了做菜用的材料。

---

16 かんせい
○ **完成**
○○ 完成
動

このビルはあと2か月で完成する。

這棟大樓再兩個月完工。

---

17 きたい
○ **期待**
○○ 期待

たの
≒ 楽しみ 期待
動

あなたの成功に期待しています。

我期待你的成功。

きたい：期待
いじ
維持：維持

---

18 えいよう
○ **栄養**
○○ 營養

栄養のバランスを考えて、料理をする。

考慮營養的均衡來做菜。

19 ふくすう
○ **複数**
○○ 複数、多個

↔ たんすう
単数 單數

複数の人が一台のパソコンを使う。

多個人使用一台電腦。

複数：複數、多個
おうふく
往復：往返

---

20 し き
○ **締め切り**
○○ 期限、截止日期

≒ きげん
期限 期限

レポートの締め切りは明日です。

報告的截止日期是明天。

---

21 しゅうちゅう
○ **集中**
○○ 集中、專心

↔ ぶんさん
分散 分散
動

うるさくて仕事に集中できない。

太吵了，無法專心工作。

---

22 い どう
○ **移動**
○○ 移動
動

バスによる移動は時間がかかる。

用公車移動需要花時間。

23
○ **くせ**
○○ 毛病、習慣

彼は、買ったものを自慢するくせがある。

他有炫耀自己買的東西的習慣。

---

24 とうちゃく
○ **到着**
○○ 到達、抵達

↔ しゅっぱつ
出発 出發
動

飛行機が空港に到着した。

飛機抵達機場了。

とうちゃく
到着：到達、抵達
とうさん
倒産：破產

25 たいかい
○○○
○○
大会
大會、大賽

はなびたいかい
+ 花火大会 煙火大會

こんど　　　　ぜんこくたいかい　　ゆうしょう
今度こそは全国大会で優勝したい。

這次想在全國大賽中奪冠。

---

26 しょっき
○○○
○○
食器
餐具

た　お　　　　　しょっき　あら
食べ終わったら食器を洗ってください。

吃完後請清洗餐具。

---

27 がっき
○○○
○○
楽器
樂器

えんそう
+ 演奏 演奏

やまだ　　　　　　　　　　　　　がっき　ひ
山田さんは、いろいろな楽器を弾くことができる。

山田先生會彈奏各種樂器。

---

28 けんさ
○○○
○○
検査
檢查
動

けんさ　ひ　　　ちょうしょく　た　　　　き
検査の日は、朝食を食べずに来てください。

檢查日請空腹前來，不要吃早餐。

けんさ
検査：檢查
ほけん
保険：保險

---

29 せいげん
○○○
○○
制限
限制
動

せいげんそくど　　ど　　まも　　　　　あんぜんうんてん
制限速度を守って安全運転をしましょう。

遵守限制速度安全駕駛吧。

---

30 な
○○○
○○
泣く
哭泣

あか　　　　　　　な
赤ちゃんが泣いている。

嬰兒正在哭泣。

31 ふ
振る
揮、搖晃

かのじょ かる て ふ
彼女は軽く手を振ってあいさつした。
她輕輕揮揮手打了招呼。

ふ
振れる：震動（自動詞）
ふ
振る：揮、搖晃（他動詞）

32 まよ
迷う
迷惑、猶豫

＋ まいご
迷子 迷路的孩子

すこ たか か まよ
少し高いので、買おうかどうか迷っている。
因為價格有點貴，所以在猶豫是否要購買。

33 わ
分ける
區分、分類

おも にもつ ふた はこ わ はこ
重い荷物は二つの箱に分けて運ぶ。
把重的行李分成兩箱搬運。

わ
分かれる：分開、區分（自動詞）
わ
分ける：區分、分類（他動詞）

34 かこ
囲む
圍繞、包圍

かこ しょくじ
テーブルを囲んで食事をする。
圍著桌子吃飯。

35 おこ
怒る
發火、責備

よ ぱら かえ おや おこ
酔っ払って帰ってきて、親に怒られた。
喝醉回家被父母責備了。

36 しん
信じる
相信

きみ かなら せいこう しん
君なら必ず成功すると信じている。
我相信是你的話一定會成功。

1天1分鐘驗收

❶ 請在 a、b 當中選出相符的讀音。

1. 材料　（a. さいりょう　　　　b. ざいりょう）

2. 大会　（a. たいかい　　　　b. だいかい）

3. 泡　　（a. あわ　　　　　　b. いわ）

❷ 請依據讀音在 a、b 當中選出相符的單字。

4. は　　　　　　　　　（a. 菌　　b. 歯）

5. じゅんばん　　　　　（a. 順番　　b. 準番）

6. けんさ　　　　　　　（a. 検査　　b. 険査）

❸ 請從 a、b 當中選出最合適的詞。

7. 飛行機（ひこうき）が空港（くうこう）に（a. 出発　b. 到着）した。

8. 重い荷物（おも にもつ）は二つ（ふた）の箱（はこ）に（a. 分かれて　b. 分けて）運ぶ。

9. テーブルを（a. 囲んで　b. 迷って）食事（しょくじ）をする。

答案　1 ⓑ　2 ⓐ　3 ⓐ　4 ⓑ　5 ⓐ　6 ⓐ　7 ⓑ　8 ⓑ　9 ⓐ

Day

05　**06**　07

學習進度 ● 預習 → ● 熟讀 → ● 背誦 → ● 測驗

□ 波（なみ）	□ 半日（はんにち）	□ 成績（せいせき）	□ 修理（しゅうり）
□ 島（しま）	□ 専門家（せんもんか）	□ 直接（ちょくせつ）	□ 物価（ぶっか）
□ 首（くび）	□ 笑顔（えがお）	□ 興味（きょうみ）	□ 団体（だんたい）
□ 席（せき）	□ 帰宅（きたく）	□ 平日（へいじつ）	□ 返す（かえ）
□ 独身（どくしん）	□ 申請（しんせい）	□ 駐車（ちゅうしゃ）	□ 売れる（う）
□ 感動（かんどう）	□ 感覚（かんかく）	□ 欠席（けっせき）	□ 止める（や）
□ おしまい	□ 坂道（さかみち）	□ 手段（しゅだん）	□ 曲がる（ま）
□ 事情（じじょう）	□ 暗記（あんき）	□ 過去（かこ）	□ 片付ける（かたづ）
□ 使用（しよう）	□ 個人（こじん）	□ 代金（だいきん）	□ 汚れる（よご）

01 なみ
○○○ **波**
○ 波浪

たいふう　なみ　たか　　　　　ふね　で
台風で波が高いため、船は出ません。

由於颱風的關係浪很高，所以船隻不會出航。

---

02 しま
○○○ **島**
○ 島

しま　　めずら　い　もの
この島には珍しい生き物がたくさんいる。

這座島上有很多珍奇的生物。

しま：島
とり：鳥

---

03 くび
○○○ **首**
○ 頭、脖子

＋ くび
首になる 被開除

くび　　　　　　　ま
首にマフラーを巻いた。

在脖子上圍上了圍巾。

---

04 せき
○○○ **席**
○ 座位

≒ ざせき
座席 座位

せき　　すわ
この席に座ってもいいですか。

可以坐這個座位嗎？

せき：座位
たび：次數、次

---

05 どくしん
○○○ **独身**
○ 單身

≒ ひと
独り 單身、獨身

かれ　　　　どくしん
彼はまだ独身のままです。

他還是單身。

---

06 かんどう
○○○ **感動**
○ 感動
動

かのじょ　　　　　　　　き　かんどう
彼女のスピーチを聞いて感動した。

聽了她的演講感到感動。

07 おしまい
○○○○ 結束

では、今日の授業はこれでおしまいにします。
那麼，今天的課程就到此結束。

≒ 終り 結束

---

08 じじょう 事情
○○○ 情況、原因

一人で悩まないで、事情を話してくれませんか。
不要一個人煩惱，可以把情況告訴我嗎？

≒ 都合 原因

---

09 しよう 使用
○○○ 使用

工事のため、３時からエレベーターは使用できません。
因為工程的關係，從３點開始不能使用電梯。

＋ 使用料 使用費
動

---

10 はんにち 半日
○○○ 半天

部屋を掃除するのに半日かかった。
打掃房間花了半天的時間。

・日
にち 半日：半天
じつ 平日：平日

---

11 せんもん か 専門家
○○○ 專家

同じ分野の専門家でも、考え方が違う。
就算是相同領域的專家，想法也不同。

---

12 えがお 笑顔
○○○ 笑臉、笑容

川村さんは笑顔がとてもすてきです。
川村小姐的笑容很美。

13 きたく
帰宅
○○
○○
回家

≒ 帰り 回去
かえ
[動]

昨日は残業で帰宅が遅くなった。
きのう ざんぎょう きたく おそ
昨天因為加班晚回家。

帰宅：回家
きたく
掃除：打掃
そうじ

14 しんせい
申請
○○
○○
申請

≒ 申し込み 申請
もう こ
[動]

パスワードを申請するために書類を用意した。
しんせい しょるい よう い
為了申請密碼準備了文件。

申請：指取得公家單位的認可或許可等。
しんせい
申し込み：指為了完成自己想做的事所需要的手續，或指把自
もう こ
己的希望或意向讓對方知道。

15 かんかく
感覚
○○
○○
感覺

長い間座っていたら、足の感覚がなくなった。
なが あいだすわ あし かんかく
長時間坐著的話，腳都變得沒感覺了。

16 さかみち
坂道
○
○○
坡道

この坂道をしばらく登ると、学校があります。
さかみち のぼ がっこう
沿著這條坡道爬一段時間的話，就有一所學校。

17 あんき
暗記
○
○○
背誦
[動]

授業で習った例文を暗記した。
じゅぎょう なら れいぶん あんき
在課堂上背誦學過的例句。

18 こじん
個人
○
○○
個人

↔ 団体 團體
だんたい

個人のプライバシーは守らなければならない。
こじん まも
必須保護個人的隱私。

19 せいせき
○ **成績**
○
○ 成績

かれ　　　　　　べんきょう　　　　　　　　せいせき
彼はあまり勉強しないのに、成績がいい。

他雖然不太讀書，但成績很好。

せいせき
成績：成績
めんせき
面積：面積

---

20 ちょくせつ
○ **直接**
○
○ 直接

かれ　たお　　ちょくせつ　げんいん　か ろう
彼が倒れた直接の原因は過労である。

他倒下的直接原因是過勞。

かんせつ
↔ 間接　間接
動　ナ

---

21 きょう み
○ **興味**
○
○ 興趣

れきし　きょうみ
ヨーロッパの歴史に興味がある。

對歐洲的歷史有興趣。

かんしん
≒ 関心　關心、興趣

• 興
きょう　　きょう み
　　　　興味：興趣
こう　　　ふっこう
　　　　復興：復興

---

22 へいじつ
○ **平日**
○
○ 平日

でんしゃ　　　　へいじつ　　ひる ま　　じょうきゃく
この電車は、平日の昼間も乗客でいっぱいである。

這輛電車平日的白天也一堆乘客。

しゅうまつ
＋ 週末　週末

---

23 ちゅうしゃ
○ **駐車**
○
○ 停車

みせ　まえ　ちゅうしゃ
店の前に駐車しないでください。

請不要在店鋪前停車。

ちゅうしゃじょう
＋ 駐車場　停車場
動

---

24 けっせき
○ **欠席**
○
○ 缺席

かぜ　がっこう　けっせき
風邪で学校を欠席した。

因為感冒而沒去學校。

しゅっせき
↔ 出席　出席
動

25 しゅだん
○ **手段**
○○ 手段

＋ ほうほう
方法 方法

目的のためには手段を選ばない。

為了目的不擇手段。

---

26 か こ
○ **過去**
○○ 過去

過去のデータを見ると、彼女の合格は間違いない。

看過去的資料的話，她一定能合格。

> **・去**
> こ　　過去：過去
> きょ　去年：去年

---

27 だいきん
○ **代金**
○○ 貨款

≒ りょうきん
料金 費用

買った商品の代金を払う。

支付已購買商品的款項。

---

28 しゅう り
○ **修理**
○○ 修理
[動]

冷蔵庫の調子が悪いので、修理を頼んだ。

因為冰箱的狀況不好，所以請人來修理。

---

29 ぶっ か
○ **物価**
○○ 物價

この国は物価が高いので、生活が大変だ。

因為這個國家物價很高，所以生活很辛苦。

---

30 だんたい
○ **団体**
○○ 團體

↔ こ じん
個人 個人

この大会には個人でも団体でも参加できます。

無論是個人還是團體，都能參加這個大賽。

31
○○○
かえ
返す
歸還

としょかん　ほん　かえ　い
図書館に本を返しに行ってきます。
去圖書館還書。

32
○○○
う
売れる
暢銷、好賣

おな　ね だん　　　しつ　　　う
同じ値段なら、質がいいほうが売れるだろう。
同樣價錢的話，品質好的會比較暢銷吧。

う
売れる：暢銷、好賣（自動詞）
う
売る：賣（他動詞）

33
○○○
や
止める
停止

や
≒ 辞める　辭職

けんこう
健康のため、タバコを止めることにした。
為了健康，決定戒菸。

や
止める：指結束持續的動作或狀態。
や
辞める：指放棄從事的工作、地位。

34
○○○
ま
曲がる
轉彎、彎曲

つぎ　こう さ てん　みぎ　ま　　　　ゆうびんきょく
次の交差点を右に曲がると、郵便局があります。
下個路口右轉的話，就有郵局。

ま
曲がる：轉彎、彎曲（自動詞）
ま
曲げる：彎、折彎（他動詞）

35
○○○
かた づ
片付ける
整理

きゃく　　　く　まえ　　へ や　かた づ
お客さんが来る前に、部屋を片付けた。
在客人來之前整理了房間。

かた づ
片付く：整理好（自動詞）
かた づ
片付ける：整理（他動詞）

36
○○○
よご
汚れる
弄髒

よご　　　　　　　あら
汚れたシャツを洗った。
洗了髒襯衫。

よご
汚れる：弄髒（自動詞）
よご
汚す：弄髒、玷汙（他動詞）

1天1分鐘驗收

1 請在 a、b 當中選出相符的讀音。

1. 代金　(a. だいきん　　b. たいきん)

2. 過去　(a. かきょ　　b. かこ)

3. 興味　(a. きょうみ　　b. こうみ)

2 請依據讀音在 a、b 當中選出相符的單字。

4. しま　　　　　　(a. 島　　b. 鳥)

5. えがお　　　　　(a. 笑顔　　b. 絵顔)

6. せいせき　　　　(a. 成績　　b. 成積)

3 請從 a、b 當中選出最合適的詞。

7. 一人（ひとり）で悩（なや）まないで、(a. 感動　b. 事情)を話（はな）してくれませんか。

8. 次（つぎ）の交差点（こうさてん）を右（みぎ）に(a. 曲がると　b. 曲げると)、郵便局（ゆうびんきょく）があります。

9. お客（きゃく）さんが来（く）る前（まえ）に、部屋（へや）を(a. 片付いた　b. 片付けた)。

答案　1 ⓐ　2 ⓑ　3 ⓐ　4 ⓐ　5 ⓐ　6 ⓐ　7 ⓑ　8 ⓐ　9 ⓑ

MP3 01-07

Day
06 07 08

學習進度 ● 預習 → ● 熟讀 → ● 背誦 → ● 測驗

□ 涙 なみだ	□ 苦労 く ろう	□ 身長 しんちょう	□ 減少 げんしょう
□ 倍 ばい	□ 創造 そうぞう	□ 雑誌 ざっ し	□ 制服 せいふく
□ 滞在 たいざい	□ 気温 き おん	□ 沸騰 ふっとう	□ 観客 かんきゃく
□ 比較 ひ かく	□ 温泉 おんせん	□ 延期 えん き	□ 消す け
□ 自信 じ しん	□ 意義 い ぎ	□ 建設 けんせつ	□ 溢れる あふ
□ 通勤 つうきん	□ 変化 へん か	□ 自慢 じ まん	□ 生える は
□ お祝い いわ	□ 機械 き かい	□ 商業 しょうぎょう	□ 割れる わ
□ 縮小 しゅくしょう	□ 記念 き ねん	□ 方法 ほうほう	□ 閉じる と
□ 残業 ざんぎょう	□ 下線 か せん	□ 特徴 とくちょう	□ 貸す か

01 なみだ
○
○○○ **涙**
○
眼淚

くや なみだ で
悔しくて涙が出た。

後悔得流下眼淚。

---

02 ばい
○
○○○ **倍**
○
倍

＋ にばい
二倍 兩倍

しょうひん はんばい まえ とし ばい
この商品の販売は、前の年の倍になった。

這個商品的銷售量變成了前一年的一倍。

にばい
二倍：兩倍
さいばい
栽培：栽培

---

03 たいざい
○
○○○ **滞在**
○
停留、逗留
動

がいこくじん に ほん たいざい もくてき さまざま
外国人が日本に滞在する目的は様々である。

外國人停留在日本的目的各不相同。

---

04 ひ かく
○
○○○ **比較**
○
比較
動

た しゃ ひ かく かいしゃ きゅうりょう やす
他社と比較してうちの会社は給料が安い。

和其他公司相比，我們公司的薪水很低。

---

05 じ しん
○
○○○ **自信**
○
自信

＋ じ しん
自身 自身、自己

まえ じ しん も はつげん
みんなの前で自信を持って発言した。

在大家面前有自信地發言。

じ しん
自信：指對自己的才能或價值的確信。
じ しん
自身：指自己本身。

---

06 つうきん
○
○○○ **通勤**
○
通勤

＋ つうがく
通学 上學
動

いえ かいしゃ つうきんじ かん やく じ かん
家から会社までの通勤時間は、約１時間である。

從家裡到公司的通勤時間約１小時。

07
○○○ お祝い
いわ
慶祝、祝賀

誕生日のお祝いをするので部屋を飾った。
たんじょう び　いわ　　　　　へ や　かざ
因為要慶祝生日，所以佈置了房間。

08
○○○ 縮小
しゅくしょう
縮小

↔ 拡大　擴大
かくだい
動

この写真は、少し縮小してコピーしてください。
しゃしん　　　すこ　しゅくしょう
這張照片，請稍微縮小再複印。

縮小：縮小
しゅくしょう
減少：減少
げんしょう

09
○○○ 残業
ざんぎょう
加班
動

最近、残業が続いてとても疲れている。
さいきん　ざんぎょう　つづ　　　　　つか
最近一直加班非常疲累。

10
○○○ 苦労
く ろう
辛苦
動 ナ

子供ができてはじめて、親の苦労が分かった。
こ ども　　　　　　　　おや　く ろう　わ
有了孩子後才懂得父母的辛苦。

苦労：辛苦
く ろう
学者：學者
がくしゃ

11
○○○ 創造
そうぞう
創造

＋ 想像　想像
そうぞう
動

教育で新しい物を創造する力を育てる。
きょういく　あたら　　もの　そうぞう　　ちから　そだ
透過教育培養創造新事物的能力。

創造：指發明或製造至今沒有的新東西。
そうぞう
想像：指思考或猜測實際上未曾經歷的事情。
そうぞう

12
○○○ 気温
き おん
氣溫

昼になって気温が上がり始めた。
ひる　　　　　き おん　あ　　　はじ
到了中午氣溫開始上升。

13 おんせん
○ **温泉**
○○ 温泉

おんせん はい つか と
温泉に入って疲れを取る。
泡溫泉消除疲勞。

---

14 い ぎ
○ **意義**
○○ 意義

か さん か い ぎ
勝つかどうかより参加することに意義がある。
比起獲勝與否，參加這件事更有意義。

　　意義：意義
　　会議：會議

---

15 へん か
○ **変化**
○○ 變化

⇌ へんどう
変動 變動
動

さいきん き おん へん か はげ
最近、気温の変化が激しい。
最近氣溫的變化很劇烈。

変化：指事物的變化。
変動：指數量或標準（如：溫度、股價、物價等）的變化。

---

16 き かい
○ **機械**
○○ 機械、機器

き かい ひと かんたん うご
この機械は、ボタン一つで簡単に動かせる。
這台機器能用一個按鈕輕鬆操作。

---

17 き ねん
○ **記念**
○○ 紀念
動

とも いっしょ そつぎょう き ねんしゃしん と
友だちと一緒に卒業の記念写真を撮った。
和朋友一起拍了畢業紀念照片。

---

18 か せん
○ **下線**
○○ 底線

だい じ か せん ひ
大事なところに下線を引いてください。
請在重要的地方畫底線。

19 しんちょう
身長
○○○
身高

しんちょう
身長をはかったら、ほとんど伸びてなかった。
一量身高，幾乎沒有長高。

20 ざっし
雑誌
○○○
雑誌

ざっし か
コンビニで雑誌を買った。
在超商買了雜誌。

21 ふっとう
沸騰
○○○
沸騰
動

ふっとう ゆ あか しょっき しょうどく
沸騰したお湯で、赤ちゃんの食器を消毒する。
用沸騰的熱水消毒嬰兒的餐具。

22 えんき
延期
○○○
延期

+ えんちょう
延長 延長
動

あめ えんそく えんき
雨で遠足は延期になってしまった。
因為下雨，遠足延期了。

えんき
延期：指將決定好的日期或期限改至下次的時間。
えんちょう
延長：指拉長正在進行中的工作或活動的持續時間。

23 けんせつ
建設
○○○
建設
動

きんじょ けんせつこうじ おこな
近所でビルの建設工事が行われている。
附近正在進行大樓的建設工程。

24 じまん
自慢
○○○
自誇
動

ひと じまん
あの人はいつも自慢ばかりする。
那個人總是在自誇。

じまん
自慢：自誇
まんが
漫画：漫畫

25
○○○
○
しょうぎょう
商業
商業

まち　むかし　しょうぎょう　さか
この町は昔から商業が盛んだった。

這個城鎮自古以來就商業發達。

26
○○○
○
ほうほう
方法
方法

≒ やり方 作法
　かた

べんきょう　ほうほう　だいじ
勉強というのは方法が大事だ。

學習這件事方法很重要。

27
○○○
○
とくちょう
特徴
特徵

あたら　せいひん　とくちょう　なん
新しい製品の特徴は何ですか。

新產品的特徵是什麼？

とくちょう
特徴：特徵
じさん
持参：帶來（去）

28
○○○
○
げんしょう
減少
減少

↔ 増加 増加
　ぞうか
[動]

まち　じんこう　げんしょう
この町の人口は減少している。

這個城鎮的人口正在減少。

29
○○○
○
せいふく
制服
制服

ことし　せいふく　あたら
今年から制服のデザインが新しくなった。

今年開始制服的設計變新了。

30
○○○
○
かんきゃく
観客
觀眾

かいじょう　わか　かんきゃく
コンサート会場は若い観客でいっぱいだった。

音樂會會場擠滿了年輕的觀眾。

かんきゃく
観客：觀眾
かんゆう
勧誘：勸誘、勸說

31　け
消す
熄滅、關掉

寝るとき、部屋の電気を消します。

睡覺的時候關掉房間裡的燈。

消える：熄滅（自動詞）
消す：關掉、熄滅（他動詞）

32　あふ
溢れる
溢出

昨日の大雨で川の水が溢れて、大変だった。

由於昨天的大雨導致河水溢出，情況很糟糕。

33　は
生える
生、長

この森には、めずらしい植物が生えています。

這座森林裡生長著珍稀的植物。

生える：生、長（自動詞）
生やす：使……生長（他動詞）

34　わ
割れる
破裂

ボールを投げたら、窓のガラスが割れてしまった。

把球扔出去後，窗戶的玻璃就碎裂了。

割れる：破裂（自動詞）
割る：打碎（他動詞）

35　と
閉じる
關閉、閉上（眼睛）

↔ 開ける　打開

目を閉じて昨日のことを思い出してみた。

閉上眼睛試著回想昨天的事情。

閉じる：關閉（自動詞）
閉じる：關閉（他動詞）（※「閉じる」可以作為他動詞，也可以作為自動詞。）

36　か
貸す
借（出）

↔ 借りる　借（入）

ちょっと辞書を貸していただけませんか。

可以借我一下字典嗎？

1天1分鐘驗收

1 請在 a、b 當中選出相符的讀音。

1. 比較 (a. ひかく　　　b. ひこう)

2. 残業 (a. さんぎょう　　b. ざんぎょう)

3. 貸す (a. かす　　　　b. かえす)

2 請依據讀音在 a、b 當中選出相符的單字。

4. げんしょう　　　(a. 減小　　b. 減少)

5. かんきゃく　　　(a. 勧客　　b. 観客)

6. くろう　　　　　(a. 苦労　　b. 苦学)

3 請從 a、b 當中選出最合適的詞。

7. 寝るとき、部屋の電気を(a. 消えます　b. 消します)。

8. この森には、めずらしい植物が(a. 生えて　b. 生やして)います。

9. ボールを投げたら、窓のガラスが(a. 割って　b. 割れて)しまった。

答案 1 ⓐ 2 ⓑ 3 ⓐ 4 ⓑ 5 ⓑ 6 ⓐ 7 ⓑ 8 ⓐ 9 ⓑ

Day

07 **08** 09

學習進度 ● 預習 → ● 熟讀 → ● 背誦 → ● 測驗

□ は 葉	□ しんぽ 進歩	□ ばしょ 場所	□ きんえん 禁煙
□ びょう 秒	□ きかい 機会	□ くんれん 訓練	□ だいどころ 台所
□ しみ	□ ぶぶん 部分	□ つうち 通知	□ べんきょう 勉強
□ じょうしゃ 乗車	□ おうふく 往復	□ どくりつ 独立	□ ことわ 断る
□ かんけい 関係	□ えいぎょう 営業	□ はいたつ 配達	□ あらわ 表す
□ けってん 欠点	□ そうぞう 想像	□ きろく 記録	□ そだ 育てる
□ こうか 効果	□ いんしょう 印象	□ えんそう 演奏	□ はら 払う
□ かたほう 片方	□ かんこう 観光	□ にもつ 荷物	□ う き 売り切れる
□ れいぼう 冷房	□ ちゅうこ 中古	□ しゅじゅつ 手術	□ つた 伝える

01
○○○
は
葉
葉子

あき は あか き いろ か
秋になると、葉が赤や黄色に変わっていく。
一到秋天，葉子就開始變紅或變黃。

02
○○○
びょう
秒
秒

なんびょう はし
100メートルを何秒で走れますか。
能用幾秒跑完 100 公尺？

03
○○
しみ
汚點、褐斑

ふく
服にコーヒーをこぼしてしみができた。
把咖啡灑在衣服上，留下污漬。

04
○○○
じょうしゃ
乗車
搭車

＋ じょうしゃけん
乗車券 車票
動

とっきゅうでんしゃ じょうしゃ
特急電車に乗車する。
搭乘特快電車。

05
○○○
かんけい
関係
關係

＋ かんけいしゃ
関係者 關係人
動

にんげんかんけい たいせつ ひつよう
人間関係を大切にする必要がある。
必須重視人際關係。

かんけい
関係：關係
けいれつ
系列：系列

06
○○○
けってん
欠点
缺點

≒ たんしょ
短所 缺點

くるま かかく たか けってん
この車は、価格が高いという欠点がある。
這輛車有價格高這個缺點。

07 こう か
○ **効果**
○
○ 效果

この果物は血圧を下げる効果がある。
くだもの けつあつ さ こう か

這個水果有降血壓的效果。

こう か：効果
こうがい：郊外

---

08 かたほう
○ **片方**
○
○ 單方面、一邊

↔ りょうほう
両方 雙方、兩邊

いくら探しても、手袋が片方しか見つからない。
さが て ぶくろ かたほう み

不管怎麼找，都只找到一邊的手套。

---

09 れいぼう
○ **冷房**
○
○ 冷氣

↔ だんぼう
暖房 暖氣
[動]

冷房が強すぎると体によくない。
れいぼう つよ からだ

冷氣太強的話對身體不好。

---

10 しん ぽ
○ **進歩**
○
○ 進步
[動]

技術が進歩して、生活が便利になった。
ぎ じゅつ しん ぽ せいかつ べん り

技術進步，生活變方便了。

---

11 き かい
○ **機会**
○
○ 機會

≒ チャンス
機會（chance）

子供たちが外で遊ぶ機会が減った。
こ ども そと あそ き かい へ

孩子們在外遊玩的機會減少了。

---

12 ぶ ぶん
○ **部分**
○
○ 部分

↔ ぜん ぶ
全部 全部

レポートは、指摘された部分を直して、提出した。
し てき ぶ ぶん なお ていしゅつ

修改了報告被指正的部分，再提交出去。

13 おうふく
○
○ **往復**
○
往返

← かたみち
　片道 單程
　動

いえ　がっこう　おうふく　じかん
家と学校の往復に2時間もかかる。
往返家裡和學校需要花費2個小時。

おうふく
往復：往返
じゅうみん
住民：居民

---

14 えいぎょう
○
○ **営業**
○
營業
　動

みせ　えいぎょう じかん　　へいじつ　 じ　　　 じ
店の営業時間は、平日の9時から6時までです。
店鋪營業時間是平日的9點到6點。

---

15 そうぞう
○
○○ **想像**
想像
　動

しょうらい　じ　ぶん　そうぞう
将来の自分を想像してみた。
想像看看將來的自己。

そうぞう
想像：想像
たいしょう
対象：對象

---

16 いんしょう
○
○ **印象**
○
印象

え がお　あいて　　　 いんしょう　 あた
笑顔は相手にいい印象を与える。
笑容會給對方帶來良好的印象。

---

17 かんこう
○
○ **観光**
○
觀光
　動

かんこう　　の　　　　 こうよう　み　い
観光バスに乗って、紅葉を見に行きませんか。
要不要搭乘觀光巴士去看楓葉？

---

18 ちゅうこ
○
○ **中古**
○
中古、二手

ちゅうこ　くるま　やす　か
中古の車を安く買った。
便宜買到一輛中古車。

19
○○○
○
場所 ばしょ

場所、地點

＋ 現場 現場 げんば

パーティーの場所はまだ決まっていない。 ばしょ き

派對的地點尚未確定。

• **場**
ば 場所：場所、地點 ばしょ
じょう 工場：工廠 こうじょう

20
○○○
○
訓練 くんれん

訓練

動

地震に備えて訓練を行う。 じしん そな くんれん おこな

為了防備地震進行訓練。

21
○○○
○
通知 つうち

通知

≒ 知らせ 通知 し

動

面接の結果は、一週間以内に通知します。 めんせつ けっか いっしゅうかんいない つうち

面試結果會在一星期內通知。

22
○○○
○
独立 どくりつ

獨立

動

彼女は職業を持ち、親から独立した。 かのじょ しょくぎょう も おや どくりつ

她擁有一份工作後，從父母那裡獨立了出來。

23
○○○
○
配達 はいたつ

配送

動

配達する日や時間を指定することはできません。 はいたつ ひ じかん してい

不能指定配送日期或時間。

24
○○○
○
記録 きろく

記録

動

会議で決まったことを記録する。 かいぎ き きろく

記錄會議上決定的事情。

25
○○○
演奏
えんそう
演奏
[動]

かのじょ えんそう かんどう
彼女の演奏にみんな感動した。
每個人都被她的演奏感動了。

26
○○○
荷物
に もつ
行李

あした に もつ とど
明日荷物が届くことになっている。
明天行李會送達。

27
○○○
手術
しゅじゅつ
手術
[動]

はや しゅじゅつ いのち
早く手術をしないと、命があぶない。
不快點手術的話，性命很危險。

28
○○○
禁煙
きんえん
禁菸

きんえんせき
＋ 禁煙席 禁菸座
[動]

きんえん す
ここは禁煙ですから、タバコは吸えません。
這裡禁菸，所以不能抽菸。

29
○○○
台所
だいどころ
廚房

≒ キッチン
廚房（kitchen）

りょう り お だいどころ でん き け
料理が終わって、台所の電気を消した。
料理完成後，關掉了廚房的燈。

・台
だいどころ
だい 台所：廚房
たいふう
たい 台風：颱風

30
○○○
勉強
べんきょう
讀書、學習
[動]

と しょかん しず と しょかん べんきょう
図書館は静かだから、いつも図書館で勉強します。
因為圖書館很安靜，所以總是在圖書館讀書。

31
ことわ
断る
拒絶

むり　ようきゅう　ことわ
そんな無理な要求は断ったほうがいい。
拒絕那種不合理的要求比較好。

32
あらわ
表す
表現、表達

がいこくご　　かんじょう　あらわ　　　むずか
外国語で感情を表すことは難しい。
用外語表達感情是困難的。

あらわ
表れる：表現（自動詞）
あらわ
表す：表現、表達（他動詞）

33
そだ
育てる
培育、扶養

やさい　そだ　　　　　かんたん
野菜を育てるのは簡単なことではない。
培育蔬菜不是簡單的事。

そだ
育つ：發育、成長（自動詞）
そだ
育てる：培育、扶養（他動詞）

34
はら
払う
支付

かね　こんげつ　にち　　はら
お金は今月の 31 日までに払います。
錢會在這個月 31 號之前支付。

しはら
≒ 支払う 支付

35
う　き
売り切れる
售完

しょうひん　う　き
その商品は売り切れてしまいました。
那個商品售完了。

36
つた
伝える
傳達、轉告

たなか　　いしだ　　でんわ　　　　　つた
田中さんに石田から電話があったとお伝えください。
請轉告田中先生，有來自石田先生的電話。

つた
伝わる：傳達、流傳（自動詞）
つた
伝える：傳達、轉告（他動詞）

1天1分鐘驗收

1 請在 a、b 當中選出相符的讀音。

1. 場所 （a. ばしょ　　　b. じょうしょ）

2. 荷物 （a. かもつ　　　b. にもつ）

3. 片方 （a. かたほう　　b. へんぽう）

2 請依據讀音在 a、b 當中選出相符的單字。

4. は （a. 葉　　b. 茎）

5. こうか （a. 郊果　　b. 効果）

6. おうふく （a. 往復　　b. 住腹）

3 請從 a、b 當中選出最合適的詞。

7. 外国語で感情を(a. 表れる　b. 表す)ことは難しい。

8. 野菜を(a. 育てる　b. 育つ)のは簡単なことではない。

9. 田中さんに石田から電話があったとお(a. 伝え　b. 伝わり)ください。

答案 1 ⓐ　2 ⓑ　3 ⓐ　4 ⓐ　5 ⓑ　6 ⓐ　7 ⓑ　8 ⓐ　9 ⓐ

Day
08 **09** 10

○ 預習 → ○ 熟讀 → ○ 背誦 → ○ 測驗

□ <ruby>痛<rt>いた</rt></ruby>い	□ <ruby>汚<rt>きたな</rt></ruby>い	□ <ruby>主<rt>おも</rt></ruby>だ	□ <ruby>単純<rt>たんじゅん</rt></ruby>だ
□ <ruby>若<rt>わか</rt></ruby>い	□ <ruby>硬<rt>かた</rt></ruby>い	□ <ruby>複雑<rt>ふくざつ</rt></ruby>だ	□ <ruby>心配<rt>しんぱい</rt></ruby>だ
□ <ruby>速<rt>はや</rt></ruby>い	□ <ruby>苦<rt>くる</rt></ruby>しい	□ <ruby>正常<rt>せいじょう</rt></ruby>だ	□ <ruby>変<rt>へん</rt></ruby>だ
□ <ruby>厚<rt>あつ</rt></ruby>い	□ <ruby>明<rt>あか</rt></ruby>るい	□ <ruby>新鮮<rt>しんせん</rt></ruby>だ	□ <ruby>代表的<rt>だいひょうてき</rt></ruby>だ
□ <ruby>丸<rt>まる</rt></ruby>い	□ なつかしい	□ <ruby>得意<rt>とくい</rt></ruby>だ	□ <ruby>盛<rt>さか</rt></ruby>んだ
□ <ruby>遅<rt>おそ</rt></ruby>い	□ <ruby>深<rt>ふか</rt></ruby>い	□ <ruby>静<rt>しず</rt></ruby>かだ	□ <ruby>立派<rt>りっぱ</rt></ruby>だ
□ <ruby>怖<rt>こわ</rt></ruby>い	□ <ruby>美<rt>うつく</rt></ruby>しい	□ <ruby>短気<rt>たんき</rt></ruby>だ	□ <ruby>主要<rt>しゅよう</rt></ruby>だ
□ <ruby>短<rt>みじか</rt></ruby>い	□ <ruby>悔<rt>くや</rt></ruby>しい	□ <ruby>正直<rt>しょうじき</rt></ruby>だ	□ たいくつだ
□ <ruby>浅<rt>あさ</rt></ruby>い	□ つまらない	□ <ruby>不安<rt>ふあん</rt></ruby>だ	□ <ruby>大切<rt>たいせつ</rt></ruby>だ

01 いた
○ **痛い**
○○ 痛

の す あたま いた
飲み過ぎたせいか頭が痛い。

可能是因為喝太多，頭很痛。

---

02 わか
○ **若い**
○○ 年輕

わか りょこう
若いうちにたくさん旅行をしておいてください。

請趁年輕的時候多旅行。

わか
若い：年輕
にが
苦い：苦

---

03 はや
○ **速い**
○○ （動作、速度）快速
→ おそ
遅い 慢、晚

かわ なが はや およ
この川は流れが速いから、泳いではいけません。

這條河川的流速很快，所以不能游泳。

はや
速い：指動作或速度快。
はや
早い：指時間比標準的早、時間很早。

---

04 あつ
○ **厚い**
○○ 厚
→ うす
薄い 薄

さむ あつ き で
寒いので、厚いコートを着て出かける。

因為很冷，所以要穿厚外套出門。

---

05 まる
○ **丸い**
○○ 圓

まる かたち か
丸い形のテーブルを買いました。

買了圓形的桌子。

---

06 おそ
○ **遅い**
○○ 慢、晚
→ はや
速い 快、早

なに き おそ なや
何かを決めるのが遅くて、ずっと悩んできた。

太晚決定某件事情，一直苦惱著。

07 こわ
○ **怖い**
○○○
○ 恐怖、可怕

こわ せんせい き ほんとう
怖い先生だと聞いていたが、本当はやさしかった。
聽說是可怕的老師，但其實很和善。

---

08 みじか
○ **短い**
○○○
○ 短

いっぱくふつか りょこう みじか おも
一泊二日の旅行はやはり短いと思う。
我覺得兩天一夜的旅行果然還是很短。

なが
↔ 長い 長

---

09 あさ
○ **浅い**
○○○
○ 淺

こども ころ かわ あさ ところ みずあそ
子供の頃、よく川の浅い所で水遊びをした。
小時候常在河川淺處玩水。

ふか
↔ 深い 深

---

10 きたな
○ **汚い**
○○○
○ 骯髒

かれ へや ほんとう きたな
彼の部屋は本当に汚い。
他的房間真的很髒。

↔ きれいだ 乾淨、美麗

---

11 かた
○ **硬い**
○○○
○ 硬、僵硬

た なかせんせい ひょうじょう かた
田中先生はいつも表情が硬い。
田中老師的表情總是很僵硬。

やわ
↔ 柔らかい 軟、柔和

---

12 くる
○ **苦しい**
○○○
○ 痛苦、艱辛

かのじょ くる せいかつ なか むすめ りっぱ そだ あ
彼女は苦しい生活の中で娘を立派に育て上げた。
她在艱辛的生活中把女兒好好地扶養成人。

にが
＋ 苦い 苦、苦澀

くる
苦しい：指精神或肉體上的痛苦。
にが
苦い：指味道苦，或心理不愉快。

13 <ruby>明<rt>あか</rt></ruby>るい
○○○
明亮

↔ <ruby>暗<rt>くら</rt></ruby>い 陰暗

<ruby>今年<rt>ことし</rt></ruby>の<ruby>冬<rt>ふゆ</rt></ruby>は、<ruby>明<rt>あか</rt></ruby>るい<ruby>色<rt>いろ</rt></ruby>が<ruby>流行<rt>りゅうこう</rt></ruby>している。
今年冬天正流行著明亮的顏色。

---

14 なつかしい
○○○
懷念

≒ <ruby>恋<rt>こい</rt></ruby>しい 懷念、想念

<ruby>同窓会<rt>どうそうかい</rt></ruby>で10<ruby>年<rt>ねん</rt></ruby>ぶりになつかしい<ruby>友<rt>とも</rt></ruby>だちに<ruby>会<rt>あ</rt></ruby>った。
在同學會上見到10年未見的懷念的朋友。

なつかしい：用於表達對過去的體驗和回憶的懷念。
<ruby>恋<rt>こい</rt></ruby>しい：指想再次重現過去的回憶。

---

15 <ruby>深<rt>ふか</rt></ruby>い
○○
深

↔ <ruby>浅<rt>あさ</rt></ruby>い 淺

<ruby>子供<rt>こども</rt></ruby>は<ruby>深<rt>ふか</rt></ruby>く<ruby>眠<rt>ねむ</rt></ruby>っている。
小孩正在熟睡。

---

16 <ruby>美<rt>うつく</rt></ruby>しい
○○○
美麗

≒ きれいだ 美麗

<ruby>秋<rt>あき</rt></ruby>は<ruby>山々<rt>やまやま</rt></ruby>の<ruby>紅葉<rt>こうよう</rt></ruby>が<ruby>美<rt>うつく</rt></ruby>しい。
秋天滿山遍野的楓葉很美麗。

「きれいだ」和「<ruby>美<rt>うつく</rt></ruby>しい」皆表示美麗，但表現抽象的美麗、對美的感動或藝術之美時會使用「<ruby>美<rt>うつく</rt></ruby>しい」。

---

17 <ruby>悔<rt>くや</rt></ruby>しい
○○
後悔、不甘心

<ruby>強<rt>つよ</rt></ruby>い<ruby>人<rt>ひと</rt></ruby>に<ruby>負<rt>ま</rt></ruby>けたので、<ruby>悔<rt>くや</rt></ruby>しいとは<ruby>思<rt>おも</rt></ruby>わない。
因為是輸給很強的人，所以不會覺得不甘心。

---

18 つまらない
○○
無聊

≒ たいくつだ 無聊

<ruby>昨日<rt>きのう</rt></ruby>のパーティーはつまらなかった。
昨天的派對好無聊。

19 主だ おも
○
○○
○ 主要

+ 主に 主要 おも

わたし おも しごと ほん なら はんばい
私の主な仕事は本を並べたり販売したりすることです。
我主要的工作是擺書、賣書等等。

20 複雑だ ふくざつ
○
○○
○ 複雑

→ 単純だ 單純 たんじゅん
名

さっか ひと ふくざつ きも しょうせつ あらわ
この作家は、人の複雑な気持ちを小説で表す。
這位作家用小說表現人類的複雜情感。

21 正常だ せいじょう
○
○○
○ 正常
名

き かい せいじょう うご
機械が正常に動いている。
機器正常地運轉中。

22 新鮮だ しんせん
○
○○
○ 新鮮
名

や おや や さい しんせん やす
この八百屋の野菜は、新鮮で安い。
這家蔬菜店的蔬菜新鮮又便宜。

23 得意だ とくい
○
○○
○ 擅長

≒ 上手だ 擅長 じょうず
名

がくせい じ だい すうがく ぶつり とくい
学生時代、数学や物理が得意だった。
學生時代擅長數學或物理。

とくい
得意だ：用於稱讚他人的能力或技術，也用於表達對自己的能力有自信。
じょうず
上手だ：不使用於自己身上。

24 静かだ しず
○
○○
○ 安静

→ うるさい 吵雜

こうがい しず ところ す
郊外の静かな所に住んでいる。
住在郊區安靜的地方。

25 たんき
○ **短気だ**
○○ 沒耐心、急躁
名

たんき せいかく ひと しごと むり
短気な性格の人に、この仕事は無理だ。
對於個性急躁的人來說，這個工作太勉強了。

---

26 しょうじき
○ **正直だ**
○○ 誠實、正直

⇌ そっちょく
率直 直率
名

おか だ しょうじき ひと い
岡田さんは正直な人で、うそは言わない。
岡田先生是誠實的人，不會說謊。

「率直だ」和「正直だ」皆指毫無修飾的樣子，但「正直」含有內心誠實、不虛偽的意思。

---

27 ふ あん
○ **不安だ**
○○ 不安

↔ きらく
気楽だ 輕鬆、愉快
名

はじ はっぴょう ふ あん き も
初めての発表なので不安な気持ちでいっぱいだ。
因為是第一次發表，心中充滿不安的心情。

---

28 たんじゅん
○ **単純だ**
○○ 單純

↔ ふくざつ
複雑だ 複雑
名

このスポーツのルールは単純だ。
這個運動的規則很單純。

たんじゅん
単純だ：單純
どんかん
鈍感だ：遲鈍

---

29 しんぱい
○ **心配だ**
○○ 擔心
名 動

かあ しんぱい てんきん
お母さんのことが心配なので、転勤したくない。
因為擔心母親的事，所以不想換工作。

---

30 へん
○ **変だ**
○○ 奇怪

⇌ おかしい 奇怪

へん おとこ いえ まえ い き
変な男が家の前を行ったり来たりしている。
奇怪的男子正在家門前走來走去。

「変だ」和「おかしい」皆指和一般情況不同或異常的事情，但「おかしい」也可用於表示看到有趣或可笑的事物。

31
だいひょうてき
代表的だ
有代表性

しょうせつ　　　に ほんぶんがく　なか　　だいひょうてき
この小説は、日本文学の中でも代表的なものだ。
這個小說在日本文學中也是具代表性的作品。

32
さか
盛んだ
昌盛、發達

まち　　　じ どうしゃさんぎょう　さか
この町は、自動車産業が盛んだ。
這個城鎮的汽車產業很興盛。

33
りっ ぱ
立派だ
優秀、出色

きたむらせんせい　　だれ　　　　そんけい　　　　りっ ぱ　ひと
北村先生は、誰からも尊敬される立派な人です。
北村老師是受到大家尊敬的出色人物。

34
しゅよう
主要だ
主要
名

がつ　　しゅよう　　がっこうぎょう じ　　　　ぶん か さい
11月は、主要な学校行事として文化祭がある。
11月有作為學校主要活動的文化祭。

35
たいくつだ
無聊

≒ つまらない　無聊
名　動

し ごと　　や　　　　　　　　　　　まいにち
仕事を辞めてからたいくつな毎日だ。
辭職後每天都很無聊。

たいくつだ：指因沒有工作或沒事做而感到無聊。
つまらない：指做什麼事都感到無趣。

36
たいせつ
大切だ
重要

じゅうよう
≒ 重要だ　重要
名

じょう ず　　　　　　　　　　　　　れんしゅう　たいせつ
上手になるためには、練習が大切である。
為了變厲害，練習很重要。

1天1分鐘驗收

1 請在 a、b 當中選出相符的讀音。

1. 遅い　　（a. あさい　　b. おそい）

2. 汚い　　（a. きたない　　b. みじかい）

3. 大切だ　（a. たいせつだ　b. だいせつだ）

2 請依據讀音在 a、b 當中選出相符的單字。

4. わかい　　　　　　　（a. 若い　　b. 苦い）

5. こわい　　　　　　　（a. 痛い　　b. 怖い）

6. たんじゅんだ　　　　（a. 単鈍だ　b. 単純だ）

3 請從 a、b 當中選出最合適的詞。

7. 一泊二日の旅行はやはり（a. 短い　b. 深い）と思う。

8. この川は流れが（a. 遅い　b. 速い）から、泳いではいけません。

9. 岡田さんは（a. 正直な　b. 短気な）人で、うそは言わない。

答案 1ⓑ　2ⓐ　3ⓐ　4ⓐ　5ⓑ　6ⓑ　7ⓐ　8ⓑ　9ⓐ

合格

Day

09 **10** 11

學習進度

○ 預習 → ○ 熟讀 → ○ 背誦 → ○ 測驗

□ からから	□ しっかり	□ そっと	□ <ruby>早<rt>はや</rt></ruby>めに
□ さっそく	□ いつも	□ <ruby>全<rt>まった</rt></ruby>く	□ <ruby>今<rt>いま</rt></ruby>にも
□ ぴったり	□ ずいぶん	□ <ruby>約<rt>やく</rt></ruby>	□ <ruby>相変<rt>あいか</rt></ruby>わらず
□ そろそろ	□ ふらふら	□ <ruby>突然<rt>とつぜん</rt></ruby>	□ <ruby>一般<rt>いっぱん</rt></ruby>に
□ <ruby>必<rt>かなら</rt></ruby>ず	□ うっかり	□ <ruby>全然<rt>ぜんぜん</rt></ruby>	□ <ruby>絶対<rt>ぜったい</rt></ruby>に
□ どきどき	□ さっき	□ <ruby>意外<rt>いがい</rt></ruby>に	□ いちいち
□ しばらく	□ がらがら	□ <ruby>大体<rt>だいたい</rt></ruby>	□ <ruby>決<rt>けっ</rt></ruby>して
□ もう<ruby>一度<rt>いちど</rt></ruby>	□ ちょっと	□ <ruby>別々<rt>べつべつ</rt></ruby>に	□ <ruby>急<rt>きゅう</rt></ruby>に
□ がっかり	□ まさか	□ <ruby>次第<rt>しだい</rt></ruby>に	□ なるべく

01
○
○○
○
からから
乾透、空空如也
ナ

何も飲んでいないので、のどがからからだ。

因為什麼都沒喝，所以喉嚨很乾。

02
○
○○
○
さっそく
馬上、迅速地

≒ すぐ 馬上

<ruby>新<rt>あたら</rt></ruby>しい<ruby>店<rt>みせ</rt></ruby>ができたというので、さっそく<ruby>行<rt>い</rt></ruby>ってみた。

因為聽說開了一家新店，所以馬上去看看了。

03
○
○○
○
ぴったり
正好、合適
動 ナ

このシャツは<ruby>私<rt>わたし</rt></ruby>にぴったりだ。

這件襯衫很適合我。

04
○
○○
○
そろそろ
差不多、快要

バスがそろそろ<ruby>来<rt>く</rt></ruby>る<ruby>時間<rt>じかん</rt></ruby>ですよ。

差不多是公車要來的時間囉。

05
○
○○
○
<ruby>必<rt>かなら</rt></ruby>**ず**
一定

≒ きっと 一定

<ruby>約束<rt>やくそく</rt></ruby>は<ruby>必<rt>かなら</rt></ruby>ず<ruby>守<rt>まも</rt></ruby>ります。

一定會遵守約定。

06
○
○○
○
どきどき
心臟怦怦跳

≒ わくわく
因喜悅或期待而心情激動
動

<ruby>緊張<rt>きんちょう</rt></ruby>して、<ruby>胸<rt>むね</rt></ruby>がどきどきしている。

緊張得心臟怦怦跳。

わくわく：指因期待、興奮而無法冷靜，心臟怦怦跳。
どきどき：指心臟激烈跳動的樣子，可用於期待、興奮、不安、恐怖、驚嚇等情緒反應。

07 ○○○ **しばらく** 暫時、一會	もうしばらくお待ちいただけますか。 可以再等一會嗎？
08 ○○○ **もう一度** いちど 再一次	後でもう一度電話します。 あと　　いちど　でんわ 稍後再次打電話。
09 ○○○ **がっかり** 失望 [動]	旅行に行けなくなってがっかりした。 りょこう　い 因為不能去旅行而感到失望。
10 ○○○ **しっかり** 充足、好好地 ≒ ちゃんと 好好地、一絲不苟 [動]	肉や野菜をしっかり食べましょう。 にく　やさい　　　　　た 好好地吃肉或蔬菜吧。
11 ○○○ **いつも** 總是 ≒ 常に 總是 つね [名]	私はいつも遅く寝ます。 わたし　　　　おそ　ね 我總是很晚睡。
12 ○○○ **ずいぶん** 非常 ≒ 非常に 非常 ひじょう	この地図はずいぶん分かりにくいですね。 ちず　　　　　　わ 這張地圖非常難懂對吧。

13
○○○
ふらふら
搖搖晃晃、不穩定、
頭暈

+ ぶらぶら 溜達、閒晃
〔動〕

_{かぜ}　　　　　　_{からだ}
風邪をひいて、体がふらふらする。
感冒了，身體搖搖晃晃的。

ふらふら：形容無精打采的樣子。
ぶらぶら：形容悠閒漫步的樣子。

14
○○○
うっかり
不注意、糊里糊塗
〔動〕

　　　　_{さい ふ}　_お
うっかり財布を落としてしまった。
不小心弄丟了錢包。

15
○○○
さっき
剛剛
〔名〕

　　　_{あおやま}　　　　　　_{ひと}
さっき青山さんという人がたずねてきました。
剛剛有叫做青山的人來訪。

16
○○○
がらがら
空蕩蕩、物體倒塌的
聲音或樣子
〔動〕〔ナ〕

　　　_{ゆう}　_{えきまえ}　_{えい が かん}
夕べ、駅前の映画館はがらがらだった。
昨晚，車站前的電影院空蕩蕩的。

17
○○○
ちょっと
稍微

≒ _{すこ}
少し 稍微

　　　　　_{しず}
ちょっと静かにしてくださいませんか。
能不能稍微安靜一點？

18
○○○
まさか
萬萬（想不到）、
怎麼可能
〔名〕

　　　　_{しっぱい}　　　　　_{おも}
まさか失敗するとは思わなかった。
萬萬沒想到會失敗。

19
○
○○○
○

そっと
悄悄地、靜靜地

＋ さっと 迅速地

^{かい ぎ} ^{はじ} ^{なか} ^{はい}
会議が始まっていたので、そっと中に入った。
因為會議開始了，所以悄悄地進去裡面。

そっと：形容靜悄悄或暗中地行動。
さっと：形容動作很快地進行。

20
○
○○○
○

全く
^{まった}
完全

≒ 全然 完全
^{ぜんぜん}

^{さけ} ^{まった} ^の
お酒は全く飲まない。
完全不喝酒。

21
○
○○○
○

約
^{やく}
大約

≒ およそ 大約

^{いえ} ^{かいしゃ} ^{やく} ^{じ かん}
家から会社まで約１時間かかります。
從家裡到公司大約需要１小時。

22
○
○○○
○

突然
^{とつぜん}
突然

≒ いきなり 突然

^{うし} ^{とつぜん な まえ} ^よ
後ろから、突然名前を呼ばれてびっくりした。
突然從後面被叫到名字，嚇了一跳。

「突然」和「いきなり」皆用於突然發生的意外情況，「突然」用於突然
發生預料之外的事情而感到吃驚，「いきなり」也會用於忽略中間步驟，
一下子跳到最後的情況。

23
○
○○○
○

全然
^{ぜんぜん}
完全

≒ 全く 完全
^{まった}

^{ひと} ^{あやま} ^き ^{ぜんぜん}
あの人は謝る気は全然なさそうだ。
那個人好像完全沒有要道歉的意思。

24
○
○○○
○

意外に
^{い がい}
意外地

^{よ そう} ^{ちが} ^{ことし} ^{にゅうがく し けん} ^{い がい}
予想と違って、今年の入学試験は意外にやさしかった。
和預想的不同，今年的入學考試意外地簡單。

25 だいたい
○ **大体**
○ 大致、大抵
○

≒ 大抵 たいてい

　名

せつめい　　だいたい わ
説明は大体分かりました。

説明大致理解了。

---

26 べつべつ
○ **別々に**
○ 分別
○

＋ べつ
　別に （不）特別地

ふたり　　べつべつ　　しゅっぱつ
二人は別々に出発した。

兩個人分別出發了。

べつ
別に：通常與「ない」一起使用，指並不特別……。
べつべつ
別々に：指各自分開。

---

27 し だい
○ **次第に**
○ 漸漸地
○

≒ だんだん　漸漸地

たいふう　　し だい　かぜ つよ
台風で、次第に風が強くなってきた。

由於颱風的關係，風漸漸大了起來。

---

28 はや
○ **早めに**
○ 早一點
○

＋ はや
　早く　快點

ねつ　　　　　すこ はや　かえ
熱があるので、少し早めに帰らせてください。

因為發燒，所以請讓我稍微早一點回去。

はや
早く：帶有「就是現在」的意思。
はや
早めに：指比標準的時間還要早，不是指「現在」。

---

29 いま
○ **今にも**
○ 眼看、馬上
○

いま　　あめ ふ だ　　　　　てん き
今にも雨が降り出しそうな天気ですね。

眼看就要下雨的天氣啊。

---

30 あい か
○ **相変わらず**
○ 照舊、和往常一樣
○

くに　けいざいじょうきょう　あい か　　きび
この国の経済状況は相変わらず厳しいらしい。

這個國家的經濟狀況似乎和往常一樣嚴峻。

31
いっぱん
一般に
一般、通常

いっぱん　に ほん　　にゅうがくしき　　がつ
一般に日本では入学式は４月だ。
在日本，入學典禮一般在４月。

32
ぜったい
絶対に
絶對

さい ご　　　　　　　　　　ぜったい　　ごうかく
最後までがんばって絶対に合格します。
努力到最後絕對會合格。

かなら
≒ 必ず 必定、一定

33
いちいち
逐個

しんにゅうしゃいん　　　　　　　　　　　せつめい
新入社員にはいちいち説明しなければならない。
必須向新進員工逐一說明。

ひと　　ひと
≒ 一つ一つ ――、逐個

34
けっ
決して
絶對

けっ　　　　　　　い
決してうそは言いません。
絕對不說謊。

35
きゅう
急に
突然

きゅう　そら　くら　　　　　　　あめ　ふ
急に空が暗くなり、雨が降ってきた。
天空突然變暗，開始下起雨來。

≒ いきなり 突然

36
なるべく
盡量

あした　　　　　　　　　　はや　　き
明日はなるべく早く来てください。
明天請盡量早點來。

≒ できるだけ 盡量

 1天1分鐘驗收

① 請在 a、b 當中選出相符的單字。

1. 馬上、迅速地 （a. さっそく　　　b. さっき）

2. 心臟怦怦跳　（a. そろそろ　　　b. どきどき）

3. 早一點　　　（a. しばらく　　　b. 早めに）

4. 盡量　　　　（a. なるべく　　　b. まったく）

5. 漸漸地　　　（a. 突然　　　　　b. 次第に）

② 請選出最適合填入空格內的單字。

　選項　　a. 今にも　　b. いちいち　　c. うっかり

6. （　　　）財布を落としてしまった。

7. 新入社員には（　　　）説明しなければならない。

8. （　　　）雨が降り出しそうな天気ですね。

③ 請在 a、b 當中選出最適合填入空格內的單字。

9.
この国は昔から農業が盛んだ。最近は魚のような水産物の輸出が
増えているが、（ a. 相変わらず　b. 決して）輸出の半分以上は農産
物だそうだ。

答案 1 ⓐ　2 ⓑ　3 ⓑ　4 ⓐ　5 ⓑ　6 ⓒ　7 ⓑ　8 ⓐ　9 ⓐ

解釋　這個國家自古農業就很興盛。雖然最近像魚類等水產出口量增加了，但據說出口量的一半以上依然是農產品。

問題 1　請選出畫線處正確的讀音。

1 道が込んで通勤に2時間もかかりました。

　　1 つうがく　　　　2 つうきん　　　　3 つうしん　　　　4 つうやく

2 山田さんはスポーツなら何でも得意だ。

　　1 とくい　　　　　2 どくい　　　　　3 とおくい　　　　4 どおくい

3 気温の変化をグラフで表した。

　　1 しめした　　　　2 うつした　　　　3 あらわした　　　　4 うごかした

問題 2　請選出畫線處的漢字標記。

4 米の輸入がげんしょうしている。

　　1 減小　　　　　　2 減少　　　　　　3 感小　　　　　　4 感少

5 この町は、子供をそだてるのにいい環境だ。

　　1 助てる　　　　　2 育てる　　　　　3 守てる　　　　　4 教てる

6 セーターはもう少しあついほうがいいですね。

　　1 甘い　　　　　　2 重い　　　　　　3 暑い　　　　　　4 厚い

問題 3　請選出最適合填入括號內的單字。

7　彼なら今度の試験に合格できると(　　　　　)います。

1 貸して　　　　　2 信じて　　　　　3 許して　　　　　4 追って

8　急いでいたので、(　　　　　)反対方向の電車に乗ってしまった。

1 しっかり　　　　2 がっかり　　　　3 うっかり　　　　4 ぴったり

9　東京のような大都市は(　　　　　)が高いので、生活が大変です。

1 消費　　　　　　2 資源　　　　　　3 物価　　　　　　4 支出

問題 4　請選出與畫線處意思相同的選項。

10　鈴木さんは絶対に来ると思います。

1 かならず　　　　2 さっそく　　　　3 たぶん　　　　　4 あとで

11　飲み物はもう注文しましたか。

1 けしましたか　　2 かりましたか　　3 しらべましたか　　4 たのみましたか

12　店の入り口は、いつもきれいに掃除しておきましょう。

1 常に　　　　　　2 一気に　　　　　3 次第に　　　　　4 別々に

→ 實戰練習解答請見下一頁

實 戰 練 習 解 答

答案 1 ② 2 ① 3 ③ 4 ② 5 ② 6 ④ 7 ② 8 ③ 9 ③ 10 ① 11 ④ 12 ①

	題目翻譯	對應頁碼
1	由於塞車，<u>通勤</u>花了 2 個小時。	→ p.61
2	山田先生只要是運動，什麼都很<u>擅長</u>。	→ p.80
3	用圖表來表現<u>氣溫</u>的變化。	→ p.74
4	米的進口正在<u>減少</u>。	→ p.65
5	這個城鎮是適合<u>養育</u>孩子的環境。	→ p.74
6	毛衣再<u>厚</u>一點比較好吧。	→ p.77
7	我（相信）要是他的話，這次的考試可以及格。	→ p.50
8	因為很急，所以（不小心）搭了反方向的電車。	→ p.87
9	因為像東京這樣的大都市（物價）很高，所以生活很辛苦。	→ p.57
10	我覺得鈴木先生<u>絕對</u>會來。 1 絕對　　　2 馬上　　　　3 大概　　　　4 稍後	→ p.90
11	飲料已經<u>點</u>了嗎？ 1 消除了嗎　2 借了嗎　　　3 調查了嗎　　4 點了嗎	→ p.18
12	讓店門口<u>總是</u>清掃得很乾淨。 1 總是　　　2 一口氣　　　3 漸漸地　　　4 分別	→ p.86

Chapter
02

★ ★ ☆
第二順位單字

Day 11~20

MP3 01-11

Day
10 **11** 12

學習進度 ● 預習 → ● 熟讀 → ● 背誦 → ● 測驗

□ 孫 (まご)	□ 真ん中 (ま なか)	□ 以降 (い こう)	□ カバー
□ 列 (れつ)	□ やり方 (かた)	□ 復習 (ふくしゅう)	□ チャレンジ
□ 根 (ね)	□ 募集 (ぼ しゅう)	□ 流行 (りゅうこう)	□ ノック
□ 向き (む)	□ 支給 (し きゅう)	□ 理由 (り ゆう)	□ 預ける (あず)
□ 右折 (う せつ)	□ 大量 (たいりょう)	□ 貿易 (ぼうえき)	□ 扱う (あつか)
□ 放送 (ほうそう)	□ 申し込み (もう こ)	□ 発展 (はってん)	□ あきらめる
□ 床 (ゆか)	□ 行き先 (ゆ さき)	□ 満足 (まんぞく)	□ 確かめる (たし)
□ 豆 (まめ)	□ 物語 (ものがたり)	□ 命令 (めいれい)	□ 余る (あま)
□ 翻訳 (ほんやく)	□ 農業 (のうぎょう)	□ 両替 (りょうがえ)	□ 混ぜる (ま)

01
○○○
まご
孫
孫子

＋ まごむすめ
孫娘 孫女

なつやす　　　　　　まご　あそ　　き
夏休みになって孫が遊びに来た。

進入暑假後，孫子來玩了。

02
○○○
れつ
列
列

↔ ぎょう
行 行

この列に並んでください。
れつ　なら

請排在這一列。

03
○○○
ね
根
根

この草は根が深い。
くさ　ね　ふか

這個草的根部很深。

04
○○○
む
向き
面向、朝向

みなみむ　　　　へや　ひあ
南向きの部屋は日当たりがいい。

朝南的房子日照很好。

05
○○○
うせつ
右折
右轉

↔ させつ
左折 左轉

動

こうさてん　　うせつ　　　　　　　　さゆう　　　　　　　み
交差点を右折するときは、左右をしっかり見ましょう。

在十字路口右轉的時候，確實地看看左右兩側吧。

06
○○○
ほうそう
放送
播放

＋ ばんぐみ
番組 節目

動

あたら　　　　　　　　　　らいしゅう　　　　ほうそう
新しいドラマが来週から放送される。

新的電視劇將從下週開始播放。

07 ゆか
○○○ **床**
○ 地板

+ そこ
底 底部

ゆか　　　　そうじ
床をきれいに掃除する。
把地板打掃乾淨。

---

08 まめ
○○ **豆**
○ 豆子

じ かん　　　　まめ　　に
時間をかけて豆を煮る。
花時間煮豆子。

---

09 ほんやく
○○○ **翻訳**
○ 翻譯

+ つうやく
通訳 口譯
動

えい ご　　　ほんやく
これを英語に翻訳してください。
請把這個翻譯成英文。

ほんやく
翻訳：指把某語言的文章翻譯成另一個語言。
つうやく
通訳：口譯，指將口述的句子轉換成另一種語言傳達出去。

---

10 ま なか
○○○ **真ん中**
○ 正中間

+ まうえ
真上 正上方

へ や　　ま　なか　　　　　　　　　お
部屋の真ん中にテーブルを置く。
在房間的正中間放置桌子。

---

11 かた
○○○ **やり方**
○ 作法、方法

≒ しかた 方法、辦法

かた　　おし
このゲームのやり方を教えてください。
請告訴我這個遊戲的玩法。

---

12 ぼ しゅう
○○○ **募集**
○ 募集、招募
動

みせ　　　　　　　　　　　　　ぼ しゅう
店でアルバイトを募集している。
店裡正在招募兼職人員。

13 しきゅう
○
○ **支給**
○ 支付

≒ 支払い 付款
しはら
動

しゃいん　きゅうりょう　し きゅう
社員に給料を支給する。
支付公司員工薪水。

し きゅう
支給：指把金錢或物品交給對方。
しはら
支払い：指用金錢付貨款或債務。

---

14 たいりょう
○
○ **大量**
○ 大量

→ 小量 少量
しょうりょう

こうじょう　くるま　たいりょう　せいさん
工場で車を大量に生産する。
在工廠大量生產汽車。

---

15 もう　こ
○
○ **申し込み**
○ 申請

＋ 申込書 申請書
もうしこみしょ

しょうがくきん　もう　こ
奨学金の申し込みをした。
申請了獎學金。

---

16 ゆ　さき
○
○ **行き先**
○ 目的地

がいしゅつ　とき　だれ　ゆ さき　つた
外出する時は誰かに行き先を伝えておいてください。
外出的時候，請事先告知某人目的地。

---

17 ものがたり
○
○ **物語**
○ 故事

≒ ストーリー
故事 (story)

ものがたり　ほんとう　はなし
この物語は本当の話です。
這個故事是真實的事情。

---

18 のうぎょう
○
○ **農業**
○ 農業

くに　おも　さんぎょう　のうぎょう
この国の主な産業は農業だ。
這個國家的主要產業是農業。

19
○
○ **以降** いこう
○ 以後

≒ 以後 之後 いご

明日 5 時以降なら時間があります。 あした じ いこう じ かん

如果明天 5 點以後的話，我有時間。

以降：著重在「某個特定的時間點」，含有「某個特定時間點」之後的意思。 いこう
以後：不強調特定時間點，指某個時間之後。 いご

由於例句強調 5 點這個特定的時間點，所以使用「以降」較合適。 いこう

20
○
○ **復習** ふくしゅう
○ 複習

↔ 予習 預習 よしゅう

[動]

試験の前にテキストを復習した。 し けん まえ ふくしゅう

考試前複習了課本。

21
○
○ **流行** りゅうこう
○ 流行

≒ はやり 流行

[動]

いま風邪が流行している。 かぜ りゅうこう

現在感冒正在流行。

22
○
○ **理由** り ゆう
○ 理由

≒ 原因 原因 げんいん

彼がパーティーに来なかった理由を聞いた。 かれ こ りゆう き

問了他沒來派對的理由。

理由：指判斷事物為什麼會有如此結果的根據。 りゆう
原因：指引起某事件、變化的原因。 げんいん

23
○
○ **貿易** ぼうえき
○ 貿易

[動]

父は貿易会社を経営している。 ちち ぼうえきがいしゃ けいえい

父親在經營貿易公司。

24
○
○ **発展** はってん
○ 發展

[動]

この国の経済は発展している。 くに けいざい はってん

這個國家的經濟正在發展。

25
〇〇
〇
まんぞく
満足
満足
[動] [ナ]

いま　しごと　まんぞく
今の仕事に満足している。
滿足於現在的工作。

26
〇
〇〇
めいれい
命令
命令
[動]

しゃちょう　めいれい　しゅっちょう　い
社長の命令で出張に行く。
奉董事長的命令去出差。

27
〇
〇〇
りょうがえ
両替
貨幣兌換
[動]

ぎんこう　えん　りょうがえ
銀行でドルを円に両替した。
在銀行把美金兌換成日圓。

28
〇
〇〇
カバー
蓋子、罩子（cover）
[動]

バイクにカバーをかけた。
把機車套上了罩子。

29
〇
〇〇
チャレンジ
挑戦（challenge）

ちょうせん
≒ 挑戦　挑戦
[動]

かれ　いなか　もど　のうぎょう
彼は田舎に戻って農業にチャレンジした。
他回到鄉下挑戰農業。

チャレンジ：外來語，來自英語的 Challenge。
ちょうせん
挑戦：指試圖做困難的事情。

30
〇
〇〇
ノック
敲（knock）
[動]

おとうと　へや　へんじ
弟の部屋をノックしても返事がない。
即便敲了弟弟的房門也沒有回應。

31
○○○
○

あず
預ける

寄放、寄存

ぎんこう　　　かね　　あず　　　　　　　　　　　　ふ
銀行にお金を預けてもなかなか増えない。

即使把錢存在銀行，也不太增加。

+ あず
預かる

収存、（代人）保管

あず
預ける：指把自己的物品交給他人保管。
あず
預かる：指自己保管他人的物品。

32
○
○

あつか
扱う

使用、處理

この皿は、注意して扱ってください。
さら　　　　ちゅう い　　あつか

請小心使用這個盤子。

33
○○○
○

あきらめる

放棄

しっぱい　　　　　わたし
失敗しても私はあきらめない。

即使失敗我也不會放棄。

34
○○○
○

たし
確かめる

確認、弄清

でん わ ばんごう　　まちが　　　　　　　　　　たし
電話番号が間違っていないか確かめる。

確認電話號碼是否有誤。

かくにん
≒ 確認する　確認

35
○○○
○

あま
余る

剩餘

じ かん　　あま
テストで時間が余った。

考試還有剩下時間。

のこ
≒ 残る　剩下

あま
余る：指多出來、超出預期的部分。
のこ
残る：指殘留、扣除所需後剩下的部分。

36
○○○
○

ま
混ぜる

混合、攪拌

りょう り　　ざいりょう　　　　　　ま
料理の材料をよく混ぜる。

把烹飪的材料充分混合。

ま
混じる：混雜（自動詞）
ま
混ぜる：混合、攪拌（他動詞）

1天1分鐘驗收

① 請在 a、b 當中選出相符的讀音。

1. 豆　（a. まめ　　　b. まね）

2. 発展　（a. はつでん　　b. はってん）

3. 募集　（a. ぼしゅう　　b. もしゅう）

② 請依據讀音在 a、b 當中選出相符的單字。

4. ゆか　　　　　（a. 床　　b. 底）

5. いこう　　　　（a. 以後　　b. 以降）

6. まんぞく　　　（a. 万足　　b. 満足）

③ 請從 a、b 當中選出最合適的詞。

7. 銀行にお金を（a. 預けても　b. 預かっても）なかなか増えない。

8. 料理の材料をよく（a. 混じる　b. 混ぜる）。

9. 弟の部屋を（a. ノック　b. カバー）しても返事がない。

答案 1 ⓐ 2 ⓑ 3 ⓐ 4 ⓐ 5 ⓑ 6 ⓑ 7 ⓐ 8 ⓑ 9 ⓐ

Day

11 **12** 13

學習進度 ● 預習 → ● 熟讀 → ● 背誦 → ● 測驗

□ 缶 _{かん}	□ 生 _{なま}	□ 空き地 _{あ ち}	□ アイデア／ 　アイディア
□ 種 _{たね}	□ 直線 _{ちょくせん}	□ 明後日 _{あさって}	□ キッチン
□ 不満 _{ふ まん}	□ 請求 _{せいきゅう}	□ 屋外 _{おくがい}	□ チャンス
□ 物置 _{ものおき}	□ 食欲 _{しょくよく}	□ 容器 _{ようき}	□ 結ぶ _{むす}
□ 騒音 _{そうおん}	□ 次男 _{じなん}	□ 係 _{かかり}	□ 駆ける _か
□ 限界 _{げんかい}	□ 通行 _{つうこう}	□ 短期 _{たんき}	□ こぼす
□ 愛 _{あい}	□ 冗談 _{じょうだん}	□ 反省 _{はんせい}	□ 疑う _{うたが}
□ 差 _さ	□ 主婦 _{しゅ ふ}	□ 強調 _{きょうちょう}	□ 降りる _お
□ 故郷／故郷 _{こ きょう　ふるさと}	□ 歩道橋 _{ほ どうきょう}	□ 不足 _{ふ そく}	□ はかる

01
○○○
缶 かん
罐子

かん か の
缶コーヒーを買って飲んだ。
買了罐裝咖啡喝。

02
○○○
種 たね
種子

にわ はな たね
庭に花の種をまいた。
在庭院裡灑下了花的種子。

03
○○○
不満 ふ まん
不滿

→ 満足 滿足 まんぞく
ナ

みせ ふ まん
店のサービスに不満がある。
對店家的服務有所不滿。

04
○○○
物置 ものおき
倉庫

ものおき ふる はっけん
物置で古いカメラを発見した。
在倉庫裡發現了老相機。

05
○○○
騒音 そうおん
噪音

へ や どうろ ちか そうおん き
この部屋は道路が近いので騒音が気になる。
因為這個房間離道路很近，所以我很在意噪音。

06
○○○
限界 げんかい
極限

⇔ 限度 限度 げんど

ひとり げんかい
一人でできることには限界がある。
一個人能做的事是有極限的。

07 あい
愛
愛
動

私のあなたへの愛は変わりません。

我對你的愛不會改變。

---

08 さ
差
差別、差異

両チームの力の差を感じた。

感受到了兩隊實力的差異。

---

09 こきょう ふるさと
故郷／故郷
故郷

夏休みは故郷に帰るつもりだ。

打算暑假回故鄉。

故郷：可讀作「こきょう」和「ふるさと」。
こきょう：指出生長大的地方。
ふるさと：除了出生長大的地方外，還可指精神上思念和依靠的地方。

---

10 なま
生
生的、未熟的

冷えた生ビールはいかがですか。

來點冰的生啤酒怎麼樣呢？

---

11 ちょくせん
直線
直線

きょくせん
↔ 曲線 曲線

二本の直線を引いてみましょう。

畫兩條直線看看吧。

---

12 せいきゅう
請求
請求、索取

せいきゅうしょ
＋ 請求書 帳單
動

サービスの利用料金を請求する。

收取服務使用費。

13　しょくよく
○○
○ **食欲**
○ 食慾

あつ　　しょくよく
暑くて食欲がなくなった。
熱得沒食慾了。

14　じ　なん
○
○ **次男**
○ 次子

＋ ちょうなん
長男 長子

きょう　　じ　なん　　にゅうがくしき
今日は次男の入学式がある。
今天是次子的入學典禮。

・**男**
　なん　次男：次子
じなん
　だん　男性：男性
だんせい

15　つうこう
○○
○ **通行**
○ 通行、通過

＋ いっぽうつうこう
一方通行 單行道

動

まつ　　　　　　　くるま　つうこう　　せいげん
祭りのため、車の通行が制限されます。
由於祭典的緣故，車輛通行受到限制。

16　じょうだん
○
○ **冗談**
○ 玩笑、笑話

じょうだん　い　　　　　　　　　　　　　　　　かんが
冗談は言わないで、まじめに考えてください。
別開玩笑，請認真考慮。

17　しゅ ふ
○○
○ **主婦**
○ 主婦

か てい　　しゅ ふ　　　　　　　　　いそが
家庭の主婦もなかなか忙しい。
家庭主婦也挺忙的。

18　ほ どうきょう
○
○ **歩道橋**
○ 天橋

ほ どうきょう　　わた
あそこの歩道橋を渡ってください。
請通過那邊的天橋。

19 あ　ち
○ **空き地**
○○
○ 空地

はな や　　となり　あ　ち
花屋の隣に空き地がある。
花店的旁邊有空地。

---

20 あさって
○ **明後日**
○○
○ 後天

あした　　あさって　　やす
明日と明後日は休みです。
明天和後天是假日。

---

21 おくがい
○ **屋外**
○○
○ 室外

≒ や がい
野外　戸外、郊外

おくがい　　　　　すいえい　　れんしゅう
屋外のプールで水泳の練習をした。
在室外泳池練習了游泳。

おくがい
屋外：指建築物的外面。
や がい
野外：指建築物外的廣闊空間。

---

22 よう き
○ **容器**
○○
○ 容器

よう き　　しよう　　へ
プラスチック容器の使用を減らそう。
減少塑膠容器的使用吧。

---

23 かかり
○ **係**
○○
○ 負責人

≒ たんとうしゃ
担当者　負責人

あんない　かかり　ひと　かいぎじょう　ばしょ　き
案内の係の人に会議場の場所を聞いた。
向導覽的負責人詢問了會議廳的地點。

---

24 たん き
○ **短期**
○○
○ 短期

↔ ちょうき
長期　長期

りょこう　　　　　　　　たん き
旅行のために短期のアルバイトをする。
為了旅行，從事短期打工。

25 はんせい
○ **反省**
○○ 反省
　動

じぶん こうどう はんせい
自分の行動を反省する。

反省自身的行動。

26 きょうちょう
○ **強調**
○○ 強調
　動

かれ きょういく じゅうようせい きょうちょう
彼は教育の重要性を強調した。

他強調了教育的重要性。

27 ふそく
○ **不足**
○○ 不足
　動

かね ふそく なや
お金が不足していて悩んでいる。

因為錢不夠而困擾著。

28
○ **アイデア／**
○○ **アイディア**
點子、主意（idea）

さんぽ う
散歩しているときにいいアイデアが浮かんだ。

在散步時想到了好點子。

29
○ **キッチン**
○○ 廚房（kitchen）
だいどころ
≒ 台所　廚房

りょうり
キッチンで料理をする。

在廚房煮菜。

30
○ **チャンス**
○○ 機會（chance）
きかい
≒ 機会　機會

いいチャンスだからやってみなさい。

因為是好機會，所以請去做做看。

31 むす
○ **結ぶ**
○○ 連結、繋

くつ　　　　　　　　　　むす
靴のひもをしっかり結んだ。
把鞋帶繫緊。

32 か
○ **駆ける**
○○ 奔跑

ちこく　　　　　　　　　えき　か
遅刻しそうだったので、駅まで駆けた。
因為快要遲到，所以跑到了車站。

≒ 走る　跑
はし

33
○ **こぼす**
○○ 灑出、溢出

しろ
白いシャツにコーヒーをこぼしてしまった。
把咖啡灑在白襯衫上。

こぼれる：灑出、溢出（自動詞）
こぼす：灑出、溢出（他動詞）

34 うたが
○ **疑う**
○○ 懷疑

ひと　うたが
人を疑ってはいけない。
不可以懷疑人。

35 お
○ **降りる**
○○ 下來

こども　　ひとり　かいだん　お
子供が一人で階段を降りるようになった。
小孩可以一個人走下樓梯了。

降りる：下來（自動詞）
お
降ろす：使下車、降下（他動詞）
お

36
○ **はかる**
○○ 測量

にもつ　おも
荷物の重さをはかる。
測量行李的重量。

はかる有以下三種標記方式：量る、測る、計る。
量る：主要用於重量。測る：主要用於長度和面積。計る：主要用於時間或溫度。

1天1分鐘驗收

❶ 請在 a、b 當中選出相符的讀音。

1. 種　（a. かね　　　　b. たね）

2. 次男　（a. じだん　　　b. じなん）

3. 直線　（a. ちょくせん　　b. きょくせん）

❷ 請依據讀音在 a、b 當中選出相符的單字。

4. かかり　　　　　　（a. 系　　　b. 係）

5. なま　　　　　　　（a. 生　　　b. 全）

6. しゅふ　　　　　　（a. 主婦　　b. 住婦）

❸ 請從 a、b 當中選出最合適的詞。

7. 子供が一人で階段を(a. 降りる　b. 降ろす)ようになった。

8. 白いシャツにコーヒーを(a. こぼして　b. こぼれて)しまった。

9. サービスの利用料金を(a. 通行　b. 請求)する。

答案 1 ⓑ　2 ⓑ　3 ⓐ　4 ⓑ　5 ⓐ　6 ⓐ　7 ⓐ　8 ⓐ　9 ⓑ

MP3 01-13

Day

12 **13** 14

 ○ 預習 → ○ 熟讀 → ○ 背誦 → ○ 測驗

□ ふた	□ 黒板 こくばん	□ 居眠り いねむ	□ テーマ
□ 針 はり	□ 環境 かんきょう	□ 半年 はんとし	□ キャンセル
□ 許可 きょか	□ 直前 ちょくぜん	□ おしゃれ	□ アドバイス
□ 行事 ぎょうじ	□ 灰色 はいいろ	□ 書留 かきとめ	□ 枯れる か
□ 物忘れ ものわす	□ 並木 なみき	□ 研究 けんきゅう	□ しゃべる
□ 成功 せいこう	□ 考え かんが	□ 本社 ほんしゃ	□ 経つ た
□ 国語 こくご	□ 送金 そうきん	□ 距離 きょり	□ 遅れる おく
□ 寿命 じゅみょう	□ 参加 さんか	□ 世の中 よ なか	□ 区切る くぎ
□ 予報 よほう	□ 問い合わせ と あ	□ 現金 げんきん	□ 太る ふと

01
○ **ふた**
○○ 蓋子
○

≒ キャップ 蓋子（cap）

びん　　　　　かた
瓶のふたは固くしめておく。

把瓶蓋蓋緊。

---

02 はり
○ **針**
○○ 針
○

とし　と　　　　　はり　いと　　とお
年を取ると、針に糸を通しにくくなった。

一上了年紀，就變得很難把線穿過針孔了。

---

03 きょ か
○ **許可**
○○ 許可
○
[動]

せんせい　きょ か　　　　　　はつげん
先生に許可をもらって、発言する。

獲得老師的許可後發言。

---

04 ぎょう じ
○ **行事**
○○ 活動、儀式
○

かいしゃ　ぎょう じ　さん か
会社の行事に参加する。

參加公司的活動。

• **行**
ぎょう　　行事：活動
こう　　　　行動：行動

---

05 ものわす
○ **物忘れ**
○○ 健忘
○
[動]

さいきんものわす
最近物忘れがひどくなった。

最近健忘變嚴重了。

---

06 せいこう
○ **成功**
○○ 成功
○

しっぱい
↔ 失敗 失敗
[動]

ちい　　　せいこう　　ど りょく　ひつよう
小さな成功も努力は必要だ。

小小的成功也是需要努力的。

07 こくご
○ **国語**
○○ 國語

こくご じぶん とくい かもく
国語は自分の得意な科目です。
國語是我擅長的科目。

---

08 じゅみょう
○ **寿命**
○○ 壽命

でんち じゅみょう かくにん
電池の寿命を確認する。
確認電池的壽命。

• **命**
みょう 寿命：壽命
めい　命令：命令

---

09 よほう
○ **予報**
○○ 預報

＋ **天気予報** 天氣預報
動

てんきよほう はず
このごろ、天気予報はいつも外れる。
最近天氣預報總是不準。

---

10 こくばん
○ **黒板**
○○ 黑板

こくばん じ ちい み
黒板の字が小さくて、見えない。
黑板的字太小，看不見。

---

11 かんきょう
○ **環境**
○○ 環境

かんきょうもんだい とうろん
環境問題について討論した。
討論了環境問題。

---

12 ちょくぜん
○ **直前**
○○ 即將……之前

↔ **直後** 剛……之後

しゅっぱつちょくぜん いもうと でんわ
出発直前に、妹から電話がかかってきた。
即將出發之前，妹妹打電話來了。

13　はいいろ
○○○
灰色
○○
灰色

≒ グレー　灰色（gray）

はいいろ　そら　　いま　　あめ
灰色の空から、今にも雨がふってきそうだ。
灰色的天空似乎很快就要下雨。

14　なみ き
○○○
並木
○○
行道樹

がいろじゅ
≒ 街路樹　行道樹

なみ き みち　　　　ある
並木道をぶらぶら歩いた。
漫步於林蔭道。

15　かんが
○○○
考え
○○
想法

じ ぶん　かんが　　　　　　の
自分の考えをはっきり述べる。
清楚陳述自己的想法。

16　そうきん
○○○
送金
○○
匯款

ふ　こ
≒ 振り込み　匯款
動

おや　　　がく ひ　　　そうきん
親から学費を送金してもらった。
父母為我匯了學費。

そうきん
送金：指用銀行或郵局的戶頭匯款。
ふ　こ
振り込み：是「送金」的一種，指把錢匯入戶頭裡。

17　さん か
○○○
参加
○○
參加
動

た なか　　　　かい ぎ　　さん か
田中さんも会議に参加しますか。
田中先生也會參加會議嗎？

18　と　あ
○○
問い合わせ
○○
諮詢

でん わ　　　しょうひん　　　　　と　あ
電話で商品について問い合わせをする。
打電話諮詢關於商品的事情。

19 い ねむ
居眠り
○○○
打瞌睡
動

かれ　　　かい ぎ ちゅう　い ねむ
彼は、会議中に居眠りをしていた。
他在會議中打瞌睡。

---

20 はんとし
半年
○○○
半年

はんにち
＋ 半日　半天

はんとし　べんきょう　し けん　ごうかく
半年の勉強で試験に合格した。
透過半年的讀書通過了考試。

21
おしゃれ
○○○
時髦、好打扮
動　ナ

いもうと　　　　　　　　で
妹はおしゃれをして出かけた。
妹妹打扮好後出門了。

---

22 かきとめ
書留
○○○
掛號郵件

そくたつ
＋ 速達　急件、快遞

ゆうびんきょく　まどぐち　かきとめ　う　と
郵便局の窓口で書留を受け取った。
在郵局的窗口領取了掛號郵件。

かきとめ
書留：指會記錄接收、運送過程的郵件。
そくたつ
速達：指比普通郵件更快速送達的郵件。

---

23 けんきゅう
研究
○○○
研究

けんきゅうしつ
＋ 研究室　研究室
動

せ かいけいざい　　　　　　けんきゅう
世界経済について研究している。
就世界經濟進行研究中。

---

24 ほんしゃ
本社
○○○
總公司

ししゃ
＋ 支社　分公司

ご ぜんちゅう　　ほんしゃ　しょるい　おく
午前中、本社に書類を送らなければならない。
中午前必須把資料送到總公司。

25
○○○
○

きょり
距離
距離

いえ こうつう べんり えき ある ふん きょり
この家は交通が便利で、駅まで歩いて2分という距離だ。

這房子交通便利，走到車站是2分鐘的距離。

26
○
○○○
○

よ なか
世の中
世上、世間

せかい
≒ 世界 世界

とお よ なか うご し
ニュースを通して、世の中の動きを知る。

透過新聞了解世界的動態。

よ なか
世の中：指圍繞自己的環境、社會。
せかい
世界：指地球的空間領域。

27
○
○

げんきん
現金
現金

みせ げんきん はら
この店では現金で払わなければならない。

在這家店必須以現金付款。

28
○
○

テーマ
主題（Thema）

しゅだい
≒ 主題 主題

こうえん なん
講演のテーマは何ですか。

演講的主題是什麼？

29
○
○○○
○

キャンセル
取消（cancel）

と け
≒ 取り消し 取消
動

ひこうき よやく
飛行機の予約をキャンセルした。

取消了飛機的預約。

30
○
○○○
○

アドバイス
建議（advice）
動

せんぱい しゅうしょく かん う
先輩に就職に関してアドバイスを受けた。

從前輩那裡接受了關於就業的建議。

31
○
○ 枯れる
○ 枯萎

テーブルに置いてあった花が枯れてしまった。

放在桌上的花枯萎了。

枯れる：枯萎（自動詞）
枯らす：使枯萎（他動詞）

32
○
○ しゃべる
○ 說話

≒ 言う 說

彼は、会議中、一言もしゃべらなかった。

他在會議上一句話也沒說。

33
○
○ 経つ
○ 經過

≒ 過ぎる 經過、超過

料理を習い始めて 2 か月も経っていない。

開始學煮菜還不到兩個月。

「経つ」和「過ぎる」皆有「經過」的意思，但「経つ」只能用於時間方面，例如：春が経つ(×)，春が過ぎる(○)。

34
○
○ 遅れる
○ 遲到、晚、延誤

会社に遅れないように駅から走った。

為了上班不要遲到，從車站開始用跑的。

35
○
○ 区切る
○ 分段、劃分

数字は 3 桁ごとにコンマで区切ってください。

請使用逗號將數字每三位數劃分開來。

36
○
○ 太る
○ 變胖

↔ やせる 變瘦

一週間で 3 キロも太ってしまった。

一週胖了 3 公斤。

⏱ 1天1分鐘驗收

1 請在 a、b 當中選出相符的讀音。

1. 行事　(a. ぎょうじ　　b. こうじ)

2. 寿命　(a. じゅめい　　b. じゅみょう)

3. 予報　(a. よほう　　b. ようほう)

2 請依據讀音在 a、b 當中選出相符的單字。

4. ふとる　　　　(a. 太る　b. 大る)

5. ちょくぜん　　(a. 直先　b. 直前)

6. さんか　　　　(a. 散加　b. 参加)

3 請從 a、b 當中選出最合適的詞。

7. 先生に(a. 許可　b. 予報)をもらって、発言する。

8. テーブルに置いてあった花が(a. 枯らして　b. 枯れて)しまった。

9. 先輩に就職に関して(a. キャンセル　b. アドバイス)を受けた。

答案 1ⓐ 2ⓑ 3ⓐ 4ⓐ 5ⓑ 6ⓑ 7ⓐ 8ⓑ 9ⓑ

Day

13 **14** 15

□ 腰 _{こし}	□ 直通 _{ちょくつう}	□ 家具 _{か ぐ}	□ イメージ
□ 事務 _{じ む}	□ 通過 _{つう か}	□ 誕生 _{たんじょう}	□ グループ
□ 書店 _{しょてん}	□ 模様 _{も よう}	□ 犯人 _{はんにん}	□ パンフレット
□ 割引 _{わりびき}	□ 掃除 _{そう じ}	□ 握手 _{あくしゅ}	□ 合わせる _あ
□ 場合 _{ば あい}	□ 歓迎 _{かんげい}	□ 違反 _{い はん}	□ 移る _{うつ}
□ お尻 _{しり}	□ 初心者 _{しょしんしゃ}	□ 種類 _{しゅるい}	□ にぎる
□ 正座 _{せい ざ}	□ 税込み _{ぜい こ}	□ 答案 _{とうあん}	□ 離す _{はな}
□ 舞台 _{ぶ たい}	□ 総合 _{そうごう}	□ 梅雨／梅雨 _{つゆ　ばい う}	□ 過ごす _す
□ 死亡 _{し ぼう}	□ 言語 _{げん ご}	□ 予定 _{よ てい}	□ 伝わる _{つた}

01 こし
○
○○ **腰**
腰

あさ こし いた
朝から腰が痛い。

從早上開始腰痛。

02 じ む
○
○○ **事務**
事務

＋ じ む しょ
事務所　事務所、辦公室

くうこう じ む しょ い
空港から事務所までタクシーで行く。

從機場搭計程車到事務所。

03 しょてん
○
○○ **書店**
書店

≒ ほん や
本屋　書店

えきまえ あたら しょてん
駅前に新しい書店がオープンした。

車站前開了新的書店。

04 わりびき
○
○○ **割引**
折扣

→ わり ま
割増し　加價
動

かいいん わりびき う
会員はいろいろな割引サービスが受けられます。

會員可享受各種折扣服務。

05 ば あい
○
○○ **場合**
場合、時候

あめ ば あい えんそく ちゅう し
雨の場合には遠足を中止します。

如果下雨時，將取消遠足。

06 しり
○
○○ **お尻**
屁股、臀部

ちち しり
いたずらをして、父にお尻をたたかれた。

做了惡作劇，被父親打屁股。

07 せい ざ
○ **正座**
○
○ 跪坐
動

じ かん　せい ざ
1時間も正座をしていた。
跪坐了一小時之久。

08 ぶ たい
○ **舞台**
○
○ 舞台

ぶ たい　　か しゅ　　うた
舞台で歌手が歌っている。
歌手正在舞台上唱歌。

09 し ぼう
○ **死亡**
○
○ 死亡

けさ　　こうつう じ こ　　はっせい　　さんにん　　し ぼう
今朝、交通事故が発生し、三人が死亡した。
今早發生了交通事故，三人死亡。

たんじょう
↔ 誕生 出生
動

10 ちょくつう
○ **直通**
○
○ 直達
動

でんしゃ　　しんじゅく　　ちょくつう　　うんてん
この電車は新宿まで直通で運転している。
這班電車直達新宿。

11 つう か
○ **通過**
○
○ 通過、經過
動

たいふう　　つう か　　　あと　　は
台風が通過した後は晴れるでしょう。
颱風通過後會放晴吧。

12 も よう
○ **模様**
○
○ 花紋、圖案

はな　　も よう
このドレスは花の模様がきれいだ。
這件洋裝的花朵圖案很漂亮。

がら
≒ 柄 花樣

も よう
模様：指用於裝飾布、工藝品、傢俱等的圖案，而其中專用於布和紡織
がら
物上的則稱為「柄」。

13 そうじ
○○
○ **掃除**
○ 打掃

＋ そうじき
掃除機 吸塵器
動

お客さんが来るまえに、掃除をしましょう。

在客人來之前，一起打掃吧。

---

14 かんげい
○
○ **歓迎**
○ 歡迎

＋ かんげいかい
歓迎会 歡迎會
動

新入生の歓迎パーティーを開いた。

舉辦了新生的歡迎派對。

---

15 しょしんしゃ
○
○ **初心者**
○ 初學者、新手

このゲームは初心者でもすぐ覚えられます。

這個遊戲即便新手也能馬上學會。

---

16 ぜいこ
○
○ **税込み**
○ 含税

↔ ぜいぬき
税抜き 不含税

すべての商品は税込みの価格を表示しています。

所有商品都標示著含稅價格。

---

17 そうごう
○
○ **総合**
○ 綜合
動

書類と面接の結果を総合して合格を決定する。

綜合書審和面試的結果來決定合格與否。

---

18 げんご
○
○ **言語**
○ 語言

≒ ことば
言葉 話語、語言

この小説はいろいろな言語に翻訳されている。

這部小說被翻譯成各種語言。

言語：常用於書面體，給人較學術、生硬的印象。
言葉：常用於口語體，給人的印象較柔軟。

19　か ぐ
○○○ **家具**
○　家具

ひ　こ　　　　　　　あたら　　か ぐ　か
引っ越しをして、新しい家具を買った。
搬了家，買了新家具。

20　たんじょう
○○○ **誕生**
○　誕生

＋　たんじょう び
誕生日　生日
動

か ぞく　　　　　あたら　　いのち　たんじょう　　　いわ
家族みんなで新しい命の誕生をお祝いした。
家族全員一起慶祝了新生命的誕生。

•生
じょう　たんじょう
　　　　　誕生：誕生
せい　じんせい
　　　　　人生：人生

21　はんにん
○○○ **犯人**
○　犯人

に　　　　　　はんにん　つか
逃げていた犯人が捕まった。
抓到了逃跑的犯人。

22　あくしゅ
○○○ **握手**
○　握手
動

そつぎょう　とき　せんせい　あくしゅ
卒業の時、先生と握手した。
畢業時和老師握手了。

23　い はん
○○○ **違反**
○　違反
動

ちゅうしゃ い はん　ぞう か
駐車違反が増加している。
違規停車正在增加中。

24　しゅるい
○○○ **種類**
○　種類

ちゃ　　　　　　　　　しゅるい
お茶にはいろいろな種類があります。
茶有各種種類。

25 とうあん
○
○ **答案**
○ 答案

かれ とうあん まちが
彼の答案は間違いだらけだった。
他的答案充滿錯誤。

26 つゆ ばいう
○
○ **梅雨／梅雨**
○ 梅雨

つゆ とき あめ ひ おお
梅雨の時は雨の日が多い。
梅雨時下雨的日子很多。

27 よ てい
○
○ **予定**
○ 預定

らいしゅう かい ぎ しゃちょう しゅっせき よ てい
来週の会議には、社長も出席する予定だ。
下週的會議，董事長也預定會出席。

けいかく
≒ 計画 計畫
動

28
○
○ **イメージ**
○ 形象、印象（image）
動

か か
メガネを替えたら、イメージが変わった。
一換眼鏡形象就改變了。

29
○
○ **グループ**
○ 組、團體（group）

よっ わ こうじょうない けんがく
4つのグループに分かれて、工場内を見学します。
分為4組參觀工廠內部。

くみ
≒ 組 組

30
○
○ **パンフレット**
○ 小冊子、傳單
（pamphlet）

かいがいりょこう
海外旅行のパンフレットをもらってきた。
拿到了海外旅行的傳單。

31 合わせる
配合

ネクタイをスーツの色に合わせる。
將領帶配合西裝的顏色。

合う：符合、適合（自動詞）
合わせる：配合（他動詞）

32 移る
轉移、移動

工場が他のところに移ることになった。
工廠要遷移到別的地方。

移る：轉移、移動（自動詞）
移す：轉移、移動（他動詞）

33 にぎる
抓住、緊握

ご飯をにぎっておにぎりを作る。
捏飯做飯糰。

34 離す
分開、隔開

プラスチック容器は、火から離して置いてください。
塑膠容器請與火源隔開放置。

離れる：分離（自動詞）
離す：分開、隔開（他動詞）

35 過ごす
度過

忙しい毎日を過ごしています。
度過忙碌的每一天。

過ぎる：過去、經過（自動詞）
過ごす：度過（他動詞）

36 伝わる
傳達、流傳

自分の意見が伝わるように文章を書きましょう。
為了將自己的意見傳達出去，來寫文章吧。

伝わる：傳達、流傳（自動詞）
伝える：傳達、轉告（他動詞）

1天1分鐘驗收

1 請在 a、b 當中選出相符的讀音。

1. 舞台 （a. ぶたい　　　b. ぶだい）

2. 掃除 （a. そうじ　　　b. そうじょ）

3. 種類 （a. しょるい　　b. しゅるい）

2 請依據讀音在 a、b 當中選出相符的單字。

4. つゆ　　　　　　　（a. 梅雨　　b. 海雨）

5. かぐ　　　　　　　（a. 家臭　　b. 家具）

6. あくしゅ　　　　　（a. 屋手　　b. 握手）

3 請從 a、b 當中選出最合適的詞。

7. 工場が他のところに（a. 移る　b. 移す）ことになった。

8. ネクタイをスーツの色に（a. 合う　b. 合わせる）。

9. 自分の意見が（a. 伝わる　b. 伝える）ように文章を書きましょう。

答案 1 ⓐ　2 ⓐ　3 ⓑ　4 ⓐ　5 ⓑ　6 ⓑ　7 ⓐ　8 ⓑ　9 ⓐ

MP3 01-15

Day
14 **15** 16

□ 縁 ^{ふち}	□ 現実 ^{げんじつ}	□ 子育て ^{こそだ}	□ インタビュー
□ 昔 ^{むかし}	□ 消化 ^{しょうか}	□ あくび	□ ヒント
□ 販売 ^{はんばい}	□ お土産 ^{みやげ}	□ 看護師 ^{かんごし}	□ サイズ
□ 緊張 ^{きんちょう}	□ 物理 ^{ぶつり}	□ 日時 ^{にちじ}	□ 干す ^ほ
□ 書類 ^{しょるい}	□ 灯台 ^{とうだい}	□ 現代 ^{げんだい}	□ 組む ^く
□ 性質 ^{せいしつ}	□ 司会 ^{しかい}	□ 受取人 ^{うけとりにん}	□ 黙る ^{だま}
□ 売店 ^{ばいてん}	□ 統計 ^{とうけい}	□ 通信 ^{つうしん}	□ 見送る ^{みおく}
□ うがい	□ 国会 ^{こっかい}	□ 本人 ^{ほんにん}	□ 落ち着く ^{おつ}
□ 迎え ^{むか}	□ 足跡 ^{あしあと}	□ 医療 ^{いりょう}	□ 慰める ^{なぐさ}

01 ふち
○
○○
縁
邊框、邊緣

このメガネの縁は細くデザインされています。

這個眼鏡的邊框被設計得很細。

• 縁
ふち 縁：邊框、邊緣
えん 縁：緣分

02 むかし
○
○○
昔
從前、過去

+ 昔話 民間傳說、故事

10年ぶりに友だちに会ったが、昔のままだった。

遇到10年不見的朋友，但對方還是像以前一樣。

03 はんばい
○
○○
販売
販賣
[動]

明日から新商品の販売を開始します。

從明天開始販賣新商品。

04 きゅうりょう
○○○
給料
薪水

給料をもらったらカメラを買うつもりだ。

領到薪水的話，我打算買相機。

05 しょるい
○
○○
書類
文件

この書類を30部コピーしてください。

請將這份文件影印30份。

06 せいしつ
○○○
性質
性質

金属には電気を通す性質がある。

金屬有導電的性質。

07 ばいてん
売店
○○○ 小賣店

えき ばいてん しんぶん か
駅の売店で新聞を買った。
在車站的小賣店買了報紙。

08
うがい
○○○ 漱口
動

わたし いえ かえ
私は家に帰ると、うがいをする。
我一回到家就漱口。

09 むか
迎え
○○○ 迎接
↔ みおく
見送り 送行

えき とも むか い
駅に友だちを迎えに行く。
去車站迎接朋友。

10 げんじつ
現実
○○○ 現實

げんじつ かんが ほ
現実を、もうちょっと考えて欲しい。
希望你能再考慮一下現實。

11 しょう か
消化
○○○ 消化
＋ しょう か
消火 滅火
動

こども しょう か た
子供には消化にいいものを食べさせている。
讓小孩吃有益消化的東西。

しょう か
消化：指身體把食物分解為營養素的過程。
しょう か
消火：指把火熄滅。

12 みやげ
お土産
○○○ 紀念品、伴手禮

ち いき か みやげ か
この地域でしか買えないお土産を買ってあげたい。
想買只有在這個地區才能買到的紀念品給你。

13 ぶつり
物理
物理
＋ 物理学 物理學

今物理の宿題をしている。

現在在做物理的作業。

・物
ぶつ　物理：物理
もつ　貨物：貨物

14 とうだい
灯台
燈塔、燭台

遠くに灯台が見える。

遠處可以看到燈塔。

15 しかい
司会
司儀
動

友だちの結婚パーティーの司会を頼まれた。

被拜託擔任朋友結婚派對的司儀。

司会：司儀
可能：可能

16 とうけい
統計
統計

貿易に関する統計資料を調べる。

調查關於貿易的統計資料。

17 こっかい
国会
國會
＋ 国会議員 國會議員

彼は国会議員に選ばれた。

他被選為國會議員。

18 あしあと
足跡
足跡

庭で犯人の足跡が発見された。

在庭院發現了犯人的足跡。

19
○○○
子育て
こそだ
育兒、扶養孩子

≒ 育児 育兒
いくじ
[動]

子育ての後、もう一度働きたい。
こそだ　　　あと　　　　いちど　はたら

扶養孩子長大後，我想再次就業。

20
○○○
あくび
哈欠

授業中に眠くて何度もあくびが出た。
じゅぎょうちゅう　ねむ　　なんど　　　　で

上課中覺得很睏，打了好幾次哈欠。

21
○○○
看護師
かんごし
護理師

+ 医師 醫師
いし

将来は看護師になりたい。
しょうらい　　かんごし

將來想當護理師。

22
○○○
日時
にちじ
日期與時間

パーティーの日時を決める。
にちじ　き

決定派對的日期與時間。

23
○○○
現代
げんだい
現代

+ 現在 現在
げんざい

現代は電気がなければ生活できない。
げんだい　でんき　　　　　　せいかつ

在現代沒有電力的話就無法生活。

現在：指當下這一瞬間。
げんざい
現代：指包含當下這一瞬間在內的整個時代。
げんだい

24
○○○
受取人
うけとりにん
收件人

受取人の名前が間違っている。
うけとりにん　なまえ　　まちが

收件人的名字錯了。

25
○
○○
○

つうしん
通信

通信、通訊

動

げんだい　じょうほうつうしん　じ だい
現代は情報通信の時代である。

現代是資訊通訊的時代。

26
○
○○
○

ほんにん
本人

本人

ほんにん　ちょくせつはなし　き
本人から直接話を聞いた。

直接從本人那裡聽說了。

27
○
○○
○

い りょう
医療

醫療

ち りょう
＋ 治療　治療

い りょう ぎ じゅつ　しん ぽ　　　むずか　びょう き　なお
医療技術が進歩して、難しい病気も治せるようになった。

醫療技術的進步，難治的疾病也可以治癒了。

28
○
○○
○

インタビュー

訪問（interview）

めんだん
≒ 面談　面談

動

し ちょう
市長にインタビューする。

訪問市長。

29
○
○○
○

ヒント

提示（hint）

こた　　　わ
答えが分からないので、ヒントをください。

因為不知道答案，所以請給我提示。

30
○
○○
○

サイズ

大小、尺寸（size）

おお
≒ 大きさ　大小

も じ　　　　　　　　　おお
文字のサイズを大きくする。

把文字的大小放大。

31 干す ほ
○○○ 晾乾、把水弄乾

≒ 乾かす 弄乾

天気がよかったので布団を干して出かけた。
因為天氣很好，所以晾乾被子就出門了。

「干す」和「乾かす」皆指去除水分，但「干す」重點在於為了去除水分，將物品放置於通風或日照良好的地方。

32 組む く
○○○ 交叉起來、組織

田中さんは足を組んで座っている。
田中先生雙腳交叉坐著。

33 黙る だま
○○○ 沉默不語、閉嘴

彼は何も言わずに、黙って聞いていた。
他什麼也沒說，默默地聽著。

34 見送る みおく
○○○ 送行

↔ 迎える 迎接

空港まで田中先生を見送った。
送田中老師到機場。

35 落ち着く おつ
○○○ 冷靜

地震の時は、落ち着いて行動してください。
地震時請冷靜行動。

36 慰める なぐさ
○○○ 安慰

落ち込んでいる友達を慰めてあげたい。
想安慰沮喪的朋友。

1天1分鐘驗收

① 請在 a、b 當中選出相符的讀音。

1. 現実　　　(a. げんしつ　　　b. げんじつ)

2. 灯台　　　(a. とうたい　　　b. とうだい)

3. 本人　　　(a. ほんにん　　　b. ほんじん)

② 請依據讀音在 a、b 當中選出相符的單字。

4. ふち　　　　　　(a. 緑　　b. 縁)

5. むかし　　　　　(a. 昔　　b. 借)

6. はんばい　　　　(a. 販売　　b. 販買)

③ 請從 a、b 當中選出最合適的詞。

7. 天気(てんき)がよかったので布団(ふとん)を(a. 干して　b. 組んで)出(で)かけた。

8. 金属(きんぞく)には電気(でんき)を通(とお)す(a. 現実　b. 性質)がある。

9. 子供(こども)には(a. 消化　b. 消火)にいいものを食(た)べさせている。

答案 1ⓑ 2ⓑ 3ⓐ 4ⓑ 5ⓐ 6ⓐ 7ⓐ 8ⓑ 9ⓐ

Day 15 **16** 17

學習進度　　　◯ 預習 → ◯ 熟讀 → ◯ 背誦 → ◯ 測驗

☐ 間^ま	☐ 学者^{がくしゃ}	☐ 青春^{せいしゅん}	☐ エネルギー
☐ 筆^{ふで}	☐ 保存^{ほぞん}	☐ 味見^{あじみ}	☐ マナー
☐ 限度^{げんど}	☐ 時間割^{じかんわり}	☐ 蛇口^{じゃぐち}	☐ スケジュール
☐ 小包^{こづみ}	☐ 無休^{むきゅう}	☐ 通帳^{つうちょう}	☐ かかる
☐ 好み^{この}	☐ 日中^{にっちゅう}	☐ 送別会^{そうべつかい}	☐ 通り過ぎる^{とお す}
☐ やる気^き	☐ 日当たり^{ひ あ}	☐ 離婚^{りこん}	☐ 受け入れる^{う い}
☐ 区域^{くいき}	☐ 違い^{ちが}	☐ 知り合い^{し あ}	☐ 追いつく^お
☐ 地下^{ちか}	☐ 感情^{かんじょう}	☐ 知らせ^し	☐ 飽きる^あ
☐ 上下^{じょうげ}	☐ 拍手^{はくしゅ}	☐ 相続^{そうぞく}	☐ しまう

Chapter 02

01
間 ま
○○○ 期間

連休が、あっという間に過ぎてしまった。
連假一瞬間就過了。

02
筆 ふで
○○○ 毛筆

葉書に筆でメッセージを書いた。
用毛筆在明信片上寫了訊息。

03
限度 げんど
○○○ 限度

≒ 限界 界限 げんかい

市の施設は、使用限度を超えて使用できません。
市立設施超過使用限度就無法使用。

04
小包 こづつみ
○○○ 包裹

友人から届いた小包を開けた。
打開了朋友寄來的包裹。

05
好み この
○○○ 愛好、喜好

このシャツは私の好みではない。
這件襯衫不符合我的喜好。

06
やる気 き
○○○ 幹勁

今日はあまりやる気が出ない。
今天提不太起幹勁。

07
くいき
区域
區域

≒ 地域 地區
ちいき

ここは禁煙区域です。
きんえんくいき

這裡是禁菸區。

08
ちか
地下
地下

↔ 地上 地上
ちじょう

パンやケーキの売り場は、地下一階にある。
う ば ちかいっかい

麵包和蛋糕的賣場在地下一樓。

09
じょうげ
上下
上下
動

この赤ちゃんの服は上下が別々になっている。
あか ふく じょうげ べつべつ

這種嬰兒服上下是分開的。

• **下**
げ　上下：上下
　　じょうげ
か　下線：底線
　　かせん

10
がくしゃ
学者
學者

彼女の父親は有名な学者である。
かのじょ ちちおや ゆうめい がくしゃ

她父親是有名的學者。

11
ほぞん
保存
保存
動

この食品は冷蔵庫に入れて保存します。
しょくひん れいぞうこ い ほぞん

這個食品要放入冰箱保存。

• **存**
そん　保存：保存
　　ほぞん
そん　存在：存在
　　そんざい

12
じかんわり
時間割
時間表、課表

≒ 時刻表 時刻表
じこくひょう

新学期の時間割が決まった。
しんがっき じかんわり き

新學期的課表已經確定了。

時間割：主要指學校的時間表、課表。
じかんわり
時刻表：指交通工具（如：火車、公車、飛機等）出發和抵達的時間表。
じこくひょう

13 む きゅう
○ **無休**
○
○ 不休息

がつ　む きゅう　えいぎょう
12月は無休で営業しています。

12月不休息照常營業。

---

14 にっちゅう
○ **日中**
○
○ 白天

にっちゅう　さいこう き おん　　　ど　　　　あ
日中の最高気温は30度ぐらいまで上がるでしょう。

白天最高氣溫大概會上升至30度左右。

ひるま
≒ 昼間　白天

「日中の最高気温（白天最高氣溫）」的「日中」是指太陽升起的這段時間。
「日中関係（日中關係）」的「日中」是指日本和中國。

---

15 ひ あ
○ **日当たり**
○
○ 日照

うえき　ひ あ　　　　　　　　　　　お
この植木は日当たりのいいところに置いてください。

這個盆栽請放在日照良好的地方。

---

16 ちが
○ **違い**
○
○ 差別

りょうこく　いんしょくぶん か　　　ちが
両国の飲食文化には違いがある。

兩國的飲食文化有所差別。

さ
≒ 差　差別

---

17 かんじょう
○ **感情**
○
○ 感情、情緒

かんじょう　ことば　あらわ
うれしい感情を言葉で表す。

用語言表達喜悅的情緒。

---

18 はくしゅ
○ **拍手**
○
○ 鼓掌
動

えんそう　お　　　かんきゃく　はくしゅ
演奏が終わると観客は拍手をおくった。

演奏結束後，觀眾送上了掌聲。

19 せいしゅん
○ **青春**
○○ 青春

この歌を聞くと青春時代を思い出す。
一聽到這首歌便想起青春時代。

20 あじみ
○ **味見**
○○ 嘗試口味、試吃
[動]

これ、ちょっと味見してみて。
請試吃一下這個。

21 じゃぐち
○ **蛇口**
○○ 水龍頭

蛇口を開けても水が出てこない。
即使開了水龍頭，水也沒流出來。

22 つうちょう
○ **通帳**
○○ 存摺

+ こうざ
口座 戶頭

通帳を作るときは、はんこが必要です。
開立存摺時，印章是必要的。

つうちょう
通帳：存摺
しゅっちょう
出張：出差

23 そうべつかい
○ **送別会**
○○ 送別會

かんげいかい
↔ 歓迎会 歡迎會

会社の送別会に参加した。
參加了公司的送別會。

24 りこん
○ **離婚**
○○ 離婚

けっこん
↔ 結婚 結婚
[動]

あの二人は、突然離婚してみんなを驚かせた。
那兩人突然離婚，讓大家好驚訝。

25
○○○
○○
知り合い〔し あ〕
熟人
≒ 知人〔ちじん〕 熟人

知り合いの人から映画の切符をもらった。〔し あ ひと えいが きっぷ〕
從熟人那裡得到了電影票。

「知り合い」〔し あ〕和「知人」〔ちじん〕的意思差不多，但「知人」〔ちじん〕給人的感覺較為正式。

26
○○○
○○
知らせ〔し〕
通知
≒ 通知〔つうち〕 通知

合格の知らせを聞いて安心した。〔ごうかく し き あんしん〕
聽到了合格的通知就放心了。

27
○○○
○○
相続〔そうぞく〕
繼承
[動]

父は祖父から土地と家を相続した。〔ちち そふ とち いえ そうぞく〕
父親從祖父那裡繼承了土地和房子。

28
○
○○
エネルギー
能量（Energie）

太陽エネルギーを利用して、電気を作る。〔たいよう りょう でんき つく〕
利用太陽能發電。

29
○
○○
マナー
規矩、禮貌
（manner）
≒ 礼儀〔れいぎ〕 禮貌

公園では、マナーを守って遊びましょう。〔こうえん まも あそ〕
在公園一起遵守規矩遊玩吧。

30
○
○○
スケジュール
時間表、日程
（schedule）
≒ 日程〔にってい〕 日程

会議のスケジュールに変更があります。〔かいぎ へんこう〕
會議日程有所變動。

31
○
○○
かかる
花費

家から会社まで1時間かかる。
從家裡到公司要花費1小時。

かかる：花費（自動詞）
かける：花費（他動詞）

32
○
○○
とお　　す
通り過ぎる
通過、經過

≒ つうか
通過する　通過

しょうがっこう　とお　す　　　えき　　　　はし
バスは小学校を通り過ぎて、駅のほうに走った。
公車經過小學奔向車站的方向。

33
○
○○
う　い
受け入れる
接受

がっこう　　　せかいじゅう　　　がくせい　う　い
この学校は、世界中から学生を受け入れている。
這所學校接受來自全世界的學生。

34
○
○○
お
追いつく
追上、趕上

はし　　　　　　　　　　　お
走りつづけて、やっと追いついた。
不停地奔跑，終於追趕上了。

35
○
○○
あ
飽きる
厭倦、厭煩

えいが　　あ　　み
この映画は飽きるほど見た。
這部電影看到膩了。

36
○
○○
しまう
整理收拾

しけん　はじ　　　　　　　ほん
試験を始めますから、本はしまってください。
因為要開始考試了，請把書本收起來。

① 請在 a、b 當中選出相符的讀音。

1. 上下 （a. じょうか　　b. じょうげ）

2. 保存 （a. ほぞん　　b. ほそん）

3. 筆 （a. ふた　　b. ふで）

② 請依據讀音在 a、b 當中選出相符的單字。

4. このみ　　　　　（a. 好み　　b. 頼み）

5. りこん　　　　　（a. 結婚　　b. 離婚）

6. つうちょう　　　（a. 通帳　　b. 通張）

③ 請從 a、b 當中選出最合適的詞。

7. 父は祖父から土地と家を（a. 相続　　b. 送別）した。

8. バスは小学校を（a. 追いついて　　b. 通り過ぎて）、駅のほうに走った。

9. 試験を始めますから、本は（a. しまって　　b. かかって）ください。

答案　1ⓑ　2ⓐ　3ⓑ　4ⓐ　5ⓑ　6ⓐ　7ⓐ　8ⓑ　9ⓐ

Day
16 **17** 18

 學習進度　● 預習 ➜ ● 熟讀 ➜ ● 背誦 ➜ ○ 測驗

□ 牛 <small>うし</small>	□ 部品 <small>ぶ ひん</small>	□ 理想 <small>り そう</small>	□ カーブ
□ 箸 <small>はし</small>	□ 無地 <small>む じ</small>	□ 学習 <small>がくしゅう</small>	□ セット
□ 恋 <small>こい</small>	□ 通訳 <small>つう やく</small>	□ 成人 <small>せいじん</small>	□ ユーモア
□ 迷子 <small>まい ご</small>	□ 日本酒 <small>に ほんしゅ</small>	□ 日帰り <small>ひ がえ</small>	□ 乾く <small>かわ</small>
□ 無視 <small>む し</small>	□ 毎度 <small>まい ど</small>	□ 道路 <small>どう ろ</small>	□ 戦う <small>たたか</small>
□ 踏み切り <small>ふ き</small>	□ 博物館 <small>はくぶつかん</small>	□ 地下水 <small>ち か すい</small>	□ 困る <small>こま</small>
□ 区間 <small>く かん</small>	□ 私立 <small>し りつ</small>	□ 送料 <small>そうりょう</small>	□ 編む <small>あ</small>
□ 日程 <small>にってい</small>	□ 四季 <small>し き</small>	□ 普段 <small>ふ だん</small>	□ 投げる <small>な</small>
□ 感心 <small>かんしん</small>	□ 条件 <small>じょうけん</small>	□ 勇気 <small>ゆう き</small>	□ 間違える <small>ま ちが</small>

01
○○○
○○
うし
牛
牛

うし くさ しょう か
牛は草を消化することができる。
牛能消化草。

うし
牛：牛
ご ぜん
午前：上午

02
○○○
○○
はし
箸
筷子

はし つか かた おし
箸の使い方を教えてください。
請教我筷子的使用方法。

03
○○○
○
こい
恋
戀愛

こい びと
＋ 恋人 戀人
動

ふたり こい お
二人は恋に落ちてしまった。
兩人墜入了愛河。

04
○
○○
まい ご
迷子
迷路的孩子

まい ご こ ども な
迷子になった子供が泣いている。
迷路的孩子正在哭。

・迷
まい ご
まい 迷子：迷路的孩子
めい わく
めい 迷惑：麻煩、打擾

05
○○○
○○
む し
無視
無視
動

しんごう む し どうろ おうだん
信号を無視して道路を横断する。
無視紅綠燈穿越馬路。

06
○
○○
ふ き
踏み切り
平交道

ふ き とお とき いち じ てい し
踏み切りを通る時は、一時停止しなければならない。
過平交道時必須暫時停下來。

07 くかん
○ **区間**
○
○ 區間、區段

じしん　　　　　いちぶくかん　でんしゃ　と
地震により、一部区間で電車が止まっている。
由於地震，部分區間的電車停駛中。

---

08 にってい
○ **日程**
○
○ 日程

≒ スケジュール 時間
表、日程 (schedule)

かいぎ　にってい　か
会議の日程を変えた。
改變了會議的日程。

---

09 かんしん
○ **感心**
○
○ 欽佩、佩服

＋ かんどう
感動 感動
動 ナ

ちい　こども　いえ　てつだ　　　　　　　み　かんしん
小さい子供が家の手伝いをするのを見て、感心した。
看到小孩子幫忙做家務，感到很欽佩。

かんしん
感心：指見到出色、優秀的事物內心感到佩服。
かんどう
感動：指心靈或情感被深深地觸動。

---

10 ぶひん
○ **部品**
○
○ 零件、部件

ふる　ぶひん　あたら　　　こうかん
古い部品を新しいのに交換した。
把舊零件換成新的。

---

11 むじ
○ **無地**
○
○ 素色

シンプルな無地のシャツを買った。
買了簡單的素色襯衫。

• 地
じ　むじ：素色
ち　ちか：地下

---

12 つうやく
○ **通訳**
○
○ 口譯

＋ ほんやく
翻訳 翻譯
動

ご　つうやく　　　　ひと　さが
フランス語の通訳ができる人を探している。
正在尋找能進行法語口譯的人。

13
○
○○ **日本酒** にほんしゅ
日本酒

そふ　にほんしゅ　だいす
祖父は日本酒が大好きだ。
祖父最喜歡日本酒。

14
○
○○ **毎度** まいど
毎次、經常

≒ いつも　總是

まいど
毎度、ありがとうございます。
感謝您每次的照顧。

15
○
○○ **博物館** はくぶつかん
博物館

はくぶつかん　かかり　ひと　せつめい　き
博物館で、係の人の説明を聞く。
在博物館聽負責人的說明。

16
○
○○ **私立** しりつ
私立

＋ **市立** しりつ　市立

とうきょう　しりつだいがく　にゅうがく
東京にある私立大学に入学した。
進入了位於東京的私立大學就讀。

しりつ
私立：指由私人設置。
しりつ
市立：指由市政府設置。

17
○
○○ **四季** しき
四季

＋ **季節** きせつ　季節

にほん　しき　くべつ
日本は、四季の区別がはっきりしている。
在日本，四季的區別很明顯。

18
○
○○ **条件** じょうけん
條件

もう　こ　まえ　つぎ　じょうけん　よ
申し込む前に、次の条件をよく読んでください。
在申請之前，請仔細閱讀以下的條件。

19 り そう
○ **理想**
○○ 理想

↔ 現実 現實
げんじつ

り そう　　げんじつ　　おお　　　ちが　　　なや
理想と現実の大きな違いに悩む。
煩惱理想和現實之間的巨大差異。

---

20 がくしゅう
○ **学習**
○○ 學習
[動]

ご がく　　がくしゅう　　やす　　　つづ　　　　　　　たいせつ
語学の学習は、休まず続けることが大切だ。
學習外語最重要的就是不停地持續。

---

21 せいじん
○ **成人**
○○ 成人

↔ 子ども 小孩
こ

せいじん　たいしょう　　　　　　　　　　ちょうさ　おこな
成人を対象にアンケート調査を行った。
以成人為對象進行問卷調查。

---

22 ひ がえ
○ **日帰り**
○○ 當日來回
[動]

ひ がえ　　　ちか　　　おんせん　い
日帰りで近くの温泉に行ってきた。
當天來回去了附近的溫泉。

---

23 どう ろ
○ **道路**
○○ 道路

＋ 高速道路 高速公路
こうそくどう ろ

　　　　　　やす　　　　　　　　でんしゃ　どう ろ　こ　　　たいへん
ここは休みになると、電車も道路も込んで大変だ。
這裡一到假日，電車和道路都很擁擠，非常糟糕。

---

24 ち か すい
○ **地下水**
○○ 地下水

し　　　ち か すい　ほ ぞん　　けいかく　た
市では地下水を保存する計画を立てた。
市內擬定了保存地下水的計畫。

25
○○○
送料
そうりょう

運費

+ 郵送料 郵資
ゆうそうりょう

商品の合計が2,000円以上になると、送料は無料です。
しょうひん　ごうけい　　　　　　　　　　えん い じょう　　　　　　　そうりょう　む りょう

商品總額達到 2,000 日圓以上的話，運費將免費。

26
○○○
普段
ふ だん

平常

この辺りは、普段から人の通りが少ない。
あた　　　　　ふ だん　　　ひと　とお　　　すく

這附近平常往來的行人很少。

27
○○○
勇気
ゆう き

勇氣

勇気を持って行動する。
ゆう き　も　　　こうどう

帶著勇氣行動。

28
○○○
カーブ

彎曲、曲線（curve）

≒ 曲線 曲線
きょくせん

動

道がカーブしているので、気をつけてください。
みち　　　　　　　　　　　　　　　　　き

因為道路彎曲，所以請小心。

29
○○○
セット

一套、一組（set）

プレゼントにワインセットを買った。
か

買了一組葡萄酒作為禮物。

30
○○○
ユーモア

幽默（humor）

森さんはユーモアがあって、一緒にいると楽しい。
もり　　　　　　　　　　　　　　　　いっしょ　　　　　たの

森先生很幽默，和他在一起很快樂。

31
○
○ **乾く**
○ 乾燥

このタオルはまだ乾いていない。

這個毛巾還沒乾。

乾く：乾燥（自動詞）
乾かす：曬乾、弄乾（他動詞）

32
○
○ **戦う**
○ 戦鬥

＋ 戦争 戰爭

この二つのチームが決勝戦で戦うそうだ。

聽說這兩隊將在決賽對戰。

33
○
○ **困る**
○ 困擾

弟はわがままで困る。

弟弟很任性，令人困擾。

34
○
○ **編む**
○ 編織

＋ 編み物 編織品

母は、私のセーターを編んでくれた。

母親為我編織了一件毛衣。

編む：編織
組む：交叉起來、組織

35
○
○ **投げる**
○ 投、扔

投手がボールを投げた。

投手投出了球。

36
○
○ **間違える**
○ 弄錯

間違えて重要な書類を捨ててしまった。

我弄錯了，把重要的文件扔了。

間違う：弄錯（自動詞）
　　　：弄錯（他動詞）
間違える：弄錯（他動詞）

1天1分鐘驗收

① 請在 a、b 當中選出相符的讀音。

1. 無地 （a. むじ　　　　b. むち）

2. 恋 （a. あい　　　　b. こい）

3. 迷子 （a. まいご　　　　b. めいこ）

② 請依據讀音在 a、b 當中選出相符的單字。

4. ふだん （a. 普段　　b. 普投）

5. ぶひん （a. 部品　　b. 剖品）

6. じょうけん （a. 条牛　　b. 条件）

③ 請從 a、b 當中選出最合適的詞。

7. 地震により、一部（a. 時間　b. 区間）で電車が止まっている。

8. 母は、私のセーターを（a. 編んで　b. 組んで）くれた。

9. 小さい子供が家の手伝いをするのを見て、（a. 感心　b. 無視）した。

答案 1 ⓐ　2 ⓑ　3 ⓐ　4 ⓐ　5 ⓐ　6 ⓑ　7 ⓑ　8 ⓐ　9 ⓐ

Day

17 **18** 19

學習進度　◯ 預習 → ◯ 熟讀 → ◯ 背誦 → ◯ 測驗

□ 土 <small>つち</small>	□ 留学 <small>りゅうがく</small>	□ 思い出 <small>おも で</small>	□ チェック
□ 柱 <small>はしら</small>	□ 資料 <small>し りょう</small>	□ 社説 <small>しゃせつ</small>	□ カタログ
□ 量 <small>りょう</small>	□ 遠回り <small>とおまわ</small>	□ 間接 <small>かんせつ</small>	□ リサイクル
□ 事故 <small>じ こ</small>	□ 確認 <small>かくにん</small>	□ 拡大 <small>かくだい</small>	□ 温める <small>あたた</small>
□ 速達 <small>そくたつ</small>	□ 当たり前 <small>あ まえ</small>	□ 友情 <small>ゆうじょう</small>	□ 話しかける <small>はな</small>
□ 近道 <small>ちかみち</small>	□ 正午 <small>しょうご</small>	□ 清掃 <small>せいそう</small>	□ くたびれる
□ 振り込み <small>ふ こ</small>	□ 入場 <small>にゅうじょう</small>	□ 悪化 <small>あっか</small>	□ 逃げる <small>に</small>
□ 感想 <small>かんそう</small>	□ くしゃみ	□ 虫歯 <small>むし ば</small>	□ 効く <small>き</small>
□ 負け <small>ま</small>	□ 恋人 <small>こいびと</small>	□ 被害 <small>ひ がい</small>	□ どなる

01 つち
○
○○ **土**
○ 土壌、地上

土に草が生えている。

地上長著草。

土：土壌、地上
土気：土氣

02 はしら
○
○○ **柱**
○ 柱子

家を建てるとき、柱を立てなければならない。

蓋房子時，必須立柱子。

03 りょう
○
○○ **量**
○ 数量

↔ 質 品質

この店はおいしいけど、量が少ない。

這家店雖然好吃，但分量少。

04 じこ
○
○○ **事故**
○ 事故

彼は飲酒運転で事故を起こした。

他因為酒駕引起事故。

05 そくたつ
○
○○ **速達**
○ 快遞、快件
動

急いでいたので、速達で送った。

因為很急，所以用快遞寄送。

06 ちかみち
○
○○ **近道**
○ 近路、捷徑

↔ 回り道 繞道

学校から駅までの近道を通った。

穿過了從學校到車站的捷徑。

07 振り込み
ふ　こ
○
○
○
匯款

≒ 送金 匯款、寄錢
そうきん

しゃいん　きゅうりょう　ぎんこうふ　こ
社員の給料は、銀行振り込みになっている。

員工的薪水是透過銀行匯款方式發放。

---

08 感想
かんそう
○
○
○
感想

+ 鑑賞 鑑賞
かんしょう

た　なか　りょこう　かんそう　き
田中さんに旅行の感想を聞いた。

問了田中先生旅行的感想。

感想：指心裡的想法。
かんそう
鑑賞：指欣賞或鑑定藝術的行為。
かんしょう

---

09 負け
ま
○
○
○
輸

≒ 敗北 敗北
はいぼく

かれ　ま　みと
彼は負けを認めようとしなかった。

他不打算認輸。

---

10 留学
りゅうがく
○
○
○
留學

+ 留学生 留學生
りゅうがくせい
動

むかし　ゆめ　りゅうがく　じつげん
昔からの夢だった留学が実現した。

以前夢想的留學實現了。

---

11 資料
し　りょう
○
○
○
資料

≒ データ 資料（data）

きょうりょく　かいぎ　しりょう　じゅんび
みんな協力して、会議の資料を準備した。

大家合作準備了會議資料。

---

12 遠回り
とおまわ
○
○
○
繞道、繞遠路

↔ 近回り 走近路
ちかまわ
動

きょう　とおまわ　かえ
今日はちょっと遠回りして帰ります。

今天稍微繞遠路回去。

13 かくにん
確認
○○○
確認、核實
≒ チェック
　檢查（check）
動

りょこう　にってい　　かくにん
旅行の日程を確認する。
確認旅行的日程。

14 あ　　　まえ
当たり前
○○○
理所當然
とうぜん
≒ 当然　當然
ナ

まいにちざんぎょう　　　　　　つか　　　　　　あ　　　まえ
毎日残業だから、疲れるのは当たり前だ。
每天都加班，所以會累是理所當然的。

15 しょう ご
正午
○○○
中午
ごぜん
＋ 午前　上午

しょう ご　　　ゆき　ふ　　　はじ
正午から雪が降り始めた。
從中午開始下雪。

16 にゅうじょう
入場
○○○
入場
たいじょう
↔ 退場　退場
動

さい い じょう　　ば あい　にゅうじょうりょう　む りょう
60歳以上の場合、入場料は無料です。
如果年齡在 60 歲以上，入場費免費。

17
くしゃみ
○○○
噴嚏

かぜ　　はなみず　　　　　　　　　で
風邪で鼻水とくしゃみが出る。
因感冒而流鼻水和打噴嚏。

18 こいびと
恋人
○○○
戀人
あいじん
＋ 愛人　情婦、情夫

かのじょ　こいびと　　　　　　　　　　　　　　　　　い
彼女は恋人といっしょに、アメリカに行くことになった。
她和戀人一起去美國了。

こいびと
恋人：指彼此相愛的戀愛關係。
あいじん
愛人：指配偶以外的戀愛關係，即外遇關係。「愛人」與中文的意思
　　　不同，使用時請注意。

19
思い出
おもで
○○○ 回憶

こんど りょこう たの おもで
今度の旅行は楽しい思い出になるだろう。

這次旅行會成為快樂的回憶吧。

20
社説
しゃせつ
○○○ 社論

しんぶん しゃせつ よ
新聞の社説を読んだ。

讀了報紙的社論。

21
間接
かんせつ
○○○ 間接

↔ 直接 直接
ちょくせつ

はなし かんせつてき き
その話は間接的に聞いたことがある。

有間接聽過那件事。

22
拡大
かくだい
○○○ 擴大、放大

↔ 縮小 縮小
しゅくしょう

動

すこ かくだい
ここを少し拡大してコピーしてください。

請把這部分稍微放大再影印。

23
友情
ゆうじょう
○○○ 友情

わたし ゆうじょう か
私たちの友情はいつまでも変わらない。

我們的友情永遠不變。

24
清掃
せいそう
○○○ 清掃、打掃

≒ 掃除 打掃
そうじ

動

まち どうろ せいそう
街をきれいにするため、道路を清掃する。

為了把街道弄乾淨，要清掃道路。

せいそう
清掃：指使用清潔劑等清理每一個角落。
そうじ
掃除：指把灰塵或眼睛看得到的髒亂清理乾淨。家庭等日常生活的場景多
使用「掃除」這個詞彙。

25 あっか
悪化
惡化

↔ こうてん
好転 好轉

動

びょうき あっか まえ しゅじゅつ
病気が悪化する前に手術したほうがいい。
在病情惡化前進行手術比較好。

26 むし ば
虫歯
蛀牙

あま た むし ば
甘いものばかり食べると、虫歯になりますよ。
老吃甜食的話，會蛀牙喔。

27 ひ がい
被害
受害、損失

≒ そんがい
損害 損害

たいふう ひ がい かくだい
台風の被害が拡大している。
颱風造成的損失正在擴大。

28
チェック
検査、確認（check）

≒ かくにん
確認 確認

動

なんかい
レポートにミスがないか何回もチェックした。
檢查了好幾次報告有沒有錯誤。

29
カタログ
商品目録
（catalogue）

みせ くるま
店で車のカタログをもらってきた。
在店裡拿到車子的商品目錄。

30
リサイクル
回収（recycle）

≒ さい り よう
再利用 再利用

動

き ふく かいしゅう
着なくなった服を回収してリサイクルする。
把不穿的衣服回收再利用。

31
○○○
温める あたた
加熱

レンジでご飯を温めて食べる。 はん あたた た
用微波爐加熱米飯再吃。

温まる：暖和（自動詞） あたた
温める：加熱（他動詞） あたた

32
○○○
話しかける はな
搭話

英語で話しかけられてあわててしまった。 えい ご はな
被人用英文搭話很驚慌。

33
○○○
くたびれる
疲累

≒ 疲れる　疲倦 つか

ずっと歩きつづけてくたびれた。 ある
一直不停走路很疲累。

34
○○○
逃げる に
逃跑

警察は、逃げた犯人を追いかけている。 けいさつ に はんにん お
警察正在追趕逃跑的犯人。

逃げる：逃跑（自動詞） に
逃がす：放跑、放掉（他動詞） に

35
○○○
効く き
生效

薬が効いて熱が下がった。 くすり き ねつ さ
藥生效退燒了。

36
○○○
どなる
大聲叫嚷、怒斥

そんなにどならなくても、ちゃんと聞こえるよ。 き
就算不那麼大聲叫嚷，我也能好好聽見喔。

1天1分鐘驗收

① 請在 a、b 當中選出相符的讀音。

1. 近道 （a. きんどう　　b. ちかみち）

2. 資料 （a. しりょう　　b. ざいりょう）

3. 正午 （a. せいご　　　b. しょうご）

② 請依據讀音在 a、b 當中選出相符的單字。

4. かくだい　　　　　（a. 拡大　　b. 拡太 ）

5. ひがい　　　　　　（a. 被害　　b. 被割）

6. にゅうじょう　　　（a. 八場　　b. 入場）

③ 請從 a、b 當中選出最合適的詞。
7. 田中さんに旅行の(a. 感想　b. 鑑賞)を聞いた。

8. 店で車の(a. リサイクル　b. カタログ)をもらってきた。

9. レンジでご飯を(a. 温めて　b. 温まって)食べる。

答案 1 ⓑ　2 ⓐ　3 ⓑ　4 ⓐ　5 ⓐ　6 ⓑ　7 ⓐ　8 ⓑ　9 ⓐ

MP3 01-19

Day

18 **19** 20

● 預習 → ● 熟讀 → ● 背誦 → ● 測驗

□ うまい	□ きつい	□ 十分^{じゅうぶん}だ	□ 一般的^{いっぱんてき}だ
□ 惜^おしい	□ しつこい	□ 簡単^{かんたん}だ	□ 自動的^{じどうてき}だ
□ 詳^{くわ}しい	□ 緩^{ゆる}い	□ 大事^{だいじ}だ	□ 積極的^{せっきょくてき}だ
□ 貧^{まず}しい	□ だるい	□ 丁寧^{ていねい}だ	□ 幸^{しあわ}せだ
□ 賢^{かしこ}い	□ まぶしい	□ 楽^{らく}だ	□ 地味^{じみ}だ
□ 親^{した}しい	□ 恋^{こい}しい	□ 特別^{とくべつ}だ	□ 清潔^{せいけつ}だ
□ 幼^{おさな}い	□ 細^{こま}かい	□ 上品^{じょうひん}だ	□ 大変^{たいへん}だ
□ おかしい	□ うらやましい	□ 平凡^{へいぼん}だ	□ なだらかだ
□ 恐^{おそ}ろしい	□ 残念^{ざんねん}だ	□ 様々^{さまざま}だ	□ そっくりだ

學習進度

01
○
○○
うまい
熟練、擅長

≒ 上手だ 擅長
　じょうず

山田さんは本当に料理がうまい。
やまだ　　　　　ほんとう　　　　りょうり

山田先生真的很擅長做菜。

02
○
○○
惜しい
お
遺憾的、可惜的

開発で自然がなくなるのは惜しいことだ。
かいはつ　しぜん　　　　　　　　　お

因開發造成自然消失是很可惜的事情。

03
○
○○
詳しい
くわ
詳細的

≒ 細かい 詳細的、細小的
　こま

製品の特徴を詳しく説明する。
せいひん　とくちょう　くわ　　せつめい

詳細說明產品的特徵。

詳しい：主要用於知識。
くわ
細かい：主要用於人的性格、事物的特徵。
こま

04
○
○○
貧しい
まず
貧困、貧乏

家が貧しくて大学に行けなかった。
いえ　まず　　　　だいがく　い

因為家庭貧困無法上大學。

05
○
○○
賢い
かしこ
聰明

あの子は賢くて、勉強もよくできる。
こ　かしこ　　　　べんきょう

那個孩子很聰明，學習也很出色。

06
○
○○
親しい
した
親密的、親近的

＋ 親友 死黨、摯友
　しんゆう

卒業して、親しい友達と別れる。
そつぎょう　　　した　　ともだち　わか

畢業後和親密的朋友分離。

07 おさな
○
○○ 幼い
○
幼小的

おさな こ ども おんがく き
幼い子供に音楽を聞かせる。

讓幼小的孩子聽音樂。

08
○
○○ おかしい
○
奇怪的、可笑的

≒ へん
変だ 奇怪的

ちょう し
おなかの調子がおかしい。

肚子的狀況怪怪的。

---

09 おそ
○
○○ 恐ろしい
○
可怕的

≒ こわ
怖い 可怕的

おそ こえ で
恐ろしくて声も出ない。

可怕得連聲音都發不出來。

10
○
○○ きつい
○
吃力的、嚴苛的

かれ あたら し ごと すこ
彼は新しい仕事が少しきついらしい。

他似乎對新工作感到有點吃力。

11
○
○○ しつこい
○
糾纏不休

ひと しっぱい い
人の失敗をしつこく言うのはやめてほしい。

希望你停止一再提起別人的失敗。

---

12 ゆる
○
○○ 緩い
○
寬鬆的、緩慢的

≒ なだらかだ 平緩的

くるま ゆる ま
車は緩いカーブを曲がった。

車子轉了一個緩彎。

なだらかだ：用於說明山坡的傾斜程度，或道路的彎度。
ゆる
緩い：帶有某事物或情況的程度較弱之意。

13
○
○○
だるい
痠痛的、慵懶的

風邪のせいで体がだるい。
_{かぜ}　　　　　　_{からだ}
因感冒的關係，身體痠痛。

14
○
○○
まぶしい
耀眼的、刺眼的

太陽がまぶしすぎて目が痛い。
_{たいよう}　　　　　　　　_め　_{いた}
太陽太刺眼，眼睛很痛。

15 _{こい}
○
○○
恋しい
懷念、想念

≒ なつかしい　懷念

ときどき母の料理が恋しくなります。
_{はは}　_{りょうり}　_{こい}
有時會懷念媽媽做的菜。

16 _{こま}
○
○○
細かい
細小的、詳細的

≒ 詳しい　詳細的
　_{くわ}

野菜を細かく切ってください。
_{やさい}　_{こま}　　　_き
請把青菜切細。

17
○
○○
うらやましい
羨慕

あなたの成功がうらやましい。
　　　　　_{せいこう}
羨慕你的成功。

18 _{ざんねん}
○
○○
残念だ
可惜、遺憾
名

試合に負けて残念だ。
_{し あい}　_ま　　　_{ざんねん}
很遺憾輸了比賽。

19　十分だ（じゅうぶん）
○○○
足夠、充分

≒ 充分だ　充分（じゅうぶん）

台風が来ているので、十分な注意が必要だ。
（たいふう　き　じゅうぶん　ちゅうい　ひつよう）
由於颱風來臨，所以需要充分注意。

> 十分だ（じゅうぶん）：指數量上或物理上的量很足夠。
> 充分だ（じゅうぶん）：指精神上或情感上的滿足，多用於主觀。
> 「充分だ」為慣用的用法，正式的文書必須使用「十分だ」（じゅうぶん）。

20　簡単だ（かんたん）
○○○
簡單

↔ 複雑だ　複雑（ふくざつ）
名

会議の内容について簡単に説明します。
（かいぎ　ないよう　かんたん　せつめい）
簡單說明會議的內容。

21　大事だ（だいじ）
○○○
重要

≒ 重要だ　重要（じゅうよう）
名

家族を大事に考えている。
（かぞく　だいじ　かんが）
重視家人。

22　丁寧だ（ていねい）
○○○
仔細、殷勤
名

先生は丁寧に説明してくれました。
（せんせい　ていねい　せつめい）
老師為我詳細地說明。

23　楽だ（らく）
○○○
輕鬆

↔ つらい　艱苦
名

この仕事は楽ではない。
（しごと　らく）
這份工作不輕鬆。

24　特別だ（とくべつ）
○○○
特別

特別な紙でプレゼントを包む。
（とくべつ　かみ　つつ）
用特別的紙包裝禮物。

25 <ruby>上品<rt>じょうひん</rt></ruby>だ
○
○ 文雅、高尚
○

↔ <ruby>下品<rt>げひん</rt></ruby>だ 粗俗
名

<ruby>彼女<rt>かのじょ</rt></ruby>はいつも<ruby>上品<rt>じょうひん</rt></ruby>な<ruby>言葉<rt>ことば</rt></ruby>を<ruby>使<rt>つか</rt></ruby>う。

她總是使用高雅的用詞。

---

26 <ruby>平凡<rt>へいぼん</rt></ruby>だ
○
○ 平凡
○
名

<ruby>毎日<rt>まいにち</rt></ruby><ruby>平凡<rt>へいぼん</rt></ruby>に<ruby>暮<rt>く</rt></ruby>らす。

每天平凡地生活。

---

27 <ruby>様々<rt>さまざま</rt></ruby>だ
○
○ 各式各樣
○

≒ いろいろだ 各種
名

<ruby>人<rt>ひと</rt></ruby>によって<ruby>意見<rt>いけん</rt></ruby>は<ruby>様々<rt>さまざま</rt></ruby>である。

因人而有各種意見。

---

28 <ruby>一般的<rt>いっぱんてき</rt></ruby>だ
○
○ 一般的
○

↔ <ruby>特別<rt>とくべつ</rt></ruby>だ 特別

それはあまり<ruby>一般的<rt>いっぱんてき</rt></ruby>なことではない。

那個不是太一般的事。

---

29 <ruby>自動的<rt>じどうてき</rt></ruby>だ
○
○ 自動的
○

このドアは<ruby>自動的<rt>じどうてき</rt></ruby>に<ruby>開<rt>ひら</rt></ruby>きます。

這扇門會自動開啟。

---

30 <ruby>積極的<rt>せっきょくてき</rt></ruby>だ
○
○ 積極的
○

↔ <ruby>消極的<rt>しょうきょくてき</rt></ruby>だ 消極的

<ruby>彼<rt>かれ</rt></ruby>は<ruby>何<rt>なん</rt></ruby>でもやってみようとする<ruby>積極的<rt>せっきょくてき</rt></ruby>な<ruby>人<rt>ひと</rt></ruby>だ。

他是個什麼事都會做做看的積極的人。

31 幸せだ しあわ
幸福

↔ 不幸だ 不幸 ふこう
名

お金がなくても幸せに見える家も多い。 かね　　しあわ　み　いえ　おお
即使沒錢，也有很多家庭看起來很幸福。

32 地味だ じみ
樸素

↔ 派手だ 花俏 はで
名

地味な色の服を着る。 じみ　いろ　ふく　き
穿樸素顏色的衣服。

33 清潔だ せいけつ
乾淨、整潔

≒ きれいだ 整潔、漂亮
名

家の中は常に清潔にしておきましょう。 いえ　なか　つね　せいけつ
讓家中經常保持整潔吧。

34 大変だ たいへん
非常、驚人
名

このお菓子は子供に大変な人気である。 かし　こども　たいへん　にんき
這個點心在孩子間非常受歡迎。

35 なだらかだ
平緩的

≒ 緩い 鬆散的、平緩的 ゆる

なだらかな坂道が続いている。 さかみち　つづ
平緩的坡道延伸著。

36 そっくりだ
一模一樣

娘の声は母親にそっくりだ。 むすめ　こえ　ははおや
女兒的聲音和媽媽一模一樣。

1天1分鐘驗收

1 請在 a、b 當中選出相符的讀音。

1. 惜しい （a. おしい　　b. ほしい）

2. 詳しい （a. くやしい　　b. くわしい）

3. 地味だ （a. じみだ　　b. ちみだ）

2 請依據讀音在 a、b 當中選出相符的單字。

4. まずしい　　　　　　（a. 貧しい　　　b. 恋しい）

5. らくだ　　　　　　　（a. 楽だ　　　　b. 薬だ）

6. かんたんだ　　　　　（a. 間単だ　　　b. 簡単だ）

3 請從 a、b 當中選出最合適的詞。

7. 家の中は常に（a. 清潔に　b. 残念に）しておきましょう。

8. 車は（a. だるい　b. ゆるい）カーブを曲がった。

9. 彼は何でもやってみようとする（a. 積極的な　b. 自動的な）人だ。

答案 1 ⓐ　2 ⓑ　3 ⓐ　4 ⓐ　5 ⓐ　6 ⓑ　7 ⓐ　8 ⓑ　9 ⓐ

合格

Day

19 **20** 21

學習進度 ● 預習 → ● 熟讀 → ● 背誦 → ● 測驗

□ たっぷり	□ すでに	□ 一斉に<ruby>いっせい</ruby>	□ 少なくとも<ruby>すく</ruby>
□ およそ	□ ついに	□ 実は<ruby>じつ</ruby>	□ 必ずしも<ruby>かなら</ruby>
□ ぶらぶら	□ ぐっすり	□ 常に<ruby>つね</ruby>	□ いきなり
□ ぜひ	□ はきはき	□ 次々<ruby>つぎつぎ</ruby>	□ いつの間にか<ruby>ま</ruby>
□ いきいき	□ 案外<ruby>あんがい</ruby>	□ つい	□ しかし
□ ざっと	□ ぎりぎり	□ しいんと	□ それに
□ ちゃんと	□ 思わず<ruby>おも</ruby>	□ さっさと	□ それから
□ のろのろ	□ あっという間に<ruby>ま</ruby>	□ 少々<ruby>しょうしょう</ruby>	□ けれども
□ きちんと	□ たまたま	□ 一気に<ruby>いっき</ruby>	□ それで

01
○
○○
○

たっぷり

充分、多

パンにジャムをたっぷり塗<ruby>塗<rt>ぬ</rt></ruby>る。

在麵包塗上大量果醬。

02
○
○○
○

およそ

大約

≒ だいたい　大概

<ruby>駅<rt>えき</rt></ruby>からおよそ30<ruby>分<rt>ぶん</rt></ruby>かかる。

從車站大約要花30分鐘。

03
○
○○
○

ぶらぶら

閒晃、漫步
[動]

<ruby>公園<rt>こうえん</rt></ruby>をぶらぶらと<ruby>歩<rt>ある</rt></ruby>く。

在公園閒晃。

04
○
○○
○

ぜひ

務必

また、ぜひ<ruby>遊<rt>あそ</rt></ruby>びに<ruby>来<rt>き</rt></ruby>てください。

請務必再來玩。

05
○
○○
○

いきいき

生氣勃勃、生動
[動]

いきいきとした<ruby>表情<rt>ひょうじょう</rt></ruby>をする。

做出生動的表情。

06
○
○○
○

ざっと

粗略

≒ おおざっぱに　大致

<ruby>研究<rt>けんきゅう</rt></ruby>についてざっと<ruby>説明<rt>せつめい</rt></ruby>する。

就研究大略說明。

07 ちゃんと
好好地、準確地
≒ きちんと 好好地、
整整齊齊
[動]

毎朝ちゃんと朝ご飯を食べる。
毎天早上好好地吃早餐。

08 のろのろ
慢吞吞、緩慢
[動]

彼らはのろのろと歩いた。
他們緩慢地走路。

09 きちんと
好好地、整整齊齊
≒ ちゃんと
好好地、準確地
[動]

部屋をきちんと片付けなさい。
請把房間收拾整齊。

10 すでに
已經

会議はすでに終わっていた。
會議已經結束了。

11 ついに
終於

論文がついに完成した。
論文終於完成了。

＋ つい 無意中、不知不覺

ついに：指經過長時間的過程，最終達成某種結果。
つい：指無特別意識地做了某事，或變成某種情況。

12 ぐっすり
熟睡、酣睡

ぐっすり寝たので、今朝は頭がすっきりしている。
因為睡得很熟，所以今天早上頭腦很清楚。

13
○○○ **はきはき**
乾脆、爽快

彼は質問にはきはきと答えた。
他爽快地回答了問題。

14
○○○ **案外（あんがい）**
意外

≒ 意外に（いがい）意外
[動]

今日の試験は案外やさしかった。
今天的考試意外地簡單。

15
○○○ **ぎりぎり**
極限、勉強

ぎりぎり終電に間に合った。
勉強趕上了末班電車。

16
○○○ **思わず（おも）**
不由得、不禁

≒ つい　無意中、不知不覺

本がおもしろくて、思わず笑ってしまった。
書很有趣，所以不禁笑了出來。

17
○○○ **あっという間に（ま）**
轉眼間

夏休みもあっという間に終わった。
暑假也在轉眼間結束了。

18
○○○ **たまたま**
碰巧、偶然

たまたま駅で昔の友だちに会った。
碰巧在車站遇到了以前的朋友。

19 一斉に いっせい
○○○ 同時

しんごう か くるま いっせい はし だ
信号が変わると、車は一斉に走り出した。
燈號一變，車子就同時開出去。

20 実は じつ
○○○ 其實

じつ あさ ねぼう
実は、朝、寝坊してしまって…。
其實，早上睡過頭了……

21 常に つね
○○○ 經常、總是

≒ いつも 總是

へ や おんど つね いってい
この部屋の温度は常に一定だ。
這個房間的溫度總是固定的。

22 次々 つぎつぎ
○○○ 接連不斷地

≒ 続々 陸續 ぞくぞく
名

かのじょ つぎつぎ さくひん はっぴょう
彼女は次々と作品を発表した。
她接連不斷地發表了作品。

23 つい
○○○ 無意中、不知不覺

≒ 思わず 不由得、不禁 おも

た
ストレスがたまると、つい食べてしまう。
一累積壓力，就不知不覺吃了起來。

つい：多用於習慣性的反射動作。
思わず：多用於受到外來的刺激或影響，而不禁瞬間做了某事的時候。 おも

24 しいんと
○○○ 鴉雀無聲、靜悄悄

もり なか しず
森の中はしいんと静まっていた。
森林中靜悄悄的。

さっさと家へ帰りましょう。

趕快回家吧。

---

26 しょうしょう
○
○○○
○ **少々**
稍微

≒ ちょっと 稍微

こちらで少々お待ちください。

請在這邊稍微等一下。

---

27 いっき
○
○○○
○ **一気に**
一口氣

彼はビールを一気に飲んでしまった。

他一口氣喝掉了啤酒。

---

28 すく
○
○○○
○ **少なくとも**
至少

その仕事は、少なくとも一週間はかかる。

那個工作至少要花一星期。

---

29 かなら
○
○○○
○ **必ずしも**
（不）一定

＋ かなら
必ず 一定

よい本が必ずしも売れるとは言えない。

好書不一定就賣得好。

「必ず」和「必ずしも」皆表示「一定」的意思，但「必ずしも」後面會接否定的表現一起使用。

30
○
○○○
○ **いきなり**
突然

≒ とつぜん
突然 突然

いきなり雨が降ってきた。

突然下起了雨。

Chapter 01

Chapter 02

Chapter 03

Day

20

31
○○○ **いつの間にか**
不知不覺

雨はいつの間にかやんでいた。

雨不知不覺就停了。

32
○○○ **しかし**
但是

≒ けれども 但是

交通事故が起きた。しかし、けがをした人はいなかった。

發生了交通事故。但是沒有人受傷。

33
○○○ **それに**
而且

↔ その上に 再加上

この仕事は楽だ。それに給料もいい。

這個工作很輕鬆，而且薪水也很好。

34
○○○ **それから**
然後

私は毎日新聞を読む。それから、ラジオも聞く。

我每天看報紙，然後也聽收音機。

35
○○○ **けれども**
但是

≒ しかし 但是

約束に間に合うように走った。けれども、遅れてしまった。

為了準時赴約而奔跑，但是還是遲到了。

「けれども」和「しかし」皆為逆接表現，用於表示和前面的結果不同。
「けれども」多用於口語，也有「けれど」和「けど」的變化形式。

36
○○○ **それで**
因此、所以

昨日は体の調子が悪かった。それで出かけなかった。

昨天身體狀況不好，所以沒出門。

1天1分鐘驗收

1 請在 a、b 當中選出相符的單字。

1. 粗略 (a. ざっと b. ちゃんと)

2. 同時 (a. 一斉に b. 一気に)

3. 碰巧、偶然 (a. のろのろ b. たまたま)

4. 經常、總是 (a. 常に b. ぜひ)

5. 突然 (a. ついに b. いきなり)

2 請選出最適合填入空格內的單字。

選項 a. はきはき b. 案外 c. ぎりぎり

6. 彼は質問に( )と答えた。

7. ( )終電に間に合った。

8. 今日の試験は( )やさしかった。

3 請在 a、b 當中選出最適合填入空格內的單字。

9. 私は買い物をするとき、駅前にある八百屋に行って、野菜や果物などを買います。(a. それから b. それで)、お菓子やお弁当は近くのコンビニで買います。

答案 1ⓐ 2ⓐ 3ⓑ 4ⓐ 5ⓑ 6ⓐ 7ⓒ 8ⓑ 9ⓐ

解釋 我買東西的時候，會去車站前的蔬菜店買蔬菜或水果之類的，然後在附近的超商買點心或便當。

問題 1 請選出畫線處正確的讀音。

1 この<u>道路</u>の下を地下鉄が通っている。

1 とうろ　　　　2 どうろ　　　　3 とろ　　　　4 どろ

2 商店街のほうまできれいな<u>並木</u>が続いている。

1 なみき　　　　2 なみぎ　　　　3 ならびき　　　　4 ならびぎ

3 店に電話して、どのくらい待つのか<u>確かめた</u>。

1 たかめた　　　2 たしかめた　　3 かくかめた　　4 しずかめた

問題 2 請選出畫線處的漢字標記。

4 この植物について<u>くわしく</u>調べてみましょう。

1 恋しく　　　　2 貧しく　　　　3 詳しく　　　　4 親しく

5 薬を飲んだのに、全然<u>きかない</u>。

1 聞かない　　　2 聴かない　　　3 解かない　　　4 効かない

6 このかばんは工場で<u>たいりょう</u>に作られている。

1 大料　　　　2 大量　　　　3 多料　　　　4 多量

問題 3 請選出最適合填入括號內的單字。

7 ボールを（　　　　）、窓のガラスが割れてしまった。

1 上げたら　　　2 下げたら　　　3 投げたら　　　4 曲げたら

8 スピーチ大会の参加者を（　　　）しています。

1 募集　　　　　2 翻訳　　　　　3 保存　　　　　4 通行

9 昨日は（　　　）父と同じバスで帰った。

1 ぐっすり　　　2 しいんと　　　3 すでに　　　　4 たまたま

問題 4 請選出與畫線處意思相同的選項。

10 子どもの安全をテーマに講演会を開いた。

1 場合　　　　　2 資料　　　　　3 主題　　　　　4 参加

11 親しい人でもマナーは守らなければならない。

1 理想　　　　　2 礼儀　　　　　3 歓迎　　　　　4 言語

12 新しく引っ越した家は、キッチンが広くていい。

1 部屋　　　　　2 玄関　　　　　3 庭　　　　　　4 台所

➡ 實戰練習解答請見下一頁

答案 1 ②　2 ①　3 ②　4 ③　5 ④　6 ②　7 ③　8 ①　9 ④　10 ③　11 ②　12 ④

	題目翻譯	對應頁碼
1	地鐵通過這條<u>道路</u>的下面。	→ p.148
2	美麗的<u>行道樹</u>延伸到商店街那裡。	→ p.115
3	打電話給店家，<u>確認</u>了要等多久。	→ p.102
4	<u>詳細</u>調查一下這種植物吧。	→ p.161
5	雖然吃了藥，但完全<u>沒效</u>。	→ p.158
6	這個包包在工廠被<u>大量</u>生產。	→ p.99
7	把球（丟出去後），窗戶的玻璃就破了。	→ p.150
8	正在（招募）演講比賽的參賽者。	→ p.98
9	昨天（碰巧）和父親搭同班公車回去。	→ p.171
10	以孩童安全為主題舉辦了演講。 1 場合　　2 資料　　3 主題　　4 參加	→ p.117
11	即使是親近的人，也必須遵守禮儀。 1 理想　　2 禮儀　　3 歡迎　　4 語言	→ p.141
12	新搬的家，廚房又寬敞又好。 1 房間　　2 玄關　　3 庭院　　4 廚房	→ p.109

Chapter

03

★ ☆ ☆
第三順位單字

Day 21~30

MP3 01-21

Day
20 **21** 22

學習進度　◯ 預習 → ◯ 熟讀 → ◯ 背誦 → ◯ 測驗

□ 畑 <small>はたけ</small>	□ 幸運 <small>こううん</small>	□ 進学 <small>しんがく</small>	□ 常識 <small>じょうしき</small>
□ 印 <small>しるし</small>	□ 周囲 <small>しゅうい</small>	□ 遅刻 <small>ちこく</small>	□ ストーリー
□ お礼 <small>れい</small>	□ 死後 <small>しご</small>	□ 工学 <small>こうがく</small>	□ アレルギー
□ 街 <small>まち</small>	□ 事件 <small>じけん</small>	□ 雰囲気 <small>ふんいき</small>	□ やり直す <small>なお</small>
□ 取引 <small>とりひき</small>	□ 成長 <small>せいちょう</small>	□ 学費 <small>がくひ</small>	□ 慌てる <small>あわ</small>
□ 飛行 <small>ひこう</small>	□ 速度 <small>そくど</small>	□ 息子 <small>むすこ</small>	□ 覚える <small>おぼ</small>
□ 混乱 <small>こんらん</small>	□ 青年 <small>せいねん</small>	□ 郵送 <small>ゆうそう</small>	□ 騒ぐ <small>さわ</small>
□ 車輪 <small>しゃりん</small>	□ 包み <small>つつ</small>	□ 今後 <small>こんご</small>	□ 奪う <small>うば</small>
□ 集まり <small>あつ</small>	□ 入浴 <small>にゅうよく</small>	□ 上司 <small>じょうし</small>	□ 加える <small>くわ</small>

01
○○
○
はたけ
畑
田

うちの畑でできるトマトは、味がいい。

我家田裡長出的番茄味道很好。

02
○○
○
しるし
印
記號

＋ 矢印 箭頭

本の大事なところに印をつける。

在書的重要地方標上記號。

03
○
○○
れい
お礼
謝意、感謝

鈴木さんにお礼の手紙を書いた。

給鈴木先生寫了感謝信。

04
○
○
○
まち
街
街道

≒ 町 城鎮、街道

知らない街を歩くのも楽しい。

走在不熟悉的街道上也很有趣。

街：指商店聚集的街道，類似「線」的概念。
町：指建築物密集的地區，類似「面」的概念。

05
○
○○
とりひき
取引
交易

＋ 取引先 客戶、交易對象
動

今回の取引は成功した。

這次的交易成功了。

06
○○
○○
ひこう
飛行
飛行

＋ 飛行機 飛機
動

飛行機は午後8時に着く予定だ。

飛機預計晚上8點抵達。

07 こんらん
○ **混乱**
○
○ 混亂
動

こんらん　き も　お　つ
混乱した気持ちを落ち着かせる。
使混亂的心情平靜下來。

---

08 しゃりん
○ **車輪**
○
○ 車輪

ふ つう　じ どうしゃ　しゃりん　よっ
普通、自動車は車輪が四つある。
通常汽車有四個輪子。

---

09 あつ
○ **集まり**
○
○ 集會、聚會

かい
≒ 会 集會

きのう　こうこう　どうきゅうせい　あつ
昨日、高校の同級生の集まりがあった。
昨天，有高中同學的聚會。

---

10 こううん
○ **幸運**
○
○ 幸運

ふ うん
↔ 不運 不幸、倒楣

みな　こううん　いの
皆さんの幸運を祈ります。
祝福大家好運。

---

11 しゅう い
○ **周囲**
○
○ 周圍

しゅうへん
≒ 周辺 周邊、周圍

しゅう い　おうえん　ごうかく　おも
周囲の応援があったから合格できたと思う。
我覺得因為有周遭的人的支持，所以合格了。

しゅう い
周囲：事物或人的周圍部分，多用於指實際看得見的場所。
しゅうへん
周辺：指以某場所或事物為中心的環境或事情等。

---

12 し ご
○ **死後**
○
○ 死後

せいぜん
↔ 生前 生前

くに　だいとうりょう　し ご　せい じ てき　こんらん
その国は大統領の死後、政治的に混乱している。
那個國家在總統死後，政治陷入混亂中。

13 じ けん
○ **事件**
○
○ 事件

≒ 出来事 事件
で きごと

かれ　　　　じ けん　　かんけい　　　　　おも
彼はこの事件に関係ないと思う。

我覺得他和這個事件沒有關係。

---

14 せいちょう
○ **成長**
○
○ 成長

動

こ ども　　おや　　あいじょう　　う　　　　せいちょう
子供は親の愛情を受けて、成長する。

孩子接受父母的愛成長。

---

15 そく ど
○ **速度**
○
○ 速度

≒ スピード
　　速度（speed）

あんぜん　　　　　　　せいげんそく ど　　まも
安全のため、制限速度を守ってください。

為了安全，請遵守速度限制。

---

16 せいねん
○ **青年**
○
○ 青年

しょうねん　　せいちょう　　　りっ ぱ　　せいねん
少年は成長して立派な青年になった。

少年成長為優秀的青年。

---

17 つつ
○ **包み**
○
○ 包裏

＋ 小包 包裏
こ づつみ

ちい　　つつ　　と　　だ
バッグから小さな包みを取り出す。

從包包拿出小包裏。

---

18 にゅうよく
○ **入浴**
○
○ 洗澡、沐浴

動

にゅうよく　　ね　　いち じ かんまえ　　　　す
入浴は寝る一時間前までに済ませましょう。

洗澡在睡前一小時前完成吧。

Day
21

19 しんがく
○○○ **進学**
○○ 升學
[動]

こうこう　そつぎょう　だいがく　しんがく
高校を卒業して大学に進学する。
高中畢業後升入大學。

20 ちこく
○○○ **遅刻**
○○ 遲到
[動]

ねぼう　ちこく
寝坊して遅刻してしまった。
睡過頭遲到了。

21 こうがく
○○ **工学**
○ 工程學、工程

だいがく　い　こうがく　べんきょう
大学に行ってロボット工学を勉強したい。
想去大學學習機器人工程。

22 ふんいき
○○○ **雰囲気**
○ 氣氛

かれ　ふんいき　あか
彼はユーモアで雰囲気を明るくしてくれる。
他用幽默使氣氛活躍起來。

≒ ムード 氣氛（mood）

23 がくひ
○○○ **学費**
○ 學費

がくひ　はら
学費を払うためにアルバイトをしている。
為了付學費正在打工。

じゅぎょうりょう
≒ 授業料 學費

じゅぎょうりょう
授業料：上課的費用（不含其他費用）。
がくひ
学費：包含學費、教材費、伙食費、雜費等求學所需的費用。

24 むすこ
○○○ **息子**
○ 兒子

わたし　むすこ　ちから　つよ
もう私より息子のほうが、力が強いかもしれない。
現在可能我兒子比我更有力氣。

むすめ
↔ 娘 女兒

25 ゆうそう
郵送
○○○
郵寄

＋ 郵送料 運費、郵資
動

しょるい きょうじゅう ゆうそう
書類を今日中に郵送してください。
文件請在今天內郵寄。

26 こんご
今後
○○
今後、以後

こんご れんらく
今後はメールでご連絡します。
今後會用電子郵件聯絡。

27 じょうし
上司
○○○
上司

↔ 部下 部下

しごと じょうし おこ
仕事でミスをして、上司に怒られた。
在工作中犯了錯誤，被上司責罵。

28 じょうしき
常識
○○○
常識

じょうしき かんが
それは常識では考えられないことだ。
那是無法用常識思考的事情。

29
○
ストーリー
○○○
故事、情節（story）

≒ 物語 故事

しょうせつ
この小説はストーリーがおもしろい。
這個小說的情節很有趣。

30
○
アレルギー
○○○
過敏（allergie）

くすり こうか
この薬はアレルギーに効果がある。
這個藥對過敏有效。

31
やり直す
なお

重做

いちどさいしょ　　　　　　なお
もう一度最初からやり直すつもりだ。

打算從頭重做一次。

32
慌てる
あわ

慌張

じしん　　　　　　　あわ
地震があっても慌てないでください。

就算有地震，也請不要慌張。

33
覚える
おぼ

記得

たんご　　　　おぼ
こんなにたくさんの単語は覚えられない。

這麼多的單字是無法記住的。

34
騒ぐ
さわ

吵鬧

こども　　　　でんしゃ　さわ
子供たちが電車で騒いでいる。

小孩們在電車上吵鬧。

35
奪う
うば

搶奪、剝奪

こども　どくしょ　じかん　うば
テレビが子供の読書の時間を奪っている。

電視搶走孩子的讀書時間。

36
加える
くわ

添加

しお　くわ　　あじ
スープに塩を加えて味をつけます。

在湯裡加鹽調味。

くわ
加わる：増加（自動詞）
くわ
加える：添加（他動詞）

1天1分鐘驗收

1 請在 a、b 當中選出相符的讀音。

1. 街　（a. まち　　　　b. みち）

2. 郵送（a. ゆそう　　　b. ゆうそう）

3. 騒ぐ（a. いそぐ　　　b. さわぐ）

2 請依據讀音在 a、b 當中選出相符的單字。

4. おれい　　　　（a. お札　　b. お礼）

5. しゃりん　　　（a. 車輪　　b. 車輪）

6. おぼえる　　　（a. 覚える　b. 学える）

3 請從 a、b 當中選出最合適的詞。

7. 安全のため、制限（a. 進度　b. 速度）を守ってください。

8. テレビが子供の読書の時間を（a. 奪って　b. やり直して）いる。

9. スープに塩を（a. 加わって　b. 加えて）味をつけます。

答案 1 ⓐ　2 ⓑ　3 ⓑ　4 ⓑ　5 ⓐ　6 ⓐ　7 ⓑ　8 ⓐ　9 ⓑ

MP3 01-22

Day
21 **22** 23

學習進度　● 預習 → ● 熟讀 → ● 背誦 → ● 測驗

□ 梅 (うめ)	□ 最高 (さいこう)	□ 用途 (ようと)	□ 待ち合わせ (まあ)
□ 幅 (はば)	□ 住居 (じゅうきょ)	□ 美術 (びじゅつ)	□ ダイエット
□ 鶏 (にわとり)	□ 知人 (ちじん)	□ 品物 (しなもの)	□ インスタント
□ 上旬 (じょうじゅん)	□ 読書 (どくしょ)	□ 間違い (まちが)	□ 身につける (み)
□ 美人 (びじん)	□ 合格 (ごうかく)	□ 働き (はたら)	□ 隠す (かく)
□ 提案 (ていあん)	□ 地方 (ちほう)	□ 測定 (そくてい)	□ おぼれる
□ 経験 (けいけん)	□ 測量 (そくりょう)	□ 乾杯 (かんぱい)	□ 剥く (む)
□ 無線 (むせん)	□ 完了 (かんりょう)	□ 生年月日 (せいねんがっぴ)	□ 延ばす (の)
□ 特色 (とくしょく)	□ 入力 (にゅうりょく)	□ 本物 (ほんもの)	□ ためる

01
○○○
うめ
梅
梅子

このお酒は梅の香りがする。

さけ うめ かお

這個酒有梅子的香味。

02
○○○
はば
幅
寬度

幅が２メートルあるテーブルがほしい。

はば

想要寬度有２公尺的桌子。

はば：寬度
ふく：福氣

幅
福

03
○○○
にわとり
鶏
雞

鶏がえさを食べている。

にわとり た

雞正在吃飼料。

04
○○○
じょうじゅん
上旬
上旬

来月の上旬には帰国するつもりだ。

らいげつ じょうじゅん き こく

打算下個月的上旬回國。

↔ 下旬 下旬

げ じゅん

05
○○○
び じん
美人
美人

彼女は美人で、性格もいい。

かのじょ び じん せいかく

她是美人，個性也很好。

06
○○○
ていあん
提案
提案、提議
動

会議で計画の変更を提案した。

かい ぎ けいかく へんこう ていあん

在會議提議變更計畫。

Day 22 名詞・動詞　189

Chapter 01　Chapter 02　**Chapter 03**

07 けいけん
○ 経験
○○
○ 經驗
動

かれ　　　　　　　　　せいかつ　　　けいけん
彼はヨーロッパで生活した経験がある。
他有在歐洲生活的經驗。

---

08 むせん
○ 無線
○○
○ 無線

ゆうせん
↔ 有線　有線

むせん
このプリンターは無線でプリントできる。
這個印表機可以無線列印。

---

09 とくしょく
○ 特色
○○
○ 特色、特點

とくちょう
≒ 特徴　特徵

がっこう　　とくしょく　　こくさいこうりゅう　　さか
この学校の特色は、国際交流が盛んなことだ。
這間學校的特色是國際交流很盛行。

---

10 さいこう
○ 最高
○○
○ 最棒

さいてい
↔ 最低　最差勁

きょう　　おんがくかい　　いま　　　　　さいこう　　えんそう
今日の音楽会は、今までで最高の演奏だった。
今天的音樂會是迄今最棒的演奏。

---

11 じゅうきょ
○ 住居
○○
○ 住宅、住所
動

にんげん　　く　　　　　　　じゅうきょ　　ひつよう
人間は暮らすために住居を必要とする。
人類為了生活需要住所。

---

12 ちじん
○ 知人
○○
○ 熟人

し　　あ
≒ 知り合い　熟人

ちじん　　ひさ　　　　　　あ
知人に久しぶりに会った。
見到很久不見的熟人。

13
○
○○ どくしょ
読書
讀書
動

どくしょ　きょうせい
読書は強制するものではない。

讀書不是強制的事。

14
○
○○ ごうかく
合格
合格

↔ ふごうかく
不合格　不合格

動

とも　　　ごうかく　　　　いわ
友だちの合格をみんなで祝った。

大家一起慶祝了朋友的合格。

15
○
○○ ち ほう
地方
地區、地方

ち ほう　　じんこう　　　　　　　へ
この地方は人口がだんだん減っている。

這個地方的人口正逐漸減少。

16
○
○○ そくりょう
測量
測量

≒ そくてい
測定　測量

動

かわ　はば　やま　たか　　そくりょう　　ち ず　つく
川の幅や山の高さを測量して地図を作る。

測量河川的寬度和山的高度製作地圖。

そくりょう
測量：主要指測量並圖示土地的面積、位置、高低、深淺等。
そくてい
測定：指用機器或裝置來計算重量、長度或速度。

17
○
○○ かんりょう
完了
完了、結束

↔ かい し
開始　開始

動

こう じ　　　　ことし　　　　　がつ　かんりょう
ビルの工事は、今年の10月に完了する。

大樓的工程會在今年10月結束。

18
○
○○ にゅうりょく
入力
輸入

→ しゅつりょく
出力　輸出

動

　　　　　　　　　　つか　　　　　　　　　にゅうりょく
パソコンを使って、データを入力していく。

請用電腦輸入數據。

19 ようと
○○○ **用途**
用途

きかい ようと なん
この機械の用途は何ですか。
這個機器的用途是什麼？

20 びじゅつ
○○ **美術**
美術

+ びじゅつかん
美術館 美術館

びじゅっかん むかし え てんじ
この美術館には、昔の絵が展示されている。
這個美術館展示了以前的繪畫。

21 しなもの
○○○ **品物**
商品

≒ しょうひん
商品 商品

おお みせ しなもの
大きい店には品物がたくさんある。
大商店裡有很多商品。

22 まちが
○○ **間違い**
錯誤

≒ ミス 錯誤（miss）

さくぶん かんじ まちが おお
この作文は漢字の間違いが多い。
這篇作文有很多漢字的錯誤。

23 はたら
○○○ **働き**
作用、效果

ちゃ しんけい やす はたら
このお茶は神経を休める働きがある。
這個茶有安定神經的作用。

24 そくてい
○○ **測定**
測量

≒ そくりょう
測量 測量

びょういん たいじゅう そくてい
病院で体重の測定をした。
在醫院測量了體重。

25 かんぱい
○○○ **乾杯**
○ 乾杯
[動]

しごと せいこう いわ かんぱい
仕事の成功を祝って乾杯した。

乾杯慶祝工作的成功。

26 せいねんがっぴ
○○○ **生年月日**
○ 出生年月日

しょるい せいねんがっぴ か
この書類に生年月日をお書きください。

請在這個文件上寫下出生年月日。

27 ほんもの
○○○ **本物**
○ 真品

にせもの
↔ 偽物 贗品

ほんもの おも か にせもの
本物だと思って買ったが、偽物だった。

認為是真品而購買，結果卻是贗品。

28 ま あ
○○○ **待ち合わせ**
○ 等待、會面

やくそく
≒ 約束 約定
[動]

ま あ じかん じ へんこう
待ち合わせの時間を 5 時に変更した。

會面的時間變更為 5 點了。

ま あ
待ち合わせ：指為了和對方見面，提前約好時間地點的情況。
やくそく
約束：指雙方之間的各種約定，如：見不見面等等。

29
○○○ **ダイエット**
○ 節食（diet）
[動]

たいじゅう お
ダイエットをして体重を落とす。

節食減輕體重。

30
○○○ **インスタント**
○ 即食、速食（instant）

しょくひん た
インスタント食品をよく食べる。

經常吃速食食品。

31
○
○ **身につける**
○ 掌握

食事のマナーを身につけましょう。

一起掌握用餐禮儀吧。

身につく：掌握、學會（自動詞）
身につける：掌握（他動詞）

32
○
○ **隠す**
○ 隱藏、掩蓋

彼は事実を隠している。

他在隱藏事實。

隠れる：隱藏（自動詞）
隠す：隱藏（他動詞）

33
○
○ **おぼれる**
○ 溺水、沉溺

おぼれている人を助けた。

救了正在溺水的人。

34
○
○ **剥く**
○ 剝、削

りんごの皮を剥くのが苦手だ。

不擅長削蘋果皮。

35
○
○ **延ばす**
○ 延長、推遲

新商品の販売を一か月延ばした。

新商品的販售推遲了一個月。

延びる：延長（自動詞）
延ばす：延長、推遲（他動詞）

36
○
○ **ためる**
○ 儲存、積攢

将来のために、お金をためています。

為了將來，正在存錢。

たまる：儲存、積攢（自動詞）
ためる：儲存、積攢（他動詞）

① 請在 a、b 當中選出相符的讀音。

1. 上旬 　（a. じょうしゅん　　b. じょうじゅん）

2. 最高 　（a. さいご　　　　b. さいこう）

3. 間違い （a. かんちがい　　b. まちがい）

② 請依據讀音在 a、b 當中選出相符的單字。

4. はば 　　　　　　　（a. 福　　　　b. 幅）

5. そくりょう 　　　　（a. 測量　　　b. 側量）

6. まちあわせ 　　　　（a. 待ち合わせ　　b. 持ち合わせ）

③ 請從 a、b 當中選出最合適的詞。

7. 食事のマナーを（a. 手　b. 身）につけましょう。

8. 彼は事実を（a. 隠れて　b. 隠して）いる。

9. 新商品の販売を一か月（a. 延ばした　b. 延びた）。

答案 1 ⓑ　2 ⓑ　3 ⓑ　4 ⓑ　5 ⓐ　6 ⓐ　7 ⓑ　8 ⓑ　9 ⓐ

Day

22 **23** 24

學習進度 ○ 預習 → ○ 熟讀 → ○ 背誦 → ○ 測驗

□ 袖 _{そで}	□ 人気 _{にんき}	□ 夕日 _{ゆうひ}	□ 高級 _{こうきゅう}
□ 油 _{あぶら}	□ お見舞い _{みま}	□ 帰国 _{きこく}	□ アンケート
□ 売り上げ _{う あ}	□ 学問 _{がくもん}	□ 祭日 _{さいじつ}	□ カラー
□ 格安 _{かくやす}	□ 製品 _{せいひん}	□ 留守番 _{るすばん}	□ 呼びかける _よ
□ 文房具 _{ぶんぼうぐ}	□ 筆記 _{ひっき}	□ 発車 _{はっしゃ}	□ 明ける _あ
□ 政治 _{せいじ}	□ 育児 _{いくじ}	□ 記事 _{きじ}	□ 気に入る _{きい}
□ 下り _{くだ}	□ 街角 _{まちかど}	□ 重視 _{じゅうし}	□ 示す _{しめ}
□ 特売 _{とくばい}	□ 雨戸 _{あまど}	□ 目下 _{めした}	□ ぶつける
□ 用事 _{ようじ}	□ 履歴書 _{りれきしょ}	□ 売り切れ _{うき}	□ 起きる _お

01 ○○ ○○	<ruby>袖<rt>そで</rt></ruby> 袖子	シャツの<ruby>袖<rt>そで</rt></ruby>が<ruby>長<rt>なが</rt></ruby>すぎる。 襯衫的袖子太長。

02 ○ ○	<ruby>油<rt>あぶら</rt></ruby> 油	<ruby>人間<rt>にんげん</rt></ruby>は、<ruby>油<rt>あぶら</rt></ruby>をおいしく<ruby>感<rt>かん</rt></ruby>じるらしい。 人類似乎覺得油好吃。

03 ○ ○○	<ruby>売<rt>う</rt></ruby>り<ruby>上<rt>あ</rt></ruby>げ 銷售額、營業額	<ruby>製品<rt>せいひん</rt></ruby>の<ruby>売<rt>う</rt></ruby>り<ruby>上<rt>あ</rt></ruby>げが<ruby>伸<rt>の</rt></ruby>びる。 產品的銷售額有所增加。

04 ○ ○	<ruby>格安<rt>かくやす</rt></ruby> 格外便宜、特別廉價 ナ	<ruby>格安<rt>かくやす</rt></ruby>の<ruby>航空券<rt>こうくうけん</rt></ruby>を<ruby>探<rt>さが</rt></ruby>している。 正在找特別便宜的機票。

05 ○ ○○	<ruby>文房具<rt>ぶんぼうぐ</rt></ruby> 文具	<ruby>小学校<rt>しょうがっこう</rt></ruby>に<ruby>入学<rt>にゅうがく</rt></ruby>する<ruby>孫<rt>まご</rt></ruby>に<ruby>文房具<rt>ぶんぼうぐ</rt></ruby>をあげた。 給即將要上小學的孫子文具。

06 ○ ○○ + <ruby>政治家<rt>せいじか</rt></ruby> 政治家	<ruby>政治<rt>せいじ</rt></ruby> 政治	<ruby>東京<rt>とうきょう</rt></ruby>は<ruby>日本<rt>にほん</rt></ruby>の<ruby>政治<rt>せいじ</rt></ruby>、<ruby>経済<rt>けいざい</rt></ruby>の<ruby>中心<rt>ちゅうしん</rt></ruby>である。 東京是日本政治、經濟的中心。 • 治 じ <ruby>政治<rt>せいじ</rt></ruby>：政治 ち <ruby>治安<rt>ちあん</rt></ruby>：治安

07 くだ
○○○ 下り
○ 下行、下降

↔ 上り 上行、上升

ばんせん くだ でんしゃ まい
5番線に下りの電車が参ります。
5號月台有一列下行電車即將抵達。

08 とくばい
○○○ 特売
○ 特賣、特價出售

≒ セール 特賣（sale）
動

とくばい じょうほう
インターネットで特売の情報をチェックする。
上網確認特價的資訊。

09 ようじ
○○○ 用事
○ 事情

きゅう ようじ よやく
急に用事ができて、予約をキャンセルした。
突然有事，取消了預約。

10 にんき
○○○ 人気
○ 受歡迎

こども にんき
このおもちゃは子供に人気がある。
這個玩具很受小孩歡迎。

11 みま
○○○ お見舞い
○ 慰問、探望
動

とも にゅういん みま い
友だちが入院したのでお見舞いに行った。
因為朋友住院，所以去探望。

12 がくもん
○○○ 学問
○ 學問

しぜんかがく しぜん ほうそく み がくもん
自然科学は、自然の法則を見つける学問だ。
自然科學是找尋自然法則的學問。

がくもん
学問：學問
しゅうかん
週間：週間、一星期

13　せいひん
○
○○　**製品**
○
産品、商品

≒　しょうひん
商品　商品

あたら　　　せいひん　　う　あ　　の
新しい製品の売り上げが伸びない。

新產品的銷售額沒有增加。

14　ひっき
○
○○　**筆記**
○
筆記

動

ひっき　しけん　　ごうかく　　　　　つぎ　めんせつ　う
筆記試験に合格したので次は面接を受ける。

因為筆試及格了，所以接下來要參加面試。

15　いくじ
○
○○　**育児**
○
育兒

≒　こそだ
子育て　育兒

動

こども　う　　　　　　　　いくじ　　　　　きゅうか
子供が生まれて、育児のため休暇をとっている。

小孩出生了，為了育兒正在休假。

16　まちかど
○
○○　**街角**
○
街角

まちかど　　こうこう　　とも　　　　　あ
街角で高校の友だちに会った。

在街角遇到了高中的朋友。

17　あまど
○
○○　**雨戸**
○
防雨門、木板套窗

たいふう　く　　まえ　あまど　　し
台風が来る前に雨戸を閉めた。

在颱風來之前關上了防雨門。

• 雨
あま　　あまど
　　　雨戸：防雨門、木板套窗
あめ　　おおあめ
　　　大雨：大雨

18　りれきしょ
○
○○　**履歴書**
○
履歷表

しゅうしょくかつどう　　　　　　　　りれきしょ　か
就職活動をするために、履歴書を書いた。

為了進行求職活動，寫了履歷表。

19 ゆう ひ
○
○○ **夕日**
夕陽

↔ あさ ひ
朝日　旭日

うみ　しず　ゆう ひ　うつく
海に沈む夕日が美しかった。
沉入海面的夕陽很美。

20 き こく
○
○○ **帰国**
回國

↔ しゅっこく
出国　出國
動

らいげつ　き こく
来月、帰国するつもりだ。
打算下個月回國。

21 さいじつ
○
○○ **祭日**
節日

≒ しゅくじつ
祝日　節日、國定假日

にちよう　さいじつ　きゅうぎょう
日曜、祭日は休業いたします。
星期日、節日暫停營業。

しゅくじつ
祝日：指法律規定的國定假日。
さいじつ
祭日：指舉行宗教祭祀活動的日子，主要是以日本皇室為中心的宗教儀
しゅくじつ
式。被當作「祝日」的俗稱而混用。

22 る　す ばん
○
○○ **留守番**
看家

ひとり　る す ばん　こ ども　き
一人で留守番をしている子供が気になる。
擔心正一個人看家的小孩。

23 はっしゃ
○
○○ **発車**
發車

↔ ていしゃ
停車　停車
動

きゅうこう　ばんせん　はっしゃ
急行は1番線から発車する。
快速列車在1號月台發車。

24 き じ
○
○○ **記事**
報導、新聞

き じ　ないよう　しんよう
この記事の内容は信用できない。
這個報導的內容不能相信。

13 せいひん
○
○ **製品**
○ 産品、商品

しょうひん
≒ 商品 商品

<ruby>新<rt>あたら</rt></ruby>しい<ruby>製品<rt>せいひん</rt></ruby>の<ruby>売<rt>う</rt></ruby>り<ruby>上<rt>あ</rt></ruby>げが<ruby>伸<rt>の</rt></ruby>びない。

新產品的銷售額沒有增加。

---

14 ひっき
○
○ **筆記**
○ 筆記
〔動〕

<ruby>筆記<rt>ひっき</rt></ruby><ruby>試験<rt>しけん</rt></ruby>に<ruby>合格<rt>ごうかく</rt></ruby>したので<ruby>次<rt>つぎ</rt></ruby>は<ruby>面接<rt>めんせつ</rt></ruby>を<ruby>受<rt>う</rt></ruby>ける。

因為筆試及格了，所以接下來要參加面試。

---

15 いくじ
○
○ **育児**
○ 育兒

こそだ
≒ 子育て 育兒
〔動〕

<ruby>子供<rt>こども</rt></ruby>が<ruby>生<rt>う</rt></ruby>まれて、<ruby>育児<rt>いくじ</rt></ruby>のため<ruby>休暇<rt>きゅうか</rt></ruby>をとっている。

小孩出生了，為了育兒正在休假。

---

16 まちかど
○
○ **街角**
○ 街角

<ruby>街角<rt>まちかど</rt></ruby>で<ruby>高校<rt>こうこう</rt></ruby>の<ruby>友<rt>とも</rt></ruby>だちに<ruby>会<rt>あ</rt></ruby>った。

在街角遇到了高中的朋友。

---

17 あまど
○
○ **雨戸**
○ 防雨門、木板套窗

<ruby>台風<rt>たいふう</rt></ruby>が<ruby>来<rt>く</rt></ruby>る<ruby>前<rt>まえ</rt></ruby>に<ruby>雨戸<rt>あまど</rt></ruby>を<ruby>閉<rt>し</rt></ruby>めた。

在颱風來之前關上了防雨門。

• **雨**
あま <ruby>雨戸<rt>あまど</rt></ruby>：防雨門、木板套窗
あめ <ruby>大雨<rt>おおあめ</rt></ruby>：大雨

---

18 りれきしょ
○
○ **履歴書**
○ 履歷表

<ruby>就職活動<rt>しゅうしょくかつどう</rt></ruby>をするために、<ruby>履歴書<rt>りれきしょ</rt></ruby>を<ruby>書<rt>か</rt></ruby>いた。

為了進行求職活動，寫了履歷表。

19 ゆうひ
○
○○ **夕日**
○
夕陽

↔ あさひ
朝日　旭日

うみ　しず　ゆうひ　うつく
海に沈む夕日が美しかった。
沉入海面的夕陽很美。

---

20 きこく
○
○○ **帰国**
○
回國

↔ しゅっこく
出国　出國
[動]

らいげつ　きこく
来月、帰国するつもりだ。
打算下個月回國。

---

21 さいじつ
○
○○ **祭日**
○
節日

≒ しゅくじつ
祝日　節日、國定假日

にちよう　さいじつ　きゅうぎょう
日曜、祭日は休業いたします。
星期日、節日暫停營業。

しゅくじつ
祝日：指法律規定的國定假日。
さいじつ
祭日：指舉行宗教祭祀活動的日子，主要是以日本皇室為中心的宗教儀
しゅくじつ
式。被當作「祝日」的俗稱而混用。

---

22 る　す　ばん
○
○○ **留守番**
○
看家

ひとり　る　す　ばん　　　　　　こども　き
一人で留守番をしている子供が気になる。
擔心正一個人看家的小孩。

---

23 はっしゃ
○
○○ **発車**
○
發車

↔ ていしゃ
停車　停車
[動]

きゅうこう　　ばんせん　はっしゃ
急行は1番線から発車する。
快速列車在1號月台發車。

---

24 き　じ
○
○○ **記事**
○
報導、新聞

き　じ　ないよう　しんよう
この記事の内容は信用できない。
這個報導的內容不能相信。

25
○
○ **重視** じゅうし

重視

動

学歴より実力を重視する。 がくれき じつりょく じゅうし

比起學歷更重視實力。

26
○
○ **目下** めした

下屬、晚輩

↔ 目上 上司、長輩 めうえ

「ご苦労様」は目上の人が目下の人に使う言葉です。 くろうさま めうえ ひと めした ひと つか ことば

「辛苦了」是長輩對晚輩使用的語言。

27
○
○ **売り切れ** う き

售完

＋ 品切れ 缺貨 しなぎ

商品はあっという間に売り切れになってしまった。 しょうひん ま う き

商品一瞬間就售完了。

売り切れ：指東西賣完。 う き
品切れ：指沒有東西賣。 しなぎ

28
○
○ **高級** こうきゅう

高級

ナ

駐車場には高級車が並んでいる。 ちゅうしゃじょう こうきゅうしゃ なら

停車場裡停放著高級轎車。

29
○
○ **アンケート**

問卷調查（enquête）

動

主婦を対象にアンケートをとる。 しゅふ たいしょう

以主婦為對象進行問卷調查。

30
○
○ **カラー**

顏色（color）

≒ 色 顏色 いろ

花にはたくさんのカラーがある。 はな

花有很多顏色。

31 よ
呼びかける
呼喚、呼籲

大雨に注意するように呼びかけている。
呼籲要注意大雨。

32 あ
明ける
天亮、結束

まだ夜が明けないうちに家を出た。
趁天還沒亮就出門了。
（※夜が明ける：表示天亮的慣用表現。）

33 き　い
気に入る
喜歡

彼の態度が気に入らない。
不喜歡他的態度。

34 しめ
示す
表示

輸入量の変化をグラフで示す。
用圖表表示進口量的變化。

≒ 表す 表示

35
ぶつける
撞上、碰上

壁に頭をぶつけてしまった。
頭撞到牆上了。

ぶつかる：碰、撞（自動詞）
ぶつける：撞上、碰上（他動詞）

36 お
起きる
起床

毎朝６時に起きて散歩をする。
每天早上６點起床散步。

起きる：起床（自動詞）
起こす：叫醒（他動詞）

1 請在 a、b 當中選出相符的讀音。

1. お見舞い （a. おみあい　　b. おみまい）

2. 政治　　　（a. せいち　　　b. せいじ）

3. 雨戸　　　（a. あまど　　　b. あめど）

2 請依據讀音在 a、b 當中選出相符的單字。

4. せいひん　　　　　（a. 制品　　　b. 製品）

5. がくもん　　　　　（a. 学問　　　b. 学間）

6. あぶら　　　　　　（a. 油　　　　b. 袖）

3 請從 a、b 當中選出最合適的詞。

7. 急行(きゅうこう)は 1 番線(ばんせん)から（a. 発車　b. 帰国）する。

8. 壁(かべ)に頭(あたま)を（a. ぶつかって　b. ぶつけて）しまった。

9. 商品(しょうひん)はあっという間(ま)に（a. 呼びかけ　b. 売り切れ）になってしまった。

答案 1 ⓑ　2 ⓑ　3 ⓐ　4 ⓑ　5 ⓐ　6 ⓐ　7 ⓐ　8 ⓑ　9 ⓑ

MP3 01-24

Day

23 **24** 25

　● 預習 → ● 熟讀 → ● 背誦 → ○ 測驗

□ 胸 むね	□ 就職 しゅうしょく	□ 学力 がくりょく	□ 市場 いちば
□ 咳 せき	□ 区別 くべつ	□ 日付 ひづけ	□ ストレス
□ 口紅 くちべに	□ 平行 へいこう	□ 時刻表 じこくひょう	□ キャンパス
□ 郵便 ゆうびん	□ 運河 うんが	□ 症状 しょうじょう	□ 抜く ぬく
□ 気体 きたい	□ 体育 たいいく	□ 人種 じんしゅ	□ 学ぶ まなぶ
□ 再生 さいせい	□ 発想 はっそう	□ 最低 さいてい	□ 折れる おれる
□ 商店 しょうてん	□ 人間 にんげん	□ 診察 しんさつ	□ 畳む たたむ
□ 中央 ちゅうおう	□ 正門 せいもん	□ 温度 おんど	□ 焼く やく
□ 例外 れいがい	□ 支社 ししゃ	□ 下水 げすい	□ 似合う にあう

01 むね
○
○ 胸
○ 胸、心臟

きんちょう　　　　　　むね
緊張して胸がどきどきした。
緊張得心臟怦怦跳。

02 せき
○
○ 咳
○ 咳嗽

せき　で　　　　　　　くすり　の
咳が出たら、この薬を飲んでください。
咳嗽的話請服用這個藥物。

＋ くしゃみ 噴嚏

03 くちべに
○
○ 口紅
○ 口紅

いろ　くちべに　か
きれいな色の口紅を買った。
買了顏色漂亮的口紅。

04 ゆうびん
○
○ 郵便
○ 郵政、郵件

せいせき　やく　しゅうかん ご　ゆうびん　おく
成績は約４週間後に郵便で送ります。
成績大約４週後以郵件寄送。

ゆうびんきょく
＋ 郵便局 郵局

05 きたい
○
○ 気体
○ 氣體

えきたい　あたた　つづ　　　　きたい
この液体は温め続けると、気体になる。
這個液體持續加熱的話會變成氣體。

06 さいせい
○
○ 再生
○ 回收

さいせい　　　せいひん　つく
プラスチックを再生して製品を作る。
回收塑膠再製作產品。

動

07 しょうてん
○ **商店**
○
○ 商店

えき まえ　　　　　　　　しょうてん
駅の前にはたくさんの商店がある。

車站前面有很多商店。

---

08 ちゅうおう
○ **中央**
○
○ 中央

まち ちゅうおう　　おお こうえん
この町の中央には大きな公園があります。

這個城鎮的中央有很大的公園。

ま なか
≒ 真ん中 中央

---

09 れいがい
○ **例外**
○
○ 例外

れいがい みと
これについて例外は認めない。

對此不容許例外。

れいがい
例外：例外
ぎょうれつ
行列：行列、隊伍

---

10 しゅうしょく
○ **就職**
○
○ 求職、就業

しんがく　　　　　　しゅうしょく　　　　まよ
進学しようか、就職しようか、迷っている。

正在猶豫要選擇升學還是就業。

たいしょく
↔ 退職 離職
動

---

11 く べつ
○ **区別**
○
○ 區別
動

しごと　　　　　　　　　めいかく　く べつ
仕事とプライベートを明確に区別する。

明確區別工作和私生活。

---

12 へいこう
○ **平行**
○
○ 平行

せんろ　　へいこう　どうろ
線路に平行して道路がある。

有和鐵路平行的道路。

へいこう
＋ 並行 並行、同時進行
動

へいこう
平行：指兩者不相交。
へいこう
並行：指並列前進或事件同時發生。

13
○○○
運河 うん が
運河

ふね　うん が　　かんこう
船で運河を観光する。

乘船遊覽運河。

14
○○○
体育 たいいく
體育

たいいく　　じ かん　　　　　　れんしゅう　おこな
体育の時間にリレーの練習を行う。

體育課時進行接力練習。

15
○○○
発想 はっそう
主意、構思
動

かれ　　はっそう　　ほんとう
彼の発想は本当におもしろい。

他的主意真的很有趣。

16
○○○
人間 にんげん
人類

にんげん　　しゃかいてき　　どうぶつ
人間は社会的な動物である。

人類是社會性的動物。

• 間
　げん　人間：人類 にんげん
　かん　時間：時間 じ かん

17
○○○
正門 せいもん
正門

がっこう　せいもん　　まえ　くるま　と
学校の正門の前に車を止めないでください。

請不要在學校的正門前停車。

18
○○○
支社 し しゃ
分公司

かいがい し しゃ　　しゅっちょう
海外支社に出張することになった。

到國外的分公司出差。

↔ 本社 總公司 ほんしゃ

19 がくりょく
○
○○ **学力**
○ 學力、學習實力

＋ がくれき
学歴 學歴

いま むすこ がくりょく しんがく むり おも
今の息子の学力では進学は無理だと思う。

我認為以兒子現在的學力來看，升學太勉強了。

がくりょく
学力：指藉由求學所得到的知識和能力。
がくれき
学歴：指求學的經歷。

---

20 ひ づけ
○
○○ **日付**
○ 日期

＋ ひ
日にち 日子、天數

しょるい ひ づけ か
書類に日付を書いておく。

在文件上寫好日期。

「日付」和「日にち」皆可指特定的日期，但「日にち」還可以指天數。

---

21 じ こくひょう
○
○○ **時刻表**
○ 時刻表

≒ じ かんわり
時間割 時間表、課程表

でんしゃ じ こくひょう み はっしゃ じ こく わ
電車の時刻表を見れば発車の時刻が分かる。

查看電車時刻表的話，就能知道發車的時間。

---

22 しょうじょう
○
○○ **症状**
○ 症狀

かぜ しょうじょう で びょういん い
風邪の症状が出たら病院へ行きましょう。

出現感冒症狀的話，就去醫院吧。

---

23 じんしゅ
○
○○ **人種**
○ 人種、種族

じんしゅ さ べつ
人種差別をしてはならない。

不應該進行種族歧視。

---

24 さいてい
○
○○ **最低**
○ 最低

↔ さいこう
最高 最高

あした さいてい き おん ど
明日の最低気温は５度になるでしょう。

明天的最低氣溫將會是５度吧。

25　しんさつ
○○○　**診察**
○○　診察
[動]

でん わ　びょういん　しんさつ　よ やく
電話で病院の診察の予約をした。

用電話預約了醫院的診察。

26　おん ど
○○○　**温度**
○○　温度

さむ　　　　　　　　　　　おん ど　あ
寒かったら、エアコンの温度を上げてください。

冷的話，請調高空調的溫度。

しつ ど
＋ 湿度 濕度

27　げ すい
○○○　**下水**
○○　髒水

だいどころ　つか　　よご　　　みず　げ すい
台所で使った汚れた水を下水という。

廚房裡用過的髒水叫做「下水」。

じょうすい
↔ 上水 自來水、淨水

28　いち ば
○○○　**市場**
○○　市場、市集

はは　いち ば　か　もの
母は市場で買い物をしてきた。

母親在市場買東西回來了。

し じょう
＋ 市場 交易市場

いち ば
市場：指實際上買賣東西的地方。
し じょう
市場：指根據需求和供應所形成的抽象交易市場。

29
○○○　**ストレス**
○○　壓力（stress）

さいきん　し ごと
最近、仕事でストレスがたまっている。

最近因為工作的關係，壓力越來越大。

30
○○○　**キャンパス**
○○　校園（campus）

だいがく　　　　　　　　　　　ひろ
この大学のキャンパスは広い。

這所大學的校園很寬敞。

---

31 ぬ
○
○ 抜く
○ 省略

ちょうしょく ぬ かいしゃ い
朝食を抜いて会社に行く。

不吃早餐就去公司上班。

ぬ
抜ける：漏掉（自動詞）
ぬ
抜く：省略（他動詞）

32 まな
○
○ 学ぶ
○ 學習

≒ 習う 學習
なら

べんきょう にほん ぶんか まな
勉強だけでなく、 日本の文化も学びたい。

不只讀書，也想學習日本的文化。

なら
習う：指向某個對象學習知識或技能，且多伴隨著反覆的練習。
まな
学ぶ：指以各種方式學習知識或技能，如：自學、接受指導、模仿、從
經驗學習等。

33 お
○
○ 折れる
○ 折斷

かぜ き えだ お
風で木の枝が折れた。

因為風的關係，樹枝折斷了。

お
折れる：折斷（自動詞）
お
折る：折斷（他動詞）

34 たた
○
○ 畳む
○ 摺

ふとん たた お い い
布団を畳んで押し入れに入れる。

把棉被摺好放入壁櫥。

35 や
○
○ 焼く
○ 燒、烤

や
パンを焼くにおいがする。

有烤麵包的味道。

や
焼ける：燃燒（自動詞）
や
焼く：燒、烤（他動詞）

36 に あ
○
○ 似合う
○ 適合

に あ
そのドレス、あなたによく似合いますよ。

這件洋裝很適合你喔。

1 請在 a、b 當中選出相符的讀音。

1. 日付 (a. ひづけ　　b. ひつけ)

2. 運河 (a. うんか　　b. うんが)

3. 人間 (a. にんかん　　b. にんげん)

2 請依據讀音在 a、b 當中選出相符的單字。

4. れいがい (a. 例外　　b. 列外)

5. はっそう (a. 発相　　b. 発想)

6. じんしゅ (a. 人種　　b. 人積)

3 請從 a、b 當中選出最合適的詞。

7. 朝食を(a. 抜いて　b. 抜けて)会社に行く。

8. 風で木の枝が(a. 折った　b. 折れた)。

9. パンを(a. 焼ける　b. 焼く)においがする。

答案 1ⓐ 2ⓑ 3ⓑ 4ⓐ 5ⓑ 6ⓐ 7ⓐ 8ⓑ 9ⓑ

MP3 01-25

Day

24 **25** 26

□ 居間（いま）
□ 暮らし（く）
□ 夕焼け（ゆうや）
□ 値上げ（ねあ）
□ 定期（ていき）
□ 引っ越し（ひっこ）
□ 平和（へいわ）
□ 採点（さいてん）
□ 自習（じしゅう）

□ 発達（はったつ）
□ 冷凍（れいとう）
□ 収入（しゅうにゅう）
□ 運賃（うんちん）
□ 米国（べいこく）
□ 発電（はつでん）
□ 中間（ちゅうかん）
□ 人生（じんせい）
□ 停車（ていしゃ）

□ 責任（せきにん）
□ 登山（とざん）
□ 左折（させつ）
□ 体温（たいおん）
□ 祭り（まつ）
□ 交際（こうさい）
□ 喫煙（きつえん）
□ 都市（とし）
□ 無料（むりょう）

□ トレーニング
□ パーセント
□ サンプル
□ 過ぎる（す）
□ 飛ぶ（と）
□ 減る（へ）
□ 重ねる（かさ）
□ 移す（うつ）
□ 渡る（わた）

01 い ま
○ **居間**
○○○
○ 起居室

おとうと い ま
弟は居間でテレビを見ている。
弟弟正在起居室看電視。

02 く
○ **暮らし**
○○○
○ 生活

せいかつ
≒ 生活 生活

はたら く らく
いくら働いても、暮らしが楽にならない。
不管怎麼工作，生活也不會變輕鬆。

03 ゆう や
○ **夕焼け**
○○○
○ 晚霞

ゆう や あした は
夕焼けがきれいだから、明日は晴れだろう。
晚霞很美，所以明天應該是晴天吧。

04 ね あ
○ **値上げ**
○○○
○ 漲價、提高價格

ね あ
+ 値上がり 漲價
動

じゅぎょうりょう ね あ はんたい
授業料の値上げに反対する。
反對學費漲價。

ね あ
値上がり：指價格上漲的情況。
ね あ
値上げ：指提高價格的行為，其主語為人。

05 てい き
○ **定期**
○○○
○ 定期

てい き けん
+ 定期券 定期票

ちか えき てい き けん か
近くの駅で定期券を買った。
在附近的車站買了定期票。

06 ひ こ
○ **引っ越し**
○○○
○ 搬家
動

さいきん あたら ひ こ
最近、新しいアパートに引っ越しをした。
最近，搬到了新公寓。

07 へいわ
○
○ 平和
○ 和平
[ナ]

いま へいわ つづ ねが
今の平和が続くことを願っている。

希望現在的和平持續下去。

• 平
へい　平和：和平
びょう　平等：平等

08 さいてん
○
○ 採点
○ 評分
[動]

お さいてん
テストが終わったら採点してみましょう。

考試結束後，試著評分看看吧。

09 じしゅう
○
○ 自習
○ 自習
+ ふくしゅう
　復習 複習
[動]

じしゅう じかん どくしょ
自習の時間に読書をする。

在自習時間讀書。

10 はったつ
○
○ 発達
○ 發達
+ はってん
　発展 發展
[動]

ぎじゅつ はったつ ひとびと く ゆた
技術が発達して、人々の暮らしは豊かになった。

科技發達，人們的生活變得富裕了。

はったつ：指成長後更接近完整的型態，或規模變大。
はってん：指事物的勢力和規模有所擴展。

11 れいとう
○
○ 冷凍
○ 冷凍
+ れいぞう
　冷蔵 冷藏
[動]

れいとうしょくひん ちょうり かんたん
冷凍食品は、調理が簡単だ。

冷凍食品的烹調很簡單。

12 しゅうにゅう
○
○ 収入
○ 収入
↔ ししゅつ
　支出 支出

しごと か しゅうにゅう ふ
仕事を替えたら収入が増えた。

換了工作後，收入就增加了。

13 うんちん
○
○○ **運賃**
○
運費、車錢

さい いじょう おとな うんちん はら
12歳以上は大人の運賃を払ってください。
12歲以上請付成人的車錢。

---

14 べいこく
○
○○ **米国**
○
美國

べいこく りゅうがく がくせい ふ
米国に留学する学生が増えている。
到美國留學的學生正在增加。

• 米
　べい　米国：美國
　　　　べいこく
　まい　新米：新手
　　　　しんまい

---

15 はつでん
○
○○ **発電**
○
發電
動

たいよう りょう はつでん おこな
太陽のエネルギーを利用して発電を行う。
利用太陽能發電。

---

16 ちゅうかん
○
○○ **中間**
○
中間

あした ちゅうかん
明日、中間テストがある。
明天有期中考。

---

17 じんせい
○
○○ **人生**
○
人生

わたし じんせい おお で あ
私たちの人生には多くの出会いがある。
我們的人生中有很多相遇。

• 人
　じん　人生：人生
　　　　じんせい
　にん　人気：受歡迎
　　　　にんき

---

18 ていしゃ
○
○○ **停車**
○
臨停

→ 発車　發車
　はっしゃ
動

ちゅうしゃ ていしゃ きんし
ここは駐車だけでなく、停車も禁止されている。
這裡不僅禁止停車，也禁止臨停。

19 せきにん
○ 責任
○○ 責任
＋ せきにんかん
責任感 責任感

リーダーになって、責任の重さを感じる。

成為領導者後，感到責任重大。

20 とざん
○ 登山
○○ 登山
↔ げざん
下山 下山
[動]

今日はたくさんの人が登山に来ていた。

今天很多人來爬山。

・登
と　登山：登山
とう　登場：登場

21 させつ
○ 左折
○○ 左轉
↔ うせつ
右折 右轉
[動]

二つ目の交差点で左折してください。

請在第二個路口左轉。

左折：左轉
分析：分析

22 たいおん
○ 体温
○○ 體溫

体温を計ったら、38度だった。

量了體溫，數值是38度。

23 まつ
○ 祭り
○○ 祭典、慶典

祭りに出かけて写真をとった。

去祭典並拍了照片。

24 こうさい
○ 交際
○○ 交往
≒ つあ
付き合い 交往
[動]

5年間交際してやっと結婚することになった。

交往5年後，終於決定結婚了。

25
○○○
○

きつえん
喫煙

吸菸

↔ きんえん 禁煙　禁菸

動

ここは喫煙してもいい部屋です。

這裡是可以吸菸的房間。

26
○○○
○

と　し
都市

都市

≒ とかい 都会　都市

この都市は今も人口が増え続けている。

這個都市現在人口也正在持續增加。

と　し
都市：指行政上的「市」。
と　かい
都会：為「鄉下」的反義詞。

27
○○○
○

む りょう
無料

免費

↔ ゆうりょう 有料　收費

60歳以上の方の入場は無料です。

60 歲以上的人入場免費。

28
○
○○
○

トレーニング

訓練（training）

動

コーチにトレーニングを受ける。

接受教練的訓練。

29
○
○○
○

パーセント

百分比（percent）

米の生産が去年より5パーセント増加した。

米的生產比去年增加了 5 個百分比。

30
○
○○
○

サンプル

様本（sample）

≒ みほん 見本　様本

この商品のサンプルを見せてください。

請給我看這個商品的樣本。

31
○○○ **過ぎる**
す
過去、經過

ゴルフを始めて、１年が過ぎた。

開始打高爾夫球已經過了一年。

過ぎる：過去、經過（自動詞）
過ごす：度過（他動詞）

32
○○○ **飛ぶ**
と
飛

鳥が空を自由に飛んでいる。

鳥在空中自由地飛翔。

飛ぶ：飛（自動詞）
飛ばす：使飛行（他動詞）

33
○○○ **減る**
へ
減少

最近、子供の数が減ってきた。

最近，小孩的數量減少了。

減る：減少（自動詞）
減らす：減少（他動詞）

34
○○○ **重ねる**
かさ
反覆、屢次

努力を重ねた結果、実験は成功した。

反覆努力的結果，實驗成功了。

重なる：重疊、反覆（自動詞）
重ねる：反覆、屢次（他動詞）

35
○○○ **移す**
うつ
轉移、移動

このテーブルを隣の部屋に移してほしい。

希望你將這張桌子移到隔壁房間。

移る：轉移、移動（自動詞）
移す：轉移、移動（他動詞）

36
○○○ **渡る**
わた
穿越、經過

道を渡るときは気をつけましょう。

過馬路時要小心。

渡る：穿越、經過（自動詞）
渡す：渡、交付（他動詞）

① 請在 a、b 當中選出相符的讀音。

1. 人生 (a. じんせい　　b. にんせい)

2. 登山 (a. とざん　　　b. とうさん)

3. 米国 (a. べいこく　　b. まいこく)

② 請依據讀音在 a、b 當中選出相符的單字。

4. まつり　　　　　(a. 際り　　　b. 祭り)

5. むりょう　　　　(a. 無料　　　b. 無科)

6. させつ　　　　　(a. 左析　　　b. 左折)

③ 請從 a、b 當中選出最合適的詞。

7. 最近、子供の数が(a. 減って　b. 減らして)きた。

8. 鳥が空を自由に(a. 飛んで　b. 飛ばして)いる。

9. 努力を(a. 重なった　b. 重ねた)結果、実験は成功した。

答案 1 ⓐ　2 ⓐ　3 ⓐ　4 ⓑ　5 ⓐ　6 ⓑ　7 ⓐ　8 ⓐ　9 ⓑ

Day

25 **26** 27

學習進度 ● 預習 → ● 熟讀 → ● 背誦 → ● 測驗

□ 逆 ぎゃく	□ 才能 さいのう	□ 中級 ちゅうきゅう	□ 値下げ ねさげ
□ 怒り いかり	□ 対策 たいさく	□ 石油 せきゆ	□ ストップ
□ 火災 かさい	□ 記入 きにゅう	□ 提出 ていしゅつ	□ プラス
□ 長所 ちょうしょ	□ 録音 ろくおん	□ 変更 へんこう	□ 当たる あたる
□ 年上 としうえ	□ 貸し出し かしだし	□ 名刺 めいし	□ 配る くばる
□ 連休 れんきゅう	□ 次女 じじょ	□ 親戚 しんせき	□ 願う ねがう
□ 人々 ひとびと	□ 発売 はつばい	□ 直後 ちょくご	□ 教える おしえる
□ 真似 まね	□ 名作 めいさく	□ 高速道路 こうそくどうろ	□ たまる
□ くり返し かえし	□ 運転 うんてん	□ 周辺 しゅうへん	□ 頼る たよる

01
ぎゃく
逆
○○○
○
相反

≒ はんたい
反対 相反、反對

ナ

逆の方向の電車に乗ってしまった。

搭了反方向的電車。

02
いか
怒り
○○
○
憤怒、怒氣

＋ いか おこ
怒る／怒る 生氣

マナーの悪い彼の態度に怒りを感じた。

對他沒禮貌的態度感到憤怒。

怒る：有「いかる」和「おこる」兩種讀音，其名詞形式為
「怒り」，幾乎不使用「怒り」。

03
か さい
火災
○○○
○
火災

≒ か じ
火事 火災

えきまえ か さい はっせい
駅前のビルで火災が発生した。

車站前的大樓發生了火災。

か じ
火事：指著火的現象。
か さい
火災：指火勢燃燒擴散，造成他人受傷或是財產損失的情況。

04
ちょうしょ
長所
○○○
○
長處、優點

↔ たんしょ
短所 短處、缺點

ひと ちょうしょ たんしょ
人には長所もあるし、短所もある。

人有優點，也有缺點。

05
としうえ
年上
○○○
○
年長

↔ としした
年下 年少

あに わたし さいとしうえ
兄は私より2歳年上です。

哥哥比我年長兩歲。

06
れんきゅう
連休
○○○
○
連休、連假

こん ど れんきゅう おんせん い おも
今度の連休に温泉に行こうと思っている。

打算這次的連休去泡溫泉。

07 人々 ひとびと
○○○ 人們

彼女の小説は、多くの人々に読まれている。
かのじょ しょうせつ おお ひとびと よ

她的小說正被許多人們閱讀。

人々：指抽象概念的不特定多數，常用於表達集合體的特徵。
ひとびと
人たち：指特定的多數人。
ひと

08 真似 まね
○○○ 模仿
動

子供は大人の真似をしながら成長していく。
こども おとな まね せいちょう

小孩一邊模仿大人一邊成長。

09 くり返し かえ
○○○ 反覆

人生は失敗のくり返しである。
じんせい しっぱい かえ

人生是失敗的反覆。

＋ くり返す 反覆
かえ

10 才能 さいのう
○○○ 才能

この子は絵に才能があるようだ。
こ え さいのう

這個孩子好像有繪畫的才能。

11 対策 たいさく
○○○ 對策

事故を防ぐために、対策を立てる。
じこ ふせ たいさく た

為了防止事故，制定對策。

12 記入 きにゅう
○○○ 填寫

ここにお名前と住所を記入してください。
なまえ じゅうしょ きにゅう

請在這裡填寫姓名和住址。

⇒ 書き入れ 填寫
かい
動

13 ろくおん
○
○○ **録音**
○ 録音
[動]

じぶん はつおん ろくおん えいご べんきょう
自分の発音を録音して、英語を勉強する。
錄下自己的發音來學習英文。

14 か だ
○ **貸し出し**
○○ 借出
○
＋ か だ
貸し出す 借出、貸款
[動]

ほん か だ しゅうかん
本の貸し出しは２週間までです。
書籍的借出期限為２週。

15 じじょ
○ **次女**
○○ 次女、二女兒
○
＋ ちょうじょ
長女 長女

あした じじょ うんどうかい ひ
明日は次女の運動会の日である。
明天是二女兒的運動會日。

16 はつばい
○ **発売**
○○ 發售
○
＋ はんばい
販売 販賣
[動]

しんせいひん はつばい
カメラの新製品が発売された。
相機的新產品發售了。

はんばい
販売：指販賣商品。
はつばい
発売：指商品開始銷售。

17 めいさく
○ **名作**
○○ 名作
○

が か めいさく のこ
あの画家はたくさんの名作を残した。
那個畫家留下了許多名作。

18 うんてん
○ **運転**
○○ 駕駛
○
＋ うんてんめんきょ
運転免許 駕照
[動]

うんてんちゅう つか
運転中にケータイを使ってはいけない。
駕駛中不能使用手機。

19 ちゅうきゅう
○
○ **中級**
○ 中級

中級レベルは半年でマスターできます。
半年內可以掌握中級程度。

中級：中級
時給：時薪

---

20 せき ゆ
○
○ **石油**
○ 石油

＋ せき
石炭 煤炭

プラスチックは石油から作られる。
塑膠是由石油製成的。

---

21 ていしゅつ
○
○ **提出**
○ 提交
動

論文の原稿は20日までに提出してください。
請在 20 日之前提交論文原稿。

---

22 へんこう
○
○ **変更**
○ 變更
動

今日の会議で計画の変更が決まった。
在今天的會議決定了計畫的變更。

---

23 めい し
○
○ **名刺**
○ 名片

初めて会った人に名刺を渡す。
給初次見面的人名片。

---

24 しんせき
○
○ **親戚**
○ 親戚

＋ いとこ 堂、表兄弟姊妹

結婚式に親戚を招待した。
邀請了親戚參加婚禮。

25
ちょく ご
直後
剛……之後、
……之後不久
ちょくぜん
↔ 直前 即將……之前

た　　　ちょくご　　はげ　　　うんどう
食べた直後に激しい運動はしないでください。
剛吃完後請个要做激烈的運動。

26
こうそくどう ろ
高速道路
高速公路

こうそくどう ろ　　　じ こ　　はっせい
高速道路で事故が発生した。
在高速公路發生了事故。

27
しゅうへん
周辺
周邊、四周
しゅう い
＋ 周囲 周圍

いえ　しゅうへん　　き　おお
家の周辺には木が多い。
家的四周有很多樹。

28
ね さ
値下げ
降價
ね あ
↔ 値上げ 漲價
動

いち ぶ しょうひん　　ね さ
一部商品の値下げをする。
一部分的商品要降價。

29
ストップ
停止（stop）
動

たいふう　　でんしゃ
台風で電車がストップした。
由於颱風的關係，電車停止運行了。

30
プラス
加（plus）
↔ マイナス 減（minus）
動

りょうきん　　ぜいきん
料金に税金をプラスする。
在費用加上税金。

31
○ あ
○ **当たる**
○ 撞上、命中

ボールが顔に当たった。
球打中了臉。

当たる：撞上、命中（自動詞）
当てる：撞、猜中（他動詞）

32
○ くば
○ **配る**
○ 分發

店の前でチラシを配る。
在店家前面發放傳單。

33
○ ねが
○ **願う**
○ 請求

この書類のコピーを 20 部お願いします。
請將這份文件影印 20 份。

34
○ おし
○ **教える**
○ 教

→ 教わる 學習

この漢字の読み方を教えてください。
請教我這個漢字的唸法。

教える：指教導他人，或告訴他人事情。
「教わる」與「習う」意思相近，指從他人那裡學習。

35
○ **たまる**
○ 積存
○

もう少しお金がたまったら、旅行に行きたい。
再存點錢的話，想去旅行。

36
○ たよ
○ **頼る**
○ 仰賴

日本は石油を輸入に頼っている。
日本仰賴進口石油。

① 請在 a、b 當中選出相符的讀音。

1. 年上　(a. としうえ　　b. ねんじょう)

2. 録音　(a. りょくおん　b. ろくおん)

3. 運転　(a. うんてん　　b. うんでん)

② 請依據讀音在 a、b 當中選出相符的單字。

4. せきゆ　　　　　(a. 石油　　b. 石抽)

5. しゅうへん　　　(a. 周囲　　b. 周辺)

6. くばる　　　　　(a. 配る　　b. 頼る)

③ 請從 a、b 當中選出最合適的詞。

7. ボールが顔に(a. 当たった　b. 当てた)。

8. もう少しお金が(a. たまったら　b. ためたら)、旅行に行きたい。

9. 初めて会った人に(a. 名作　b. 名刺)を渡す。

答案 1ⓐ　2ⓑ　3ⓐ　4ⓐ　5ⓑ　6ⓐ　7ⓐ　8ⓐ　9ⓑ

MP3 01-27

Day

26 **27** 28

學習進度　● 預習 → ● 熟讀 → ● 背誦 → ● 測驗

□ こうつう
　交通

□ しょうばい
　商売

□ けいたい
　携帯

□ えいえん
　永遠

□ ちゅうごく
　中国

□ げいじゅつ
　芸術

□ せつやく
　節約

□ パスポート

□ しんや
　深夜

□ はつめい
　発明

□ かせん
　河川

□ データ

□ じぜん
　事前

□ でんせん
　伝染

□ としよ
　(お)年寄り

□ つと
　勤める

□ しょうひん
　賞品

□ じゅうみん
　住民

□ しょくば
　職場

□ いそ
　急ぐ

□ しょくぎょう
　職業

□ めいじん
　名人

□ ひるね
　昼寝

□ か
　替える

□ ほうそく
　法則

□ ろくが
　録画

□ きゅうか
　休暇

□ しばる

□ よあ
　夜明け

□ かいいん
　会員

□ しじん
　詩人

□ まわ
　回す

□ しゅうまつ
　週末

□ たいじゅう
　体重

□ べんごし
　弁護士

□ ひ
　冷える

01 こうつう
交通
交通

+ こうつうひ
交通費　交通費

へん　　　こうつう　　べんり
この辺は、交通が便利だ。

這附近交通很方便。

---

02 ちゅうごく
中国
中國

ちゅうごく　ぶんか　　きょうみ　　も
中国の文化に興味を持っている。

對中國的文化有興趣。

- 国
  ごく　ちゅうごく
  　　中国：中國
  こく　こくみん
  　　国民：國民

---

03 しんや
深夜
深夜

おとうと　しんや　　　　かえ
弟は深夜になって帰ってきた。

弟弟在深夜回來了。

---

04 じぜん
事前
事前

↔ じご
事後　事後

かいぎ　　　　　　　じぜん　し
会議のテーマは事前に知らせておくこと。

會議的主題要事前通知。

---

05 しょうひん
賞品
獎品

+ しょうひん
商品　商品

しょうひん
賞品としてノートパソコンをもらった。

獲得作為獎品的筆記型電腦。

しょうひん
賞品：指作為獎勵而獲得的物品。
しょうひん
商品：指在商店販售的物品。

---

06 しょくぎょう
職業
職業

+ しょくば
職場　職場

わたし　おんがく　しょくぎょう　　えら
私は音楽を職業として選んだ。

我選擇了音樂作為職業。

07 ほうそく
○ **法則**
○
○ 法則、規律

か がくしゃ　　し ぜん　　ほうそく　　けんきゅう
科学者は自然の法則を研究する。
科學家研究自然的法則。

08 よ あ
○ **夜明け**
○
○ 天亮

とも　　　よ あ　　　　　　　さけ　　の
友だちと夜明けまでお酒を飲んだ。
和朋友喝酒喝到天亮。

09 しゅうまつ
○ **週末**
○
○ 週末

しゅうまつ　　　　　　　　　　　　　で
週末はいつもドライブに出かける。
週末總是出門兜風。

へいじつ
↔ 平日 平日

10 しょうばい
○ **商売**
○
○ 買賣、生意

かれ　　ちょきん　　かね　　あたら　　しょうばい　　はじ
彼は貯金した金で新しい商売を始めた。
他用存下的錢開始了新的生意。

しょうぎょう
+ 商業 商業
動

11 げいじゅつ
○ **芸術**
○
○ 藝術

あき　　　　げいじゅつ　　たの　　　　　　　　　　きせつ
秋は、芸術を楽しむのにぴったりの季節だ。
秋天是適合欣賞藝術的季節。

12 はつめい
○ **発明**
○
○ 發明

はつめい　　　てんさい　　よ
エジソンは発明の天才と呼ばれている。
愛迪生被稱為發明天才。

かいはつ
+ 開発 開發
動

はつめい
発明：指創作出前所未有的事物或方法。
かいはつ
開発：指把現有的東西進行改良，做出新的東西。

13 でんせん
○ **伝染**
○○ 傳染
○ 動

でんせんびょう　かくち　　ひろ
伝染病が各地に広がっている。

傳染病正蔓延到各地。

---

14 じゅうみん
○ **住民**
○○ 居民
○

じゅうみん　　こうそう　　　　　　　　　けんせつ　　はんたい
住民は高層マンションの建設に反対している。

居民正在反對高層公寓的建設。

---

15 めいじん
○ **名人**
○○ 名人
○

　の だ　　　　　　か し づく　　　めいじん
野田さんはお菓子作りの名人だ。

野田先生是製作點心的名人。

めいじん
名人：名人
かくち
各地：各地

---

16 ろく が
○ **録画**
○○ 錄影
○

　　ろくおん
＋ **録音** 錄音
○ 動

せんしゅうろく が　　　　　　　　　　　　　み
先週録画しておいたドラマを見た。

看了上星期錄好的電視劇。

ろく が
録画：錄影
りょくちゃ
緑茶：綠茶

---

17 かいいん
○ **会員**
○○ 會員
○

＋ **メンバー**
成員（member）

　　　　　　　　　　　かいいん　　　つか
このホテルは会員しか使えない。

這家飯店只有會員能使用。

---

18 たいじゅう
○ **体重**
○○ 體重
○

さいきん　　　たいじゅう　ふ
最近、体重が増えた。

最近，體重增加了。

19 けいたい
○ **携帯**
○
○ 攜帯、手機

+ けいたいでんわ
携帯電話 手機
動

けいたいでんわ きのう
この携帯電話には、いろいろな機能がある。

這支手機有各式各樣的功能。

20 せつやく
○ **節約**
○
○ 節約、節儉
動

しゅうにゅう へ せつやく
収入が減って、節約するしかない。

收入減少，只能節約。

21 かせん
○ **河川**
○
○ 河川

しない かせん なが
市内にたくさんの河川が流れている。

城市內有許多河川流過。

22
○ **(お)年寄り**
○
○ 老人、年長者

さいきん げんき としよ ふ
最近、元気なお年寄りが増えている。

最近、身體硬朗的老人越來越多了。

23 しょくば
○ **職場**
○
○ 職場

+ しょくぎょう
職業 職業

しょくば にんげんかんけい なや
職場の人間関係に悩んでいる。

對職場的人際關係感到困擾。

24 ひるね
○ **昼寝**
○
○ 午覺
動

ぶん ひるね
30分ほど昼寝をした。

睡了30分鐘左右的午覺。

25 きゅうか

休暇

休假

≒ 休み　休假、假期

しゅうかん　きゅうか
1週間の休暇をとった。
請了一週的假期。

---

26 しじん

詩人

詩人

ゆうめい　しじん　ほん
有名な詩人の本をプレゼントしてもらった。
收到著名詩人的書作為禮物。

---

27 べんごし

弁護士

律師

しょうらい　べんごし
将来は弁護士になりたい。
將來想當律師。

---

28 えいえん

永遠

永遠

[ナ]

ふたり　えいえん　あい　やくそく
二人は永遠の愛を約束した。
兩人約定了永遠的愛。

えいえん
永遠：永遠
ひょうざん
氷山：冰山

29

パスポート

護照（passport）

お
パスポートを落としてしまった。
把護照弄丟了。

30

データ

資料（data）

しりょう
≒ 資料　資料

ろんぶん　か　　　　　あつ
論文を書くために、データを集める。
為了寫論文而蒐集資料。

31
勤める
○○○
工作

＋ **努める** 努力

父は銀行に勤めている。
父親在銀行工作。

勤める：指在職場工作。
努める：指為了實現某種目標而努力。

32
急ぐ
○○○
趕緊、著急

急用ができて急いで家に帰る。
有急事急著回家。

33
替える
○○○
更換

≒ **変える** 改變、轉換

電球が切れたので、新しいものに替えた。
因為燈泡壞了，所以換了新的。

替える：指將現有的東西替換成同樣的東西。
変える：指事物改變為和以前不同的狀態。

34
しばる
○○○
綑綁

新聞や雑誌をひもでしばって捨てる。
用繩子把報紙和雜誌捆起來丟掉。

35
回す
○○○
轉動

車のハンドルを、右に回す。
將車子的方向盤向右轉。

回る：轉動（自動詞）
回す：轉動（他動詞）

36
冷える
○○○
變冷、變涼

暑い夏、冷えたビールは最高だ。
炎熱的夏天，冰涼的啤酒最棒了。

冷える：變冷、變涼（自動詞）
冷やす：冰、冰鎮（他動詞）

1 請在 a、b 當中選出相符的讀音。

1. 職場　（a. しょくば　　b. しょくじょう）

2. 法則　（a. ほうしき　　b. ほうそく）

3. 体重　（a. たいちょう　　b. たいじゅう）

2 請依據讀音在 a、b 當中選出相符的單字。

4. めいじん　　　　　（a. 各人　　　b. 名人）

5. はつめい　　　　　（a. 発明　　　b. 発命）

6. えいえん　　　　　（a. 氷遠　　　b. 永遠）

3 請從 a、b 當中選出最合適的詞。

7. 新聞や雑誌をひもで（a. しばって　b. しぼって）捨てる。

8. 車のハンドルを、右に（a. 回る　b. 回す）。

9. 父は銀行に（a. 努めて　b. 勤めて）いる。

答案 1ⓐ　2ⓑ　3ⓑ　4ⓑ　5ⓐ　6ⓑ　7ⓐ　8ⓑ　9ⓑ

Day
27 **28** 29

學習進度 → ⬤ 預習 → ⬤ 熟讀 → ⬤ 背誦 → ⬤ 測驗

□ 丸 (まる)	□ 路面 (ろめん)	□ 徒歩 (とほ)	□ 課題 (かだい)
□ 仲 (なか)	□ 報告 (ほうこく)	□ 消防 (しょうぼう)	□ プラン
□ 出入り (でいり)	□ 作業 (さぎょう)	□ 迷惑 (めいわく)	□ マイナス
□ 時速 (じそく)	□ 勢い (いきお)	□ 態度 (たいど)	□ 転ぶ (ころ)
□ 編集 (へんしゅう)	□ 選挙 (せんきょ)	□ 毛糸 (けいと)	□ 味わう (あじ)
□ 絵画 (かいが)	□ 年賀状 (ねんがじょう)	□ 要求 (ようきゅう)	□ ゆでる
□ 土地 (とち)	□ 味方 (みかた)	□ 中旬 (ちゅうじゅん)	□ 引き受ける (ひう)
□ 大使館 (たいしかん)	□ 休業 (きゅうぎょう)	□ 熱中 (ねっちゅう)	□ 流れる (なが)
□ 退職 (たいしょく)	□ 注射 (ちゅうしゃ)	□ 出来事 (できごと)	□ 曲げる (ま)

01 まる
○○○
丸
○
圓圈、圓形

≒ 円 圓形
　　まる

ただ　　こた　　　まる
正しい答えに丸をつけてください。

請在正確答案上畫圈。

まる
丸：通用概念，指沒有角度的圓形，包含立體的球形。
円：稍微特定的概念，指平面的圓形。
まる

---

02 なか
○○○
仲
○
關係、交情

＋ 中 之中、裡面
　　なか

ふたり　　なか　　わる
二人は仲が悪くて、けんかばかりしている。

兩人的關係不好，總是在吵架。

なか
仲：指人與人之間的關係。
中：指某空間或範圍之中。
なか

---

03 で　い
○○○
出入り
○
出入
動

かんけいしゃ い がい　　　で い
関係者以外は出入りできません。

除相關人員之外，不得進出。

---

04 じ そく
○○○
時速
○
時速

こうそくどう ろ　　じ そく　　　　　　　　はし
高速道路を時速100キロで走る。

以時速100公里的速度在高速公路上奔馳。

---

05 へんしゅう
○○○
編集
○
編輯
動

しゅっぱんしゃ　　ざっし　　へんしゅう
出版社で雑誌の編集をしている。

正在出版社編輯雜誌。

---

06 かい が
○○○
絵画
○
繪畫

≒ 絵 繪畫
　　え

かべ　　おお　　　かい が
壁に大きな絵画がかかっている。

牆上掛著很大幅的畫。

07 土地（とち）
○○○ 土地

とうきょう と ち ね だん たか
東京は土地の値段が高い。

東京的土地價格很高。

08 大使館（たいしかん）
○○○ 大使館

じゅうしょ ち ず み たいしかん い
住所と地図を見ながら大使館へ行った。

一邊看著住址和地圖一邊去大使館。

09 退職（たいしょく）
○○○ 離職、退休

たいしょく ご いなか く
退職後は田舎でのんびり暮らしたい。

退休後想在鄉下悠閒地生活。

しゅうしょく
⟷ 就職 就業
[動]

10 路面（ろめん）
○○○ 路面

ゆき ろ めん すべ
雪で路面が滑りやすくなっている。

由於下雪的緣故，路面變得易滑。

11 報告（ほうこく）
○○○ 報告

もんだい しゃちょう ほうこく
この問題は、すぐ社長に報告しなければならない。

這個問題必須馬上向總經理報告。

⇌ レポート

報告（report）
[動]

12 作業（さぎょう）
○○○ 作業、工作
[動]

あんぜん じゅうぶんちゅうい さぎょう
安全に十分注意しながら作業しましょう。

一邊充分注意安全一邊作業吧。

• 作
さ 作業：作業、工作
さく 作品：作品

13 いきお
○ **勢い**
○○ 氣勢、勁頭

子供たちは勢いよく手をあげた。

孩子們很有氣勢地舉了手。

14 せんきょ
○ **選挙**
○○ 選舉

選挙のポスターがはってある。

貼著選舉海報。

＋ とうひょう
投票 投票
動

15 ねん が じょう
○ **年賀状**
○○ 賀年卡

正月になると、たくさんの年賀状がとどく。

一到新年，就會有很多賀年卡寄來。

16 み かた
○ **味方**
○○ 夥伴

あの人は、私たちにとって心強い味方だ。

那個人對我們來說是可靠的夥伴。

↔ てき
敵 敵人
動

17 きゅうぎょう
○ **休業**
○○ 停止營業
動

店のドアに「本日休業」と書いてあった。

店門上寫著「今日暫停營業」。

18 ちゅうしゃ
○ **注射**
○○ 打針
動

熱が下がるように注射をしてもらった。

為了退燒，請人幫忙打針。

ちゅうしゃ
注射：打針
じゅうしょ
住所：地址

19
○○○
徒歩　とほ
徒歩

駅から徒歩5分の所に住んでいる。
えき　　とほ　ふん　ところ　す

住在距離車站徒步5分鐘的地方。

20
○○○
消防　しょうぼう
消防

＋ 消防署　消防署　しょうぼうしょ
動

消防車はサイレンを鳴らしながら走った。
しょうぼうしゃ　　　　　　　　な　　　　　　　はし

消防車一邊鳴笛一邊行駛。

21
○○○
迷惑　めいわく
麻煩、為難

＋ 面倒　麻煩、棘手　めんどう
動　ナ

私のミスでみんなに迷惑をかけてしまった。
わたし　　　　　　　　　　めいわく

我的錯誤給大家添麻煩了。

迷惑：指因為某種行為導致他人感到不愉快或遭受不利。
めいわく
面倒：指因費工夫而感到麻煩。
めんどう

22
○○○
態度　たいど
態度

はっきりした態度をとってほしい。
たいど

希望你採取明確的態度。

態度：態度
たいど
能力：能力
のうりょく

23
○○○
毛糸　けいと
毛線

毛糸でセーターを編む。
けいと　　　　　　　あ

用毛線織毛衣。

24
○○○
要求　ようきゅう
要求
動

住民たちは工場建設の中止を要求した。
じゅうみん　　こうじょうけんせつ　ちゅうし　ようきゅう

居民們要求停止建設工廠。

25 ちゅうじゅん
○○○ **中旬**
○○ 中旬

らいげつ じょうじゅん ちゅうじゅん き こく
来月の上旬か中旬には帰国するつもりだ。
打算下個月上旬或中旬回國。

---

26 ねっちゅう
○○○ **熱中**
○○ 熱衷、入迷
〔動〕

むす こ ねっちゅう
息子はテレビゲームに熱中している。
兒子正熱衷於電動遊戲。

---

27 で き ごと
○○○ **出来事**
○○ 事件

じ けん
≒ 事件 事件

あね けっこん で き ごと
姉の結婚は、とてもうれしい出来事です。
姊姊的結婚是件非常開心的事。

で き ごと
出来事：用途較廣，指發生的任何事情。
じ けん で き ごと
事件：指「出来事」中較具話題性或問題性的情況。

---

28 か だい
○○○ **課題**
○○ 課題、任務

せんせい がくせい じゅぎょう か だい せつめい
先生は学生に授業の課題について説明した。
老師向學生說明了課堂課題。

29
○○○ **プラン**
○○ 計畫（plan）

けいかく
≒ 計画 計畫

りょこう た
旅行のプランを立てる。
擬定旅行的計畫。

30
○○○ **マイナス**
○○ 負數、減（minus）

↔ プラス 加（plus）
〔動〕

きょう き おん
今日は気温がマイナスになるそうだ。
聽說今天的氣溫會下降到零下。

31 ころ
○
○ **転ぶ**
○ 摔倒

かいだん　ころ
階段で転んでけがをした。
在樓梯摔倒受傷了。

32 あじ
○
○ **味わう**
○ 品嚐

ひさ　　　はは　つく　りょうり　あじ
久しぶりに母の作った料理を味わった。
久違地品嚐到母親做的菜。

33
○
○ **ゆでる**
○ 燙、水煮

に
+ **煮る** 煮

そばはゆですぎるとおいしくない。
蕎麥麵煮過頭的話就不好吃了。

ゆでる：指把食材放到熱水裡煮。
に
煮る：指把食材放入湯等液體當中加熱，使之入味。

34 ひ　う
○
○ **引き受ける**
○ 接受、答應

かれ　わたし　ねが　　　ひ　う
彼は私の願いを引き受けてくれた。
他接受了我的請求。

35 なが
○
○ **流れる**
○ 流出、傳出

おんがく　なが
ラジオで音楽が流れている。
收音機正傳出音樂。

なが
流れる：流出、傳出（自動詞）
なが
流す：沖走、使流動（他動詞）

36 ま
○
○ **曲げる**
○ 彎曲

こし　ま　　　ゆか　もの　ひろ
腰を曲げて床の物を拾う。
彎腰撿地上的東西。

① 請在 a、b 當中選出相符的讀音。

1. 土地 （a. どち　　　　　　b. とち）

2. 作業 （a. さくぎょう　　　b. さぎょう）

3. 路面 （a. ろめん　　　　　b. ろうめん）

② 請依據讀音在 a、b 當中選出相符的單字。

4. なか　　　　　　　　（a. 中　　　　b. 仲）

5. しょうぼう　　　　　（a. 消防　　　b. 消訪）

6. ころぶ　　　　　　　（a. 輪ぶ　　　b. 転ぶ）

③ 請從 a、b 當中選出最合適的詞。

7. 住民たちは工場建設の中止を(a. 選挙　b. 要求)した。

8. ラジオで音楽が(a. 流れて　b. 流して)いる。

9. 腰を(a. 曲がって　b. 曲げて)床の物を拾う。

答案　1 ⓑ　2 ⓑ　3 ⓐ　4 ⓑ　5 ⓐ　6 ⓑ　7 ⓑ　8 ⓐ　9 ⓑ

Day
28　29　30

學習進度 ○ 預習 → ○ 熟讀 → ○ 背誦 → ○ 測驗

□ 怪しい _{あや}	□ 若々しい _{わかわか}	□ 面倒だ _{めんどう}	□ 消極的だ _{しょうきょくてき}
□ 薄暗い _{うすぐら}	□ 醜い _{みにく}	□ 下品だ _{げ ひん}	□ 苦手だ _{にが て}
□ 頼もしい _{たの}	□ もったいない	□ 適当だ _{てきとう}	□ 基本的だ _{き ほんてき}
□ 勇ましい _{いさ}	□ 激しい _{はげ}	□ 明らかだ _{あき}	□ 確かだ _{たし}
□ 蒸し暑い _{む あつ}	□ やかましい	□ けちだ	□ 明白だ _{めいはく}
□ とんでもない	□ くだらない	□ 利口だ _{り こう}	□ 意地悪だ _{い じ わる}
□ ずうずうしい	□ そそっかしい	□ 明確だ _{めいかく}	□ 熱心だ _{ねっしん}
□ やむを得ない _え	□ 険しい _{けわ}	□ 夢中だ _{む ちゅう}	□ 冷静だ _{れいせい}
□ 申し訳ない _{もう わけ}	□ 厳しい _{きび}	□ 安易だ _{あん い}	□ 派手だ _{は で}

01
○
○
怪しい
あや
奇怪的、可疑的

店の前に怪しい男が立っている。
みせ まえ あや おとこ た

店家前面站著一個可疑男子。

02
○
○
薄暗い
うすぐら
昏暗的

↔ 薄明るい 微亮的
うすあか

この部屋は昼でも薄暗い。
へ や ひる うすぐら

這間房間即使是白天也很昏暗。

03
○
○
頼もしい
たの
可靠的

おいは頼もしい青年に成長した。
たの せいねん せいちょう

姪子已經成長為可靠的青年了。

04
○
○
勇ましい
いさ
英勇的、雄赳赳

＋ 勇気 勇氣
ゆうき

選手たちは勇ましく行進した。
せんしゅ いさ こうしん

選手們雄赳赳地列隊遊行。

05
○
○
蒸し暑い
む あつ
悶熱的

日本の夏は蒸し暑いのでつらい。
に ほん なつ む あつ

因為日本的夏天很悶熱，所以很難受。

06
○
○
とんでもない
荒謬的、不合情理的

とんでもない要求をする。
ようきゅう

提出了荒謬的要求。

07
○
○
○
ずうずうしい
無恥的、厚臉皮的

かれ　　　　じ ぶん　　　　　　　　　　　かんが　　　　　　　　　　　　　　　ひと
彼は、自分のことしか考えないずうずうしい人だ。

他是只考慮自己的無恥的人。

08
○
○
○
え
やむを得ない
不得已、無可奈何

＋　やむを得ず　無可奈何
　　　　　え

え　　　じ じょう　けっせき
やむを得ない事情で欠席します。

由於不得已的情況將缺席。

09
○
○
○
もう　　わけ
申し訳ない
非常抱歉

やくそく　じ かん　おく　　もう　わけ
約束の時間に遅れて申し訳ない。

約會遲到了，非常抱歉。

10
○
○
○
わかわか
若々しい
朝氣蓬勃、年輕

ひと　　　　　　　わかわか
あの人はいつも若々しい。

那個人總是朝氣蓬勃。

11
○
○
○
みにく
醜い
醜惡的

うつく
↔　美しい　美麗的

ひと　わるぐち　い　　　　　みにく
人の悪口を言うのは醜いことだ。

說別人的壞話是醜惡的事情。

12
○
○
○
もったいない
浪費

でん き
電気をつけたままにするのはもったいない。

讓電燈一直開著很浪費。

13
○
○○
○
はげ
激しい
激烈的

そと はげ あめ ふ
外は激しい雨が降っている。
外面正在下著暴雨。

14
○
○○
○
やかましい
吵雜的

≒ うるさい 吵雜的

となり ひと おと い
隣の人にピアノの音がやかましいと言われた。
被隔壁的人說鋼琴聲很吵。

15
○
○○
○
くだらない
無聊的

≒ つまらない 無聊的

えい が おお さくひん
くだらない映画が多いが、この作品はすばらしい。
無聊的電影很多，但這部作品很出色。

16
○
○○
○
そそっかしい
粗心大意、冒失

わす もの おお
そそっかしくて忘れ物が多い。
因為粗心大意，很常忘東忘西。

17
○
○○
○
けわ
険しい
險惡的、險峻的

けわ やまみち ある たいへん
険しい山道を歩くのは大変だ。
走在險峻的山路上很辛苦。

18
○
○○
○
きび
厳しい
嚴厲的

こうはい きび ちゅうい
ミスした後輩に厳しく注意した。
對犯錯的後輩嚴加警告了。

19 めんどう
○ **面倒だ**
○
○ 麻煩
名

いけん ちが ひと はな めんどう
意見が違う人と話すのは面倒なことだ。

和意見不同的人講話是件麻煩的事情。

20 げひん
○ **下品だ**
○
○ 粗俗、下流

じょうひん
↔ 上品だ 文雅、高尚
名

かれ ことば げひん
彼は言葉づかいが下品だ。

他的措辭很粗俗。

21 てきとう
○ **適当だ**
○
○ 適當、適宜

やさい てきとう おお き
この野菜を適当な大きさに切ってください。

請把這個蔬菜切成適當的大小。

22 あき
○ **明らかだ**
○
○ 清楚

めいはく
≒ 明白だ 明白

しっぱい げんいん あき
失敗の原因を明らかにする。

弄清楚失敗的原因。

23
○ **けちだ**
○
○ 吝嗇

かれ かね も
彼は金持ちなのにとてもけちだ。

他明明是有錢人，卻非常吝嗇。

24 りこう
○ **利口だ**
○
○ 機靈、聰明

かしこ
≒ 賢い 伶俐、聰明
名

さい りこう
めいは5歳で、とても利口でかわいいです。

姪女5歲，非常機靈可愛。

25 めいかく
○ **明確だ**
○
○ 明確

彼の質問に明確に答えられなかった。

無法明確地回答他的問題。

---

26 む ちゅう
○ **夢中だ**
○
○ 沉迷
　名

ゲームに夢中になっている。

正沉迷於遊戲。

　　熱中する：指因為喜歡某事而努力或聚精會神地去做。
　　夢中になる：指被某一事物吸引而忘我，並沉迷其中無法顧及其他事物。

---

27 あん い
○ **安易だ**
○
○ 簡單
　名

安易な方法では、成功は難しい。

用簡單的方法很難成功。

---

28 しょうきょくてき
○ **消極的だ**
○
○ 消極的

↔ せっきょくてき
　積極的だ　積極的

消極的な性格なので、困るときがある。

因為是消極的性格，所以有困擾的時候。

---

29 にが て
○ **苦手だ**
○
○ 不擅長
　名

私は料理が苦手でかなり時間がかかる。

我不擅長做飯，需要花相當久的時間。

---

30 き ほんてき
○ **基本的だ**
○
○ 基本的

このクラスでは、基本的な漢字を３００字勉強する。

在這個班級中，要學習 300 個基本的漢字。

31 たし
○ **確かだ**
○
○ 確切

≒ かくじつ
確実だ 確實、準確

たし じょうほう
確かな情報はまだない。

還沒有確切的資訊。

---

32 めいはく
○ **明白だ**
○
○ 明白、明顯

≒ あき
明らかだ 清楚

かれ はんにん めいはく
彼が犯人であることは明白だ。

他是犯人這件事是明顯的。

---

33 い じ わる
○ **意地悪だ**
○
○ 壞心、刁難
名

い じ わる しつもん あいて こま
意地悪な質問をして、相手を困らせる。

提出刁難的問題，讓對方為難。

---

34 ねっしん
○ **熱心だ**
○
○ 熱心、專心致力

≒ いっしょうけんめい
一生懸命だ
拼命、努力
名

せいひんかいはつ ねっしん けんきゅう
製品開発のため、熱心に研究している。

為了開發產品，正專心致志地研究著。

---

35 れいせい
○ **冷静だ**
○
○ 冷静
名

かれ れいせい たい ど はな
彼は冷静な態度で話した。

他用冷靜的態度說話。

---

36 は で
○ **派手だ**
○
○ 華麗、花俏
名

ふくそう し ごと で は で
この服装は仕事に出るには派手すぎる。

這件衣服對出去工作來說太花俏了。

① 請在 a、b 當中選出相符的讀音。

1. 下品だ　　(a. かひんだ　　b. げひんだ)

2. 派手だ　　(a. はてだ　　b. はでだ)

3. 醜い　　(a. みにくい　　b. みえにくい)

② 請依據讀音在 a、b 當中選出相符的單字。

4. けわしい　　　(a. 怪しい　　b. 険しい)

5. めんどうだ　　(a. 面倒だ　　b. 面到だ)

6. きびしい　　　(a. 激しい　　b. 厳しい)

③ 請從 a、b 當中選出最合適的詞。

7. 電気をつけたままにするのは(a. もったいない　b. くだらない)。

8. 彼は、自分のことしか考えない(a. たのもしい　b. ずうずうしい)人だ。

9. 製品開発のため、(a. 安易に　b. 熱心に)研究している。

答案 1 ⓑ　2 ⓑ　3 ⓐ　4 ⓑ　5 ⓐ　6 ⓑ　7 ⓐ　8 ⓑ　9 ⓑ

合格

Day
29 **30**

 學習進度　◯ 預習 → ◯ 熟讀 → ◯ 背誦 → ◯ 測驗

□ のんびり	□ ぶつぶつ	□ 続々	□ ごろごろ
□ こっそり	□ かなり	□ 結局	□ わざと
□ すっかり	□ ながなが	□ 一体	□ いっしょうけんめい
□ ばったり	□ いくら	□ 大いに	
□ 大して	□ ぴかぴか	□ 同時に	□ じっと
□ ずっと	□ いらいら	□ 相当	□ しみじみ
□ ぎっしり	□ まごまご	□ 最も	□ ほっと
□ もしかすると	□ 徐々に	□ たまに	□ だが
□ ようやく	□ 別に	□ にっこり	□ だから
			□ または

01
○
○○
○○

のんびり

輕鬆、悠閒

≒ ゆっくり 慢慢地
[動]

<ruby>休<rt>やす</rt></ruby>みの<ruby>日<rt>ひ</rt></ruby>は<ruby>何<rt>なに</rt></ruby>もしないでのんびりしたい。

假日想什麼都不做，悠閒度過。

02
○
○○
○○

こっそり

悄悄地

<ruby>彼<rt>かれ</rt></ruby>はこっそりと<ruby>部屋<rt>へや</rt></ruby>の<ruby>中<rt>なか</rt></ruby>に<ruby>入<rt>はい</rt></ruby>った。

他悄悄地進入了房間。

03
○
○○
○○

すっかり

完全

すっかり<ruby>約束<rt>やくそく</rt></ruby>を<ruby>忘<rt>わす</rt></ruby>れていた。

完全忘記了約定。

04
○
○○
○○

ばったり

不期而遇

≒ <ruby>偶然<rt>ぐうぜん</rt></ruby> 偶然

バス<ruby>停<rt>てい</rt></ruby>でばったり<ruby>先生<rt>せんせい</rt></ruby>に<ruby>会<rt>あ</rt></ruby>った。

在公車站和老師不期而遇。

05
○
○○
○○

<ruby>大<rt>たい</rt></ruby>して

並不太

<ruby>試験<rt>しけん</rt></ruby>は<ruby>大<rt>たい</rt></ruby>して<ruby>難<rt>むずか</rt></ruby>しくなかった。

考試並不太難。

06
○
○○
○○

ずっと

一直

<ruby>会議中<rt>かいぎちゅう</rt></ruby>、<ruby>彼<rt>かれ</rt></ruby>はずっと<ruby>黙<rt>だま</rt></ruby>っていた。

會議中，他一直沉默著。

07
○
○○○
ぎっしり
満満的

箱の中にはみかんがぎっしり入っていた。
箱子裡裝了滿滿的橘子。

08
○
○○○
もしかすると
說不定

もしかすると彼は来ないかもしれない。
說不定他不會來。

09
○
○○○
ようやく
終於

≒ やっと　終於

昨日からの雨がようやく止んだ。
昨天開始下的雨終於停了。

10
○
○○○
ぶつぶつ
嘮叨、嘟囔

彼女は、ぶつぶつ文句ばかり言っている。
她總是嘮嘮叨叨抱怨個不停。

11
○
○○○
かなり
相當

≒ 相当　相當

この問題はかなり難しい。
這個問題相當難。

12
○
○○○
ながなが
長時間、很久

討論はながながと続いた。
討論持續了很長時間。

13
○
○○○
○

いくら

即使、無論

≒ どんなに　無論怎麼樣

いくら探^{さが}しても見^みつからない。

無論怎麼找都找不到。

14
○
○○○
○

ぴかぴか

閃閃發光

≒ きらきら　閃閃發光

動

靴^{くつ}をぴかぴかに磨^{みが}く。

把鞋子擦得閃閃發光。

ぴかぴか：指物體表面均勻地散發或反射強烈的光芒。
きらきら：指物體的一部分隱隱地散發或反射光芒。

15
○
○○○
○

いらいら

焦躁

動

渋滞^{じゅうたい}で車^{くるま}が進^{すす}まず、いらいらした。

因為塞車無法前進而焦躁不安。

16
○
○○○
○

まごまご

不知所措

動

出口^{でぐち}が分^わからずまごまごしてしまった。

不知道出口在哪裡，感到不知所措。

17
じょじょ
○
○○○
○

徐々に

漸漸地

≒ だんだん　漸漸地

電車^{でんしゃ}は徐々^{じょじょ}にスピードを上^あげた。

電車漸漸地加速了。

18
べつ
○
○○○
○

別に

特別地

≒ 特別^{とくべつ}に　特別地

強^{つよ}いチームに負^まけたので、別^{べつ}に悔^{くや}しくない。

因為輸給強大的隊伍，所以沒有特別懊悔。

19 ぞくぞく
○ **続々**
○○ 接連地、陸續地

≒ つぎつぎ
次々 接二連三、連續不斷

せいと ごうかく し ぞくぞく とど
生徒の合格の知らせが続々と届く。

學生合格的消息陸續傳來。

---

20 けっきょく
○ **結局**
○○ 結果、最終
名

なや けっきょくかいしゃ
悩んだが、結局会社をやめることにした。

雖然很煩惱，但最終決定辭職了。

---

21 いったい
○ **一体**
○○ 到底

いったいなに い
一体何が言いたいの。

到底想說什麼？

---

22 おお
○ **大いに**
○○ 大肆地

こんや おお の
今夜は大いに飲みましょう。

今晚大肆地喝吧。

---

23 どうじ
○ **同時に**
○○ 同時

のぼ でんしゃ くだ でんしゃ どうじ しゅっぱつ
上り電車と下り電車が同時に出発する。

上行電車和下行電車同時出發。

---

24 そうとう
○ **相当**
○○ 相當

≒ **かなり** 相當
名 動 ナ

かれ そうとうつか
彼は相当疲れているようだ。

他好像相當疲累。

25
○○○
最も
最
もっと

日本で最も高い山は何ですか。
にほん　もっと　たか　やま　なん

日本最高的山是什麼？

26
○○○
たまに
偶爾

私はたまに映画を見ます。
わたし　　　　えいが　み

我偶爾看電影。

27
○○○
にっこり
微笑貌

にっこり笑いながらあいさつをする。
わら

她一邊微笑一邊打招呼。

28
○○○
ごろごろ
無所事事

＋ ころころ　滾動貌
動

昨日は一日中家でごろごろしていた。
きのう　いちにちじゅういえ

昨天一整天在家無所事事。

ころころ：指小的球狀物輕快滾動的聲音和狀態。
ごろごろ：指大的物體滾動的聲音和狀態，也可指一個人無所事事。

29
○○○
わざと
故意

わざと答えにくい質問をする。
こた　　　　しつもん

故意提出很難回答的問題。

30
○○○
**いっしょう
けんめい**
拼命
名 ナ

合格するため、いっしょうけんめい勉強した。
ごうかく　　　　　　　　　　　　　べんきょう

為了及格，拼命學習。

31 じっと
○○○ 一動不動、靜止不動
動

暑くてじっとしていても汗が流れてくる。
熱得即使靜止不動也會流汗。

32 しみじみ
○○○ 深切地

親のありがたさをしみじみと感じる。
深切地感受到父母的可貴。

33 ほっと
○○○ 放心
動

彼が無事だという知らせを聞いてほっとした。
聽到他沒事的消息，放心了。

34 だが
○○○ 但是

部屋は広くて日当たりもいい。だが、家賃が高すぎる。
房間很寬敞，日照也好，但是房租太高了。

35 だから
○○○ 所以

もう時間がない。だから、急がなければならない。
已經沒時間了，所以不得不加快。

36 または
○○○ 或者

連絡は電話またはメールでお願いします。
連絡請用電話或者是電子郵件。

1天1分鐘驗收

① 請在 a、b 當中選出相符的單字。

1. 接連地、陸續地　　（a. 続々　　　　b. 結局）

2. 到底　　　　　　　（a. 相当　　　　b. 一体）

3. 漸漸地　　　　　　（a. 徐々に　　　b. 同時に）

4. 深切地　　　　　　（a. しみじみ　　b. いらいら）

5. 嘮叨、嘟噥　　　　（a. ながなが　　b. ぶつぶつ）

② 請選出最適合填入空格內的單字。

> 選項　　**a.** こっそり　　**b.** すっかり　　**c.** ぎっしり

6. （　　　　　）約束を忘れていた。

7. 彼は（　　　　　）と部屋の中に入った。

8. 箱の中にはみかんが（　　　　　）入っていた。

③ 請在 a、b 當中選出最適合填入空格內的單字。

9.
> 昨日の天気予報では、今朝 9 時ごろからは雨が降るだろうと言っていた。それで傘を持って家を出た。（ **a.** だが　**b.** だから）、雨はぜんぜん降らなかった。

答案　1 ⓐ　2 ⓑ　3 ⓐ　4 ⓐ　5 ⓑ　6 ⓑ　7 ⓐ　8 ⓒ　9 ⓐ

解釋　昨天的天氣預報表示，今天早上 9 點會開始下雨，於是我帶傘出門，但是完全沒下雨。

問題 1　請選出畫線處正確的讀音。

1 パーティーはこれで準備完了ですね。

　　1 かんり　　　　2 かんよう　　　　3 かんりょう　　　　4 かんぺき

2 両親は畑に出ている。

　　1 つち　　　　　2 はたけ　　　　　3 もり　　　　　　　4 はやし

3 何かを学ぶことは楽しい。

　　1 さけぶ　　　　2 ならぶ　　　　　3 よろこぶ　　　　　4 まなぶ

問題 2　請選出畫線處的漢字標記。

4 彼は事実をかくしていると思う。

　　1 隠して　　　　2 探して　　　　　3 渡して　　　　　　4 示して

5 今回のとりひきは失敗に終わった。

　　1 割引　　　　　2 取引　　　　　　3 差引　　　　　　　4 福引

6 森にはどんなはたらきがあるでしょうか。

　　1 動き　　　　　2 衝き　　　　　　3 働き　　　　　　　4 重き

問題 3　請選出最適合填入括號內的單字。

[7] 収入が（　　　　）生活が苦しくなった。

　1 貯まって　　　2 減って　　　　3 増えて　　　　4 折れて

[8] いろいろ調べた結果、事故の原因が（　　　　）なった。

　1 明らかに　　　2 冷静に　　　　3 やかましく　　4 正常に

[9] この小説は最後まで読んだが、（　　　　）はあまり覚えていない。

　1 データ　　　　2 アドレス　　　3 ストーリー　　4 アンケート

問題 4　請選出與畫線處意思相同的選項。

[10] 西村さんは利口な人だ。

　1 消極的な　　　2 頭のよい　　　3 すぐ怒る　　　4 とてもやさしい

[11] 私は基本的に彼のプランには反対だ。

　1 活動　　　　　2 説明　　　　　3 案内　　　　　4 計画

[12] 台風の被害が思ったより少なかったので、安心した。

　1 いらいらした　2 じっとした　　3 のんびりした　4 ほっとした

➜ 實戰練習解答請見下一頁

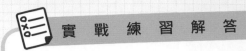

答案 1 ③ 2 ② 3 ④ 4 ① 5 ② 6 ③ 7 ② 8 ① 9 ③ 10 ② 11 ④ 12 ④

	題目翻譯	對應頁碼
1	派對這樣就準備<u>好</u>了對吧。	→ p.191
2	父母正在下<u>田</u>。	→ p.181
3	<u>學習</u>些什麼是快樂的。	→ p.210
4	我認為他在<u>隱瞞</u>事實。	→ p.194
5	這次的<u>交易</u>以失敗告終。	→ p.181
6	樹林有什麼<u>作用</u>呢？	→ p.192
7	收入（減少），生活變辛苦了。	→ p.218
8	經過多方調查後，事故的原因已經（明朗）了。	→ p.248
9	雖然這部小說已經讀到了最後，但不太記得（情節）。	→ p.185
10	西村先生是<u>聰明</u>的人。 1 消極的　　2 聰明的　　　3 馬上生氣的　　4 很溫柔的	→ p.248
11	我基本上反對他的<u>計畫</u>。 1 活動　　2 說明　　　3 導覽　　　4 計畫	→ p.241
12	因為颱風的災情比想像的少，所以<u>安心</u>了。 1 焦躁　　2 靜止不動　　3 悠閒自在　　　4 放心	→ p.258

附錄

・補充詞彙 480 ················· 264

・索引 ················· 296

01	秋（あき） 秋天	秋（あき）になると、紅葉（こうよう）がきれいだ。 一到秋天，楓葉變得很漂亮。
02	味（あじ） 味道	スープの味（あじ）が薄（うす）かった。 湯的味道很淡。
03	安心（あんしん） 安心	子供（こども）が安心（あんしん）して遊（あそ）べる場所（ばしょ）がなくなった。 小孩可以安心玩樂的場所沒有了。
04	医学（いがく） 醫學	兄（あに）は大学（だいがく）で医学（いがく）を勉強（べんきょう）している。 哥哥正在大學學習醫學。
05	池（いけ） 池子	この池（いけ）はけっこう深（ふか）いです。 這個池子相當深。
06	意見（いけん） 意見	彼女（かのじょ）は自分（じぶん）の意見（いけん）をはっきり言（い）う。 她清楚地表明自己的意見。
07	石（いし） 石頭	石（いし）の階段（かいだん）を上（のぼ）った。 爬上了石頭階梯。
08	医者（いしゃ） 醫生	私（わたし）は将来（しょうらい）医者（いしゃ）になるつもりです。 我將來打算當醫生。
09	田舎（いなか） 鄉下	田舎（いなか）は空気（くうき）がきれいだ。 鄉下的空氣很清新。
10	命（いのち） 生命	市民（しみん）の健康（けんこう）と命（いのち）を大切（たいせつ）にする。 重視市民的健康和生命。
11	入り口（いりぐち） 入口	店（みせ）の入（い）り口（ぐち）に車（くるま）を止（と）めないでください。 請不要在店鋪的入口停車。
12	飲酒（いんしゅ） 喝酒	彼（かれ）は飲酒（いんしゅ）運転（うんてん）で事故（じこ）を起（お）こした。 他因為酒駕引起事故。
13	受付（うけつけ） 接待處	国際会議（こくさいかいぎ）の受付（うけつけ）に案内（あんない）の人（ひと）がいた。 國際會議的接待處有導覽人員。
14	海（うみ） 海	海（うみ）でたくさん泳（およ）ぎました。 在海裡游了很多泳。
15	裏（うら） 裡面	コンビニは銀行（ぎんこう）の裏（うら）にあります。 超商在銀行裡面。

16	売り場 <ruby>売<rt>う</rt></ruby>り<ruby>場<rt>ば</rt></ruby> 賣場	おもちゃ**売り場**は５階です。 玩具賣場在５樓。
17	上着 <ruby>上<rt>うわ</rt></ruby><ruby>着<rt>ぎ</rt></ruby> 上衣	**上着**の内側にポケットがあります。 上衣的內側有口袋。
18	運 <ruby>運<rt>うん</rt></ruby> 運氣	今日は**運**よく席に座ることができた。 今天運氣很好能坐到座位。
19	運動 <ruby>運動<rt>うんどう</rt></ruby> 運動	最近**運動**するひまがない。 最近沒空運動。
20	絵 <ruby>絵<rt>え</rt></ruby> 繪畫	この景色はまるで**絵**のようだ。 這個景色宛如畫一般。
21	駅員 <ruby>駅員<rt>えきいん</rt></ruby> 站務員	**駅員**に出口を聞いた。 向站務員詢問了出口的位置。
22	枝 <ruby>枝<rt>えだ</rt></ruby> 樹枝	公園の木の**枝**を折ってはいけません。 不能折公園的樹枝。
23	遠足 <ruby>遠足<rt>えんそく</rt></ruby> 遠足	明日は**遠足**に行きます。 明天要去遠足。
24	遠慮 <ruby>遠慮<rt>えんりょ</rt></ruby> 顧慮、謝絕	ここではタバコは**遠慮**してください。 請勿在這裡抽菸。
25	大雨 <ruby>大雨<rt>おおあめ</rt></ruby> 大雨	**大雨**のために電車がおくれました。 由於大雨的關係，電車誤點了。
26	大家 <ruby>大<rt>おお</rt></ruby><ruby>家<rt>や</rt></ruby> 房東	**大家**さんにあいさつに行った。 去向房東打招呼。
27	屋上 <ruby>屋上<rt>おくじょう</rt></ruby> 屋頂	エレベーターで**屋上**まで上がりました。 搭電梯上到了屋頂。
28	贈り物 <ruby>贈<rt>おく</rt></ruby>り<ruby>物<rt>もの</rt></ruby> 贈禮、禮物	この時計は母にもらった**贈り物**です。 這個時鐘是從母親那裡得到的禮物。
29	お酒 お<ruby>酒<rt>さけ</rt></ruby> 酒	昨日、**お酒**を飲みすぎた。 昨天，喝太多酒了。
30	押入れ <ruby>押<rt>おし</rt></ruby><ruby>入<rt>い</rt></ruby>れ 壁櫥	**押入れ**をきれいに片づけた。 把壁櫥整理得很乾淨。

31	お宅 ^{たく} 府上	昨日、先生のお宅を訪ねた。 昨天，到老師的府上拜訪了。
32	夫 ^{おっと} 丈夫	夫と一緒に散歩に行った。 和丈夫一起去散步了。
33	お手洗い ^{て あら} 洗手間	お手洗いはどこにありますか。 洗手間在哪裡？
34	音 ^{おと} 聲音	テレビの音が聞こえます。 可以聽到電視的聲音。
35	落し物 ^{おと もの} 遺失物	落し物を交番に届けました。 把遺失物送去派出所。
36	オフィス 辦公室（office）	東京はオフィスが多い。 東京很多辦公室。
37	おもちゃ 玩具	子供はいつも新しいおもちゃをほしがる。 小孩總是想要新玩具。
38	海外 ^{かいがい} 海外、國外	今度の休みに海外旅行に行きたいです。 這次的休假想去海外旅行。
39	会議 ^{かい ぎ} 會議	会議の時間が決まった。 決定了會議的時間。
40	外国 ^{がいこく} 外國、國外	田中さんは外国に行ったことがありますか。 田中先生去過國外嗎？
41	会社員 ^{かいしゃいん} 公司職員	父は会社員です。 父親是公司職員。
42	外出 ^{がいしゅつ} 外出	雨が降りそうなので、外出しません。 因為好像要下雨了，所以不外出。
43	買い物 ^{か もの} 購物、買東西	母は買い物に出かけたまま、帰ってこない。 母親出門買東西，一直沒回來。
44	科学 ^{か がく} 科學	私は科学の本を読むのが好きです。 我喜歡閱讀科學的書。
45	火事 ^{か じ} 火災	昨日、うちの近くで火事があった。 昨天，家裡附近有火災。

46	歌手 _{かしゅ} 歌手	世界的に有名な歌手が日本に来るそうだ。 聽說世界知名的歌手要來日本。
47	風 _{かぜ} 風	外は風が強い。 外面風很強。
48	風邪 _{かぜ} 感冒	風邪で学校を休んだ。 因為感冒請假不上課。
49	肩 _{かた} 肩膀	肩にかばんをかける。 把包包背在肩膀上。
50	形 _{かたち} 形狀	この皿はおもしろい形をしていますね。 這個盤子的形狀很有趣對吧。
51	片道 _{かたみち} 單程	片道の切符を買った。 買了單程票。
52	家庭 _{かてい} 家庭	彼女は明るい家庭で育った。 女友是在開朗的家庭長大的。
53	壁 _{かべ} 牆壁	玄関の壁に帽子がかけてあります。 玄關的牆壁上掛著帽子。
54	紙 _{かみ} 紙	紙を動物の形に切った。 把紙剪成了動物的形狀。
55	画面 _{がめん} 畫面	テレビは画面が大きいほうがいいと思う。 我認為電視畫面大比較好。
56	カロリー 卡路里（Kalorie）	カロリーをとりすぎると太る。 攝取太多卡路里的話會變胖。
57	川 _{かわ} 河川	友だちと一緒に川で遊んだ。 和朋友一起在河川玩。
58	期間 _{きかん} 期間	受付期間は今日から二週間です。 受理期間是從今天起為期兩週。
59	技術 _{ぎじゅつ} 技術	この仕事には高い技術が要求される。 這個工作要求高超的技術。
60	季節 _{きせつ} 季節	日本には四つの季節がある。 日本有四個季節。

61	北 北方	北海道は日本の北にあります。 北海道在日本的北方。
62	切手 郵票	封筒に切手をはってください。 請在信封貼上郵票。
63	切符 票	駅で切符を買います。 在車站買車票。
64	気分 心情	暑さのせいで気分が悪くなった。 因為炎熱，心情變差了。
65	急行 快車	急行電車に乗った。 搭乘了快速列車。
66	牛肉 牛肉	あの店は牛肉の料理で有名だ。 那家店以牛肉料理聞名。
67	牛乳 牛奶	毎日牛乳をたくさん飲んでいる。 每天喝很多牛奶。
68	教育 教育	彼女は子どもの教育で悩んでいる。 她正在煩惱孩子的教育。
69	教室 教室	毎朝8時に教室に入ります。 每天早上8點進教室。
70	兄弟 兄弟姊妹	二人はまるで本当の兄弟のようだ。 兩人宛如真的兄弟姐妹一樣。
71	去年 去年	去年の夏は暑くなかったです。 去年的夏天不熱。
72	銀行 銀行	会社の近くに銀行があります。 公司附近有銀行。
73	具合 情況、狀態	昨日から体の具合が悪いです。 從昨天開始身體的狀態就不好。
74	空気 空氣	工場の中は空気が汚い。 工廠裡的空氣很髒。
75	空港 機場	友だちを迎えに空港に行った。 去機場迎接朋友。

76	草 草 <small>くさ</small>	庭に草や花がたくさんある。 庭院裡有很多草和花。
77	薬 藥 <small>くすり</small>	この薬は１日に３回飲んでください。 這個藥一天請服用３次。
78	果物 水果 <small>くだもの</small>	この果物は甘くておいしいです。 這個水果又甜又好吃。
79	国 國家 <small>くに</small>	これはどこの国の車ですか。 這是哪國的車？
80	雲 雲 <small>くも</small>	空に雲一つない。 天空萬里無雲。
81	クリーニング 洗衣服、乾洗（cleaning）	スカートはクリーニングに出した。 裙子送去乾洗了。
82	計画 計畫 <small>けいかく</small>	旅行の計画を立てた。 擬定了旅行的計畫。
83	経済 經濟 <small>けいざい</small>	東京は日本の経済の中心だ。 東京是日本經濟的中心。
84	警察 警察 <small>けいさつ</small>	スピード違反で警察に捕まった。 違反速限而被警察逮捕了。
85	けが 受傷	階段で転んでけがをした。 在樓梯摔倒受傷了。
86	今朝 今天早上 <small>けさ</small>	今朝の新聞、読みましたか。 今天早上的報紙看了嗎？
87	景色 景色 <small>けしき</small>	ここから見える景色は、本当にすばらしい。 從這裡看見的景色真的很美麗。
88	結果 結果 <small>けっか</small>	テストの結果が心配だ。 擔心考試的結果。
89	決定 決定 <small>けってい</small>	多くの人々がその決定に反対している。 很多人反對那個決定。
90	結論 結論 <small>けつろん</small>	何回会議をやっても結論が出ない。 不論開多少次會議，也得不出結論。

91	煙_{けむり} 結論	煙が目に入って涙が流れた。 煙進入眼裡而留下了眼淚。
92	けんか 吵架	けんかをして、友だちを泣かせた。 因為吵架讓朋友哭了。
93	見物_{けんぶつ} 觀光、遊覽	町を見物しに出かけた。 出門遊覽城鎮。
94	公開_{こうかい} 公開	今日は公開授業があります。 今天有公開課程。
95	郊外_{こうがい} 郊外	静かな郊外に引っ越した。 搬去了安靜的郊外。
96	講義_{こうぎ} 授課	山田先生の講義が始まった。 山田老師的授課開始了。
97	工業_{こうぎょう} 工業	日本は工業がさかんです。 日本的工業很興盛。
98	交差点_{こうさてん} 十字路口	あそこの交差点を右に曲がってください。 請在那邊的十字路口右轉。
99	工事_{こうじ} 工事、工程	工事の音がうるさい。 工程的聲音很吵。
100	紅茶_{こうちゃ} 紅茶	コーヒーより紅茶のほうが好きだ。 比起咖啡，更喜歡紅茶。
101	行動_{こうどう} 行動	ここでは自由に行動してもいいです。 在這裡可以自由行動。
102	講堂_{こうどう} 禮堂	講堂に集まって校長の話を聞いた。 在禮堂集合聽校長講話。
103	後輩_{こうはい} 晚輩	後輩に注意した。 警告了晚輩。
104	交番_{こうばん} 派出所	すみません、交番はどこですか。 不好意思，派出所在哪裡？
105	声_{こえ} 聲音	もっと大きな声で言ってください。 請用更大的聲音說出來。

106	氷 冰 こおり	寒くて手が氷のように冷たくなった。 很冷，手變得像冰一樣冷。
107	午後 下午 ご ご	明日の午後 3 時に来てください。 請明天下午 3 點來。
108	心 心地 こころ	彼は心が優しい人です。 他是心地善良的人。
109	故障 故障 こ しょう	車が故障して困っている。 車子故障了，很困擾。
110	午前 上午 ご ぜん	午前 8 時までに教室に入ってください。 請在上午 8 點前進教室。
111	米 米 こめ	このお酒は米から作りました。 這個酒是用米製作的。
112	最後 最後 さい ご	私はつまらない本でも最後まで読みます。 即使是無聊的書，我也會讀到最後。
113	最初 最初、首先 さいしょ	最初に名前を書いてください。 首先請寫名字。
114	財布 錢包 さい ふ	かばんの中に財布を入れた。 在包包中放入了錢包。
115	坂 坡道 さか	この町には坂が多い。 這個城鎮有很多坡道。
116	魚 魚 さかな	夕飯は魚を焼いて食べた。 晚餐烤了魚吃。
117	作品 作品 さくひん	新しい作品を作っている。 正在創作新作品。
118	作家 作家 さっ か	好きな作家の小説を読む。 讀喜歡的作家的小說。
119	皿 盤子 さら	食事が終わったら、皿を洗ってください。 用完餐的話，請洗盤子。
120	賛成 贊成 さんせい	彼女は私の意見に賛成してくれた。 她贊成我的意見。

121	試合 比賽	テレビでサッカーの試合を見た。 用電視看了足球比賽。
122	試験 考試	明日は試験があります。 明天有考試。
123	地震 地震	日本は地震が多い。 日本地震很多。
124	湿気 濕氣	日本の夏は湿気が多い。 日本的夏天濕氣很重。
125	辞典 辭典	本屋で国語辞典を買いました。 在書店買了國語辭典。
126	自転車 自行車	家から学校まで自転車で行きます。 騎自行車從家裡到學校。
127	市内 市內	このバスは市内をゆっくり回る。 這輛公車緩慢地繞行市內。
128	支払い 付款	支払いはカードでお願いします。 麻煩你，我要用信用卡付款。
129	自分 自己	自分のことは自分でする。 自己的事情自己做。
130	姉妹 姐妹	あの姉妹は、本当によく似ている。 那對姐妹真的很像。
131	市民 市民	市民の安全を一番に考える。 優先考慮市民的安全。
132	写真 照片	公園で、写真をたくさんとりました。 在公園拍了很多照片。
133	社長 總經理、老闆	松本さんは大きい会社の社長です。 松本先生是大公司的老闆。
134	車道 車道	車は車道を走らなければなりません。 車子必須在車道上行駛。
135	習慣 風俗習慣	まだ日本の習慣を知らない。 還不知道日本的風俗習慣。

136	住所（じゅうしょ） 住址	この紙に名前と**住所**を書いてください。 請在這張紙寫上姓名住址。
137	主人（しゅじん） 丈夫	**主人**は銀行に勤めている。 我丈夫在銀行工作。
138	出席（しゅっせき） 出席	会議には社長も**出席**する予定です。 總經理也預定會出席會議。
139	出発（しゅっぱつ） 出發	そのバスは何時に**出発**しますか。 那班公車幾點出發？
140	出版（しゅっぱん） 出版	今年の春から**出版**社で働いています。 從今年春天開始在出版社工作。
141	準備（じゅんび） 準備	パーティーのためにいろいろ**準備**をする。 為了派對要做各種準備。
142	紹介（しょうかい） 介紹	両親に友だちを**紹介**しました。 向父母介紹了我的朋友。
143	小説（しょうせつ） 小說	彼の**小説**は英語に翻訳されている。 他的小說正被翻譯成英文。
144	招待（しょうたい） 招待、邀請	友だちを**招待**してパーティーをした。 邀請朋友來開派對。
145	将来（しょうらい） 將來	あなたの**将来**の夢は何ですか。 你將來的夢想是什麼？
146	食事（しょくじ） 餐點、用餐	いっしょに**食事**に行きませんか。 要不要一起去用餐？
147	食品（しょくひん） 食品	**食品**売り場は地下にあります。 食品賣場在地下。
148	植物（しょくぶつ） 植物	この植物園にはめずらしい**植物**が多い。 這座植物園裡有很多新奇的植物。
149	人口（じんこう） 人口	町の**人口**が多くなりました。 城鎮的人口變多了。
150	新年（しんねん） 新年	**新年**、あけましておめでとうございます。 新年快樂。

151	新聞 <ruby>しんぶん</ruby> 報紙	父は毎朝新聞を読みます。 父親每天早上看報紙。
152	心理 <ruby>しんり</ruby> 心理	人の心理を理解するのは難しい。 要理解人的心理是很難的。
153	水泳 <ruby>すいえい</ruby> 游泳	一週間に２回、水泳をしています。 一週游泳兩次。
154	水道 <ruby>すいどう</ruby> 自來水	水道料金が上がった。 自來水費上漲了。
155	睡眠 <ruby>すいみん</ruby> 睡眠	睡眠は、十分取ったほうがいい。 最好獲得充足的睡眠。
156	数学 <ruby>すうがく</ruby> 數學	数学は自信がありません。 對數學沒自信。
157	砂 <ruby>すな</ruby> 沙子	砂の上に座って海を見た。 坐在沙子上看海。
158	生活 <ruby>せいかつ</ruby> 生活	彼は生活に困っているという。 據說他生活有困難。
159	生産 <ruby>せいさん</ruby> 生產	来月から新しい製品の生産を始める。 從下個月開始生產新產品。
160	セール 折扣、特價（sale）	セールでセーターを買いました。 在打折時買了毛衣。
161	世界 <ruby>せかい</ruby> 世界	この店では世界の料理が食べられる。 在這家店能吃到世界各地的料理。
162	説明 <ruby>せつめい</ruby> 說明	カメラを買う前に、店員の説明を聞いた。 買相機之前聽了店員的說明。
163	背中 <ruby>せなか</ruby> 背後、背部	後ろから背中を押されてびっくりした。 被人從背後推一下，嚇了一跳。
164	専攻 <ruby>せんこう</ruby> 主修、專攻	大学で歴史を専攻している。 正在大學主修歷史。
165	全国 <ruby>ぜんこく</ruby> 全國	スポーツの全国大会が開かれた。 舉辦了全國運動大會。

166	<ruby>洗剤<rt>せんざい</rt></ruby> 洗衣粉、洗滌劑	<ruby>洗濯<rt>せんたく</rt></ruby>をするとき、<ruby>洗剤<rt>せんざい</rt></ruby>を<ruby>使<rt>つか</rt></ruby>います。 洗衣時要用洗衣粉。
167	<ruby>先日<rt>せんじつ</rt></ruby> 前幾天	<ruby>先日<rt>せんじつ</rt></ruby>、<ruby>高校<rt>こうこう</rt></ruby><ruby>時代<rt>じだい</rt></ruby>の<ruby>友<rt>とも</rt></ruby>だちに<ruby>会<rt>あ</rt></ruby>った。 前幾天見到了高中時代的朋友。
168	<ruby>戦争<rt>せんそう</rt></ruby> 戰爭	<ruby>戦争<rt>せんそう</rt></ruby>が<ruby>起<rt>お</rt></ruby>きないように<ruby>願<rt>ねが</rt></ruby>っている。 希望不要發生戰爭。
169	<ruby>全体<rt>ぜんたい</rt></ruby> 全體、整體	<ruby>全体<rt>ぜんたい</rt></ruby>の<ruby>内容<rt>ないよう</rt></ruby>を<ruby>簡単<rt>かんたん</rt></ruby>にまとめる。 簡單地統整整體內容。
170	<ruby>選択<rt>せんたく</rt></ruby> 選擇	<ruby>四<rt>よっ</rt></ruby>つの<ruby>中<rt>なか</rt></ruby>から<ruby>一<rt>ひと</rt></ruby>つを<ruby>選択<rt>せんたく</rt></ruby>する。 從四個之中選擇一個。
171	<ruby>洗濯<rt>せんたく</rt></ruby> 洗衣服、洗滌	<ruby>洗濯物<rt>せんたくもの</rt></ruby>はまだ<ruby>乾<rt>かわ</rt></ruby>いていない。 洗過的衣物還沒有乾。
172	<ruby>先輩<rt>せんぱい</rt></ruby> 前輩	<ruby>先輩<rt>せんぱい</rt></ruby>に<ruby>就職<rt>しゅうしょく</rt></ruby>する<ruby>会社<rt>かいしゃ</rt></ruby>を<ruby>紹介<rt>しょうかい</rt></ruby>してもらった。 請前輩幫我介紹了工作的公司。
173	<ruby>外側<rt>そとがわ</rt></ruby> 外側	お<ruby>店<rt>みせ</rt></ruby>の<ruby>外側<rt>そとがわ</rt></ruby>にメニューをはっておく。 把菜單貼在店的外側。
174	<ruby>祖父<rt>そふ</rt></ruby> 祖父	<ruby>祖父<rt>そふ</rt></ruby>は<ruby>毎朝散歩<rt>まいあささんぽ</rt></ruby>に<ruby>行<rt>い</rt></ruby>きます。 祖父每天早上去散步。
175	<ruby>祖母<rt>そぼ</rt></ruby> 祖母	<ruby>祖母<rt>そぼ</rt></ruby>は<ruby>甘<rt>あま</rt></ruby>いものが<ruby>好<rt>す</rt></ruby>きです。 祖母喜歡甜食。
176	<ruby>空<rt>そら</rt></ruby> 天空	<ruby>急<rt>きゅう</rt></ruby>に<ruby>空<rt>そら</rt></ruby>が<ruby>暗<rt>くら</rt></ruby>くなった。 天空突然變暗了。
177	<ruby>退院<rt>たいいん</rt></ruby> 出院	<ruby>祖母<rt>そぼ</rt></ruby>は<ruby>元気<rt>げんき</rt></ruby>になって<ruby>昨日<rt>きのう</rt></ruby><ruby>退院<rt>たいいん</rt></ruby>した。 祖母康復了，昨天出院了。
178	<ruby>台風<rt>たいふう</rt></ruby> 颱風	<ruby>台風<rt>たいふう</rt></ruby>のために、<ruby>木<rt>き</rt></ruby>がたくさん<ruby>倒<rt>たお</rt></ruby>れました。 由於颱風的關係，倒了很多樹。
179	<ruby>代理<rt>だいり</rt></ruby> 代替、代理人	<ruby>上司<rt>じょうし</rt></ruby>の<ruby>代理<rt>だいり</rt></ruby>でメールを<ruby>送<rt>おく</rt></ruby>った。 代替上司發送了郵件。
180	<ruby>竹<rt>たけ</rt></ruby> 竹子	<ruby>竹<rt>たけ</rt></ruby>で<ruby>箸<rt>はし</rt></ruby>を<ruby>作<rt>つく</rt></ruby>りました。 用竹子做了筷子。

181	畳 榻榻米 <ruby>畳<rt>たたみ</rt></ruby>	<ruby>畳<rt>たたみ</rt></ruby>のある<ruby>部屋<rt>へや</rt></ruby>が<ruby>好<rt>す</rt></ruby>きです。 喜歡有榻榻米的房間。
182	<ruby>建物<rt>たてもの</rt></ruby> 建築物	<ruby>地震<rt>じしん</rt></ruby>で<ruby>建物<rt>たてもの</rt></ruby>がこわれました。 因為地震,建築物受損了。
183	<ruby>棚<rt>たな</rt></ruby> 架子	<ruby>荷物<rt>にもつ</rt></ruby>は<ruby>棚<rt>たな</rt></ruby>の<ruby>上<rt>うえ</rt></ruby>にあげてください。 行李請放到架子上。
184	<ruby>旅<rt>たび</rt></ruby> 旅行	バイクで<ruby>旅<rt>たび</rt></ruby>するのは<ruby>楽<rt>らく</rt></ruby>なものではない。 騎摩托車旅行不是輕鬆的事。
185	<ruby>食<rt>た</rt></ruby>べ<ruby>物<rt>もの</rt></ruby> 食物	<ruby>食<rt>た</rt></ruby>べ<ruby>物<rt>もの</rt></ruby>は<ruby>十分用意<rt>じゅうぶんよう い</rt></ruby>してあります。 食物已經準備得很充足。
186	<ruby>男子<rt>だんし</rt></ruby> 男子	<ruby>男子<rt>だんし</rt></ruby>マラソンで<ruby>日本<rt>にほん</rt></ruby>がトップになった。 日本在男子馬拉松比賽中取得冠軍。
187	<ruby>地下鉄<rt>ちかてつ</rt></ruby> 地下鐵	タクシーより<ruby>地下鉄<rt>ちかてつ</rt></ruby>のほうが<ruby>速<rt>はや</rt></ruby>いでしょう。 比起計程車,地下鐵比較快吧。
188	<ruby>力<rt>ちから</rt></ruby> 力量	<ruby>弟<rt>おとうと</rt></ruby>は<ruby>私<rt>わたし</rt></ruby>より<ruby>力<rt>ちから</rt></ruby>が<ruby>強<rt>つよ</rt></ruby>いです。 弟弟力氣比我大。
189	<ruby>地図<rt>ちず</rt></ruby> 地圖	<ruby>地図<rt>ちず</rt></ruby>を<ruby>見<rt>み</rt></ruby>ながら<ruby>部屋<rt>へや</rt></ruby>を<ruby>探<rt>さが</rt></ruby>すことができる。 能一邊看地圖一邊找房間。
190	<ruby>茶色<rt>ちゃいろ</rt></ruby> 褐色	<ruby>校長先生<rt>こうちょうせんせい</rt></ruby>は<ruby>茶色<rt>ちゃいろ</rt></ruby>のスーツを<ruby>着<rt>き</rt></ruby>ている。 校長穿著褐色西裝。
191	<ruby>注意<rt>ちゅう い</rt></ruby> 注意	この<ruby>皿<rt>さら</rt></ruby>は<ruby>割<rt>わ</rt></ruby>れやすいから<ruby>注意<rt>ちゅう い</rt></ruby>してください。 這個盤子容易破,所以請注意。
192	<ruby>中止<rt>ちゅうし</rt></ruby> 中止	<ruby>今回<rt>こんかい</rt></ruby>の<ruby>旅行<rt>りょこう</rt></ruby>は<ruby>中止<rt>ちゅうし</rt></ruby>することになった。 這次的旅行決定中止了。
193	<ruby>都合<rt>つごう</rt></ruby> 狀況方便與否	その<ruby>日<rt>ひ</rt></ruby>はちょっと<ruby>都合<rt>つごう</rt></ruby>が<ruby>悪<rt>わる</rt></ruby>いです。 那天情況有點不方便。
194	<ruby>手紙<rt>てがみ</rt></ruby> 信	<ruby>友<rt>とも</rt></ruby>だちに<ruby>手紙<rt>てがみ</rt></ruby>を<ruby>書<rt>か</rt></ruby>いた。 給朋友寫了信。
195	デザート 甜點（dessert）	デザートにアイスクリームを<ruby>出<rt>だ</rt></ruby>す。 甜點的部分會供應冰淇淋。

196	**店員** _{てんいん} 店員	昼間は大学で勉強し、夜は**店員**をしている。 白天在大學讀書，晚上在當店員。
197	**動物** _{どうぶつ} 動物	**動物**は火を怖がります。 動物害怕火。
198	**通り** _{とお} 街道、馬路	大きい**通り**は横断歩道を渡ってください。 要過大馬路時，請走斑馬線。
199	**途中** _{とちゅう} 中途、半路	ひどい雨で、電車が**途中**で止まった。 因為暴雨，電車在半路停駛了。
200	**特急** _{とっきゅう} 特快列車	大阪まで**特急**で行った。 搭特快列車去大阪。
201	**ドライブ** 兜風（drive）	休みの日には**ドライブ**に行きます。 假日時要去兜風。
202	**鳥** _{とり} 鳥	木の上で**鳥**が鳴いています。 樹上有鳥在叫。
203	**内部** _{ないぶ} 內部、裡面	美術館の**内部**は本当に広かった。 美術館裡面真的很寬敞。
204	**夏** _{なつ} 夏天	**夏**になると海に行きたくなります。 一到夏天就會想去海邊。
205	**名前** _{なまえ} 姓名	**名前**は大きく書いてください。 請把名字寫大一點。
206	**肉** _{にく} 肉	冷蔵庫に**肉**が入れてあります。 冰箱裡放了肉。
207	**西** _{にし} 西方	たくさんの鳥が**西**のほうに飛んでいく。 很多鳥飛去西邊。
208	**庭** _{にわ} 庭院	**庭**に花を植えた。 庭院裡種了花。
209	**人形** _{にんぎょう} 娃娃	この**人形**は妹にあげるプレゼントです。 這個娃娃是要給妹妹的禮物。
210	**バイク** 摩托車（bike）	店の前に**バイク**を止める。 把摩托車停在店前。

211	箱 <ruby>箱<rt>はこ</rt></ruby> 箱子	<ruby>箱<rt>はこ</rt></ruby>を<ruby>開<rt>あ</rt></ruby>けたら、お<ruby>菓子<rt>かし</rt></ruby>が<ruby>入<rt>はい</rt></ruby>っていた。 打開箱子時，裡面裝有點心。
212	バス<ruby>停<rt>てい</rt></ruby> 公車站	バス<ruby>停<rt>てい</rt></ruby>でバスを<ruby>待<rt>ま</rt></ruby>つ。 在公車站等公車。
213	<ruby>花<rt>はな</rt></ruby> 花	この<ruby>花<rt>はな</rt></ruby>の<ruby>名前<rt>なまえ</rt></ruby>を<ruby>知<rt>し</rt></ruby>っていますか。 你知道這朵花的名字嗎？
214	<ruby>花火<rt>はなび</rt></ruby> 煙火	<ruby>浴衣<rt>ゆかた</rt></ruby>を<ruby>着<rt>き</rt></ruby>て<ruby>花火大会<rt>はなびたいかい</rt></ruby>を<ruby>見<rt>み</rt></ruby>に<ruby>行<rt>い</rt></ruby>く。 穿浴衣去看煙火大會。
215	<ruby>花見<rt>はなみ</rt></ruby> 賞花	<ruby>春<rt>はる</rt></ruby>の<ruby>花見<rt>はなみ</rt></ruby>はやはり<ruby>桜<rt>さくら</rt></ruby>ですよ。 春天的賞花，果然還是櫻花啊。
216	<ruby>林<rt>はやし</rt></ruby> 樹林	この<ruby>林<rt>はやし</rt></ruby>にはいろいろな<ruby>木<rt>き</rt></ruby>があります。 這片樹林裡有各式各樣的樹。
217	<ruby>春<rt>はる</rt></ruby> 春天	<ruby>春<rt>はる</rt></ruby>になると、たくさんの<ruby>花<rt>はな</rt></ruby>が<ruby>咲<rt>さ</rt></ruby>きます。 一到春天，百花盛開。
218	<ruby>番号<rt>ばんごう</rt></ruby> 號碼	<ruby>郵便局<rt>ゆうびんきょく</rt></ruby>の<ruby>電話番号<rt>でんわばんごう</rt></ruby>を<ruby>知<rt>し</rt></ruby>っていますか。 你知道郵局的電話號碼嗎？
219	<ruby>半分<rt>はんぶん</rt></ruby> 一半	もらったりんごは<ruby>半分<rt>はんぶん</rt></ruby><ruby>友<rt>とも</rt></ruby>だちにあげました。 把得到的蘋果分了一半給朋友。
220	<ruby>東<rt>ひがし</rt></ruby> 東方	<ruby>日<rt>ひ</rt></ruby>は<ruby>東<rt>ひがし</rt></ruby>から<ruby>出<rt>で</rt></ruby>て<ruby>西<rt>にし</rt></ruby>に<ruby>入<rt>はい</rt></ruby>る。 太陽從東邊升起，西邊落下。
221	<ruby>病気<rt>びょうき</rt></ruby> 生病	<ruby>木村<rt>きむら</rt></ruby>さんは<ruby>病気<rt>びょうき</rt></ruby>のため、<ruby>会社<rt>かいしゃ</rt></ruby>をやめた。 木村先生因為生病辭職了。
222	<ruby>部下<rt>ぶか</rt></ruby> 部下、屬下	<ruby>部下<rt>ぶか</rt></ruby>に<ruby>仕事<rt>しごと</rt></ruby>を<ruby>頼<rt>たの</rt></ruby>んだ。 委託屬下一個工作。
223	<ruby>布団<rt>ふとん</rt></ruby> 棉被	ベッドの<ruby>代<rt>か</rt></ruby>わりに、<ruby>布団<rt>ふとん</rt></ruby>で<ruby>寝<rt>ね</rt></ruby>る。 用棉被代替床睡覺。
224	<ruby>船<rt>ふね</rt></ruby> 船	<ruby>船<rt>ふね</rt></ruby>に<ruby>乗<rt>の</rt></ruby>って<ruby>島<rt>しま</rt></ruby>に<ruby>行<rt>い</rt></ruby>く。 乘船前往島嶼。
225	<ruby>冬<rt>ふゆ</rt></ruby> 冬天	<ruby>冬<rt>ふゆ</rt></ruby>になると、スキーに<ruby>行<rt>い</rt></ruby>く。 一到冬天就去滑雪。

226	ブレーキ 煞車（brake）	<ruby>急<rt>きゅう</rt></ruby>ブレーキをかける。 踩下緊急煞車。
227	<ruby>文化<rt>ぶん か</rt></ruby> 文化	あの<ruby>国<rt>くに</rt></ruby>の<ruby>文化<rt>ぶん か</rt></ruby>に<ruby>興味<rt>きょう み</rt></ruby>がある。 對那個國家的文化感興趣。
228	<ruby>文書<rt>ぶんしょ</rt></ruby> 文件	パソコンで<ruby>文書<rt>ぶんしょ</rt></ruby>を<ruby>作<rt>つく</rt></ruby>る。 用電腦製作文件。
229	<ruby>部屋<rt>へ や</rt></ruby> 房間	<ruby>自分<rt>じ ぶん</rt></ruby>の<ruby>部屋<rt>へ や</rt></ruby>をきれいにする。 把自己的房間弄乾淨。
230	<ruby>返事<rt>へん じ</rt></ruby> 回應、回信	<ruby>手紙<rt>て がみ</rt></ruby>の<ruby>返事<rt>へん じ</rt></ruby>をまだ<ruby>書<rt>か</rt></ruby>いていません。 還沒寫回信。
231	<ruby>弁当<rt>べんとう</rt></ruby> 便當	お<ruby>弁当<rt>べんとう</rt></ruby>と<ruby>飲<rt>の</rt></ruby>み<ruby>物<rt>もの</rt></ruby>を<ruby>持<rt>も</rt></ruby>ってきてください。 請帶便當和飲料來。
232	ボーナス 獎金、紅利（bonus）	<ruby>夏<rt>なつ</rt></ruby>のボーナスで<ruby>海外旅行<rt>かいがいりょこう</rt></ruby>を<ruby>予定<rt>よ てい</rt></ruby>している。 預定用夏季獎金去海外旅行。
233	<ruby>星<rt>ほし</rt></ruby> 星星	<ruby>冬<rt>ふゆ</rt></ruby>は<ruby>星<rt>ほし</rt></ruby>がきれいに<ruby>見<rt>み</rt></ruby>えます。 冬天星星看起來很漂亮。
234	ポスター 海報（poster）	<ruby>壁<rt>かべ</rt></ruby>にポスターがはってあります。 牆上貼著海報。
235	<ruby>歩道<rt>ほ どう</rt></ruby> 步道	<ruby>人<rt>ひと</rt></ruby>は<ruby>歩道<rt>ほ どう</rt></ruby>を<ruby>歩<rt>ある</rt></ruby>かなければならない。 人們必須走在步道上。
236	<ruby>骨<rt>ほね</rt></ruby> 骨頭	<ruby>年<rt>とし</rt></ruby>をとると、<ruby>骨<rt>ほね</rt></ruby>が<ruby>折<rt>お</rt></ruby>れやすくなる。 年紀一大，就變得容易骨折。
237	<ruby>本気<rt>ほん き</rt></ruby> 認真、真的	<ruby>彼<rt>かれ</rt></ruby>は<ruby>本気<rt>ほん き</rt></ruby>で<ruby>怒<rt>おこ</rt></ruby>っているようだ。 他好像真的生氣了。
238	<ruby>本棚<rt>ほんだな</rt></ruby> 書架	<ruby>本棚<rt>ほんだな</rt></ruby>から<ruby>本<rt>ほん</rt></ruby>を<ruby>出<rt>だ</rt></ruby>す。 從書架上取出書本。
239	<ruby>本屋<rt>ほん や</rt></ruby> 書店	<ruby>駅<rt>えき</rt></ruby>の<ruby>前<rt>まえ</rt></ruby>に<ruby>大<rt>おお</rt></ruby>きい<ruby>本屋<rt>ほん や</rt></ruby>があります。 車站前有很大的書店。
240	<ruby>町<rt>まち</rt></ruby> 城鎮、街道	<ruby>暇<rt>ひま</rt></ruby>だったので、<ruby>町<rt>まち</rt></ruby>をぶらぶらした。 因為有空，所以在街上溜達。

241	みち **道** 道路	まいあさ がくせい みち とお **毎朝、学生たちがこの道を通ります。** 每天早上，學生們會通過這條道路。
242	みなと **港** 港口	ふね みなと で **船が港を出る。** 船將要離開港口。
243	みなみ **南** 南方	みなみ ち ほう ゆき ふ **南の地方でも雪が降ることがある。** 即使是南部地區也會下雪。
244	むし **虫** 蟲	まど あ むし はい **窓を開けたら、虫が入ってきた。** 一打開窗戶，蟲就飛了進來。
245	むすめ **娘** 女兒	むすめ ことし だいがく にゅうがく **娘は今年、大学に入学した。** 女兒今年進入了大學。
246	むら **村** 村子	むら ろうじん げん き **この村の老人はみんな元気だ。** 這個村子的老人都很有精神。
247	**メール** 郵件（mail）	まいにち **毎日メールをチェックしている。** 每天確認郵件。
248	もり **森** 森林	もり なか どうぶつ **森の中にはいろいろな動物がいる。** 森林裡有各種動物。
249	や かん **夜間** 夜間	や かん しんさつ びょういん すく **夜間に診察してくれる病院は少ない。** 提供夜間看診的醫院很少
250	やくそく **約束** 約定	やくそく ひと く **約束したから、あの人は来るはずだ。** 因為做了約定，所以那個人應該會來。
251	や さい **野菜** 蔬菜	まいにちくだもの や さい た **毎日果物や野菜を食べることにしている。** 每天都會吃水果和蔬菜。
252	やまみち **山道** 山路	とも やまみち ある **友だちと山道を歩いた。** 和朋友一起走山路。
253	ゆ にゅう **輸入** 進口	かいがい ゆ にゅう ふ **海外からの輸入が増えている。** 從海外進口的情況正在增加。
254	ゆび **指** 手指	ゆび **指にけがをした。** 手指受傷了。
255	ゆび わ **指輪** 戒指	おっと ゆびわ **夫にもらった指輪をなくしてしまった。** 把從丈夫那裡得到的戒指弄丟了。

256	夢 <ruby>夢<rt>ゆめ</rt></ruby> 夢想	彼には<ruby>大<rt>おお</rt></ruby>きな<ruby>夢<rt>ゆめ</rt></ruby>がある。 他有很大的夢想。
257	<ruby>用意<rt>ようい</rt></ruby> 準備	<ruby>料理<rt>りょうり</rt></ruby>の<ruby>材料<rt>ざいりょう</rt></ruby>はこちらで<ruby>用意<rt>ようい</rt></ruby>します。 做菜的材料這邊會準備。
258	<ruby>予習<rt>よしゅう</rt></ruby> 預習	<ruby>予習<rt>よしゅう</rt></ruby>することもあるし、しないこともある。 有時候會預習，有時候不會預習。
259	<ruby>予想<rt>よそう</rt></ruby> 預測	みんな<ruby>彼女<rt>かのじょ</rt></ruby>の<ruby>合格<rt>ごうかく</rt></ruby>を<ruby>予想<rt>よそう</rt></ruby>していた。 大家都預測了她會合格。
260	<ruby>夜空<rt>よぞら</rt></ruby> 夜空	<ruby>夜空<rt>よぞら</rt></ruby>に<ruby>星<rt>ほし</rt></ruby>が<ruby>光<rt>ひか</rt></ruby>っている。 星星在夜空中發亮。
261	<ruby>夜中<rt>よなか</rt></ruby> 深夜	<ruby>帰宅<rt>きたく</rt></ruby>が<ruby>夜中<rt>よなか</rt></ruby>になることもある。 有時會在深夜回家。
262	<ruby>予防<rt>よぼう</rt></ruby> 預防	<ruby>風邪<rt>かぜ</rt></ruby>を<ruby>予防<rt>よぼう</rt></ruby>するため、<ruby>手<rt>て</rt></ruby>をきれいに<ruby>洗<rt>あら</rt></ruby>う。 為了預防感冒，把手洗乾淨。
263	<ruby>予約<rt>よやく</rt></ruby> 預約	このレストランは、<ruby>予約<rt>よやく</rt></ruby>が<ruby>必要<rt>ひつよう</rt></ruby>だ。 這家餐廳是必須預約的。
264	<ruby>利用<rt>りよう</rt></ruby> 利用、使用	<ruby>本<rt>ほん</rt></ruby>を<ruby>借<rt>か</rt></ruby>りるときは、<ruby>利用<rt>りよう</rt></ruby>カードが<ruby>必要<rt>ひつよう</rt></ruby>です。 借書的時候需要使用卡。
265	<ruby>料理<rt>りょうり</rt></ruby> 做菜	あの<ruby>人<rt>ひと</rt></ruby>は<ruby>料理<rt>りょうり</rt></ruby>がとても<ruby>上手<rt>じょうず</rt></ruby>です。 那個人非常擅長做菜。
266	<ruby>旅行<rt>りょこう</rt></ruby> 旅行	<ruby>旅行<rt>りょこう</rt></ruby>に<ruby>行<rt>い</rt></ruby>く<ruby>前<rt>まえ</rt></ruby>にかばんを<ruby>買<rt>か</rt></ruby>った。 去旅行之前買了包包。
267	<ruby>歴史<rt>れきし</rt></ruby> 歷史	<ruby>歴史<rt>れきし</rt></ruby>の<ruby>授業<rt>じゅぎょう</rt></ruby>はおもしろい。 歷史課很有趣。
268	<ruby>列車<rt>れっしゃ</rt></ruby> 列車	<ruby>列車<rt>れっしゃ</rt></ruby>の<ruby>窓<rt>まど</rt></ruby>の<ruby>外<rt>そと</rt></ruby>に<ruby>見<rt>み</rt></ruby>える<ruby>景色<rt>けしき</rt></ruby>がきれいだ。 列車窗外看到的風景很漂亮。
269	<ruby>練習<rt>れんしゅう</rt></ruby> 練習	<ruby>試合<rt>しあい</rt></ruby>に<ruby>勝<rt>か</rt></ruby>つために、<ruby>毎日練習<rt>まいにちれんしゅう</rt></ruby>している。 為了贏得比賽，正每天練習。
270	<ruby>連絡<rt>れんらく</rt></ruby> 聯絡	<ruby>会議<rt>かいぎ</rt></ruby>の<ruby>予定<rt>よてい</rt></ruby>が<ruby>決<rt>き</rt></ruby>まったら、<ruby>連絡<rt>れんらく</rt></ruby>します。 一旦會議計畫確定了，就會與你聯絡。

271	老人（ろうじん）老人	朝（あさ）の運動（うんどう）は老人（ろうじん）にはよくないらしい。 早上運動似乎對老人來說並不好。
272	若者（わかもの）年輕人	アルバイトをして生活（せいかつ）する若者（わかもの）も多（おお）い。 打工過生活的年輕人也很多。
273	忘（わす）れ物（もの）遺失物、忘帶、忘拿	上田（うえだ）さんはよく忘（わす）れ物（もの）をする。 上田先生經常忘記東西。
274	話題（わだい）話題	最近（さいきん）の話題（わだい）について話（はな）し合（あ）った。 討論了最近的話題。
275	合（あ）う 符合、適合	つくえといすの高（たか）さが合（あ）わない。 桌子和椅子的高度不合。
276	空（あ）く 空、騰出	電車（でんしゃ）で空（あ）いた席（せき）に座（すわ）る。 坐在電車上的空位上。
277	預（あず）かる 保管、幫忙照顧	友（とも）だちの子供（こども）を預（あず）かる。 幫忙照顧朋友的小孩。
278	与（あた）える 給予	国（くに）は彼（かれ）に働（はたら）くチャンスを与（あた）えた。 國家給了他工作的機會。
279	集（あつ）まる 集合	みんな講堂（こうどう）に集（あつ）まってください。 請大家到禮堂集合。
280	謝（あやま）る 道歉	友（とも）だちに待（ま）たせたことを謝（あやま）った。 為了讓朋友等待的事情道歉。
281	洗（あら）う 清洗	家（いえ）に帰（かえ）ったらまず手（て）を洗（あら）いましょう。 回到家的話，就先洗手吧。
282	生（い）きる 活、生存	祖父（そふ）は100歳（さい）まで生（い）きた。 祖父活到了100歲。
283	祈（いの）る 祈禱	皆（みな）さんの合格（ごうかく）を祈（いの）ります。 祈禱大家及格。
284	祝（いわ）う 慶祝	子供（こども）の入学（にゅうがく）を祝（いわ）う。 慶祝小孩入學。
285	受（う）かる 考取、考上	試験（しけん）に受（う）かってうれしい。 考試通過了很開心。

286	受^うける 接受、得到	料理は注文を受けてから作っています。 料理是收到訂單後再製作。
287	動^{うご}く 移動	故障で車が動かない。 因為故障，車子動不了。
288	打^うつ 打、碰	キーボードを打つ。 敲打鍵盤。
289	売^うる 販賣	アイスクリームはどこで売っていますか。 哪裡在賣冰淇淋？
290	選^{えら}ぶ 選擇	母にあげるプレゼントを選ぶ。 選擇要給母親的禮物。
291	送^{おく}る 傳送、郵寄	友だちにメールを送る。 給朋友寄信。
292	行^{おこな}う 舉行	卒業式は講堂で行います。 畢業典禮在禮堂舉行。
293	押^おす 推	ドアを押して開ける。 把門推開。
294	落^おちる 掉、落下	床に財布が落ちている。 錢包掉到地板上。
295	踊^{おど}る 跳舞	子供たちが楽しそうに踊っている。 孩子們看起來正開心地跳舞。
296	思^{おも}う 覺得、思考	親を大切に思う。 覺得父母很重要。
297	降^おろす 卸下	トランクから荷物を降ろす。 從後車廂卸下行李。
298	変^かえる 改變、轉換	気分を変えるには散歩がいちばんいい。 要轉換心情，散步是最好的方法。
299	飾^{かざ}る 裝飾	店の入口を花で飾る。 用花裝飾店的入口。
300	勝^かつ 獲勝、贏	がんばって、試合に勝ちたい。 努力著，想要在比賽中獲勝。

301	通う <small>かよ</small> 來往、通勤、上學	<small>じ てんしゃ がっこう かよ</small> 自転車で学校に通っている。 騎腳踏車上學。
302	乾かす <small>かわ</small> 曬乾、弄乾	<small>あら かわ</small> 洗ったズボンを乾かす。 把洗過的褲子曬乾。
303	変わる <small>か</small> 變化、改變	<small>しゅうごう じ かん じ じ か</small> 集合時間が9時から8時に変わった。 集合時間從9點變成8點了。
304	考える <small>かんが</small> 思考、考慮	<small>かんが へん じ</small> よく考えてから返事をする。 仔細思考後再回答。
305	聞こえる <small>き</small> 聽到	<small>おと き</small> テレビの音がよく聞こえない。 聽不清電視的聲音。
306	決まる <small>き</small> 決定	<small>かい ぎ ひ き</small> 会議の日にちが決まった。 會議日期決定了。
307	決める <small>き</small> 決定	<small>たんじょう び き</small> 誕生日のプレゼントをネクタイに決めた。 決定將生日禮物選為領帶。
308	切る <small>き</small> 切、剪、割	<small>えだ き</small> はさみで枝を切る。 用剪刀剪樹枝。
309	着る <small>き</small> 穿	<small>ちい き</small> このシャツは小さくて着られない。 這件襯衫小得穿不下。
310	曇る <small>くも</small> 陰天、暗淡	<small>そら にし くも</small> 空が西から曇ってきた。 天空從西邊開始轉陰。
311	暮らす <small>く</small> 生活	<small>がくせい じ だい きょう と く</small> 学生時代は京都で暮らした。 學生時代在京都生活。
312	比べる <small>くら</small> 比較	<small>きょねん くら おとうと せ たか</small> 去年に比べて弟は背が高くなった。 和去年相比，弟弟長高了。
313	暮れる <small>く</small> 天黑	<small>ふゆ ひ く はや</small> 冬は日が暮れるのが早い。 冬天天黑得很早。
314	答える <small>こた</small> 回答	<small>しつもん おお こえ こた</small> 質問に大きな声で答える。 大聲回答問題。
315	壊れる <small>こわ</small> 壞掉	<small>こわ くるま しゅう り</small> 壊れた車を修理する。 修理壞掉的車。

316	探す _{さが} 尋找	映画館で空いた席を探す。 在電影院尋找空位。
317	下がる _さ 下降	昨日より気温が下がった。 氣溫比昨天下降。
318	下げる _さ 降低	温度を23度まで下げる。 將溫度降低到23度。
319	支払う _{しはら} 付款	毎月家賃を支払う。 每個月付房租。
320	締める _し 束緊	ネクタイを締めて出かける。 繫緊領帶出門。
321	調べる _{しら} 調查、查閱	辞書で単語を調べる。 用字典查單字。
322	知る _し 知道	この問題の答えを知っていますか。 知道這個問題的答案嗎？
323	捨てる _す 扔掉	要らないものを捨てる。 扔掉不需要的東西。
324	住む _す 居住	兄は東京の郊外に住んでいる。 哥哥住在東京的郊外。
325	助ける _{たす} 幫助	困った時、友達に助けてもらった。 有困難的時候，得到朋友的幫助。
326	建てる _た 建造	新しい家を建てることにした。 決定建造新家。
327	使う _{つか} 使用	ボールペンを使ってサインする。 用原子筆簽名。
328	着く _つ 抵達	東京に着いたら連絡してください。 抵達東京的話請和我聯絡。
329	作る _{つく} 製作、製造	石油からプラスチックを作る。 用石油製造塑膠。
330	続ける _{つづ} 連續、持續	休まず研究を続ける。 不休息持續研究。

331	積もる 堆積	<ruby>外<rt>そと</rt></ruby>は<ruby>雪<rt>ゆき</rt></ruby>が<ruby>積<rt>つ</rt></ruby>もってきれいだ。 外面積雪了，好漂亮。
332	出かける 出門	<ruby>母<rt>はは</rt></ruby>と<ruby>一緒<rt>いっしょ</rt></ruby>に<ruby>買<rt>か</rt></ruby>い<ruby>物<rt>もの</rt></ruby>に<ruby>出<rt>で</rt></ruby>かける。 和母親一起出門購物。
333	泊まる 過夜、投宿	<ruby>昨日<rt>きのう</rt></ruby>は<ruby>友<rt>とも</rt></ruby>だちの<ruby>家<rt>いえ</rt></ruby>に<ruby>泊<rt>と</rt></ruby>まった。 昨天在朋友家過夜。
334	止まる 停下、停止	<ruby>悲<rt>かな</rt></ruby>しくて<ruby>涙<rt>なみだ</rt></ruby>が<ruby>止<rt>と</rt></ruby>まらない。 悲傷得停不下淚水。
335	撮る 照相、拍攝	<ruby>旅行<rt>りょこう</rt></ruby>に<ruby>行<rt>い</rt></ruby>ってたくさん<ruby>写真<rt>しゃしん</rt></ruby>を<ruby>撮<rt>と</rt></ruby>った。 去旅行拍了很多照片。
336	直す 修理	<ruby>壊<rt>こわ</rt></ruby>れた<ruby>自転車<rt>じてんしゃ</rt></ruby>を<ruby>直<rt>なお</rt></ruby>してもらった。 請人修理壞掉的腳踏車。
337	並べる 擺放、陳列	テーブルに<ruby>料理<rt>りょうり</rt></ruby>を<ruby>並<rt>なら</rt></ruby>べる。 將菜餚擺在桌上。
338	似る 像、相似	<ruby>妹<rt>いもうと</rt></ruby>は<ruby>顔<rt>かお</rt></ruby>が<ruby>母<rt>はは</rt></ruby>に<ruby>似<rt>に</rt></ruby>ている。 妹妹的臉像母親。
339	脱ぐ 脱	<ruby>玄関<rt>げんかん</rt></ruby>で<ruby>靴<rt>くつ</rt></ruby>を<ruby>脱<rt>ぬ</rt></ruby>いで<ruby>上<rt>あ</rt></ruby>がる。 在玄關脫下鞋子入內。
340	盗む 偷、盜竊	<ruby>外国<rt>がいこく</rt></ruby>でパスポートを<ruby>盗<rt>ぬす</rt></ruby>まれると<ruby>大変<rt>たいへん</rt></ruby>だ。 在國外護照被偷的話很麻煩。
341	残る 留下	<ruby>会社<rt>かいしゃ</rt></ruby>に<ruby>残<rt>のこ</rt></ruby>って<ruby>仕事<rt>しごと</rt></ruby>を<ruby>続<rt>つづ</rt></ruby>ける。 留在公司繼續工作。
342	運ぶ 運送、搬運	<ruby>車<rt>くるま</rt></ruby>で<ruby>荷物<rt>にもつ</rt></ruby>を<ruby>運<rt>はこ</rt></ruby>んだ。 用車子搬運行李。
343	話す 說	<ruby>思<rt>おも</rt></ruby>っていることを<ruby>全部<rt>ぜんぶ</rt></ruby><ruby>話<rt>はな</rt></ruby>した。 把想的事全部說了。
344	はる 貼	<ruby>教室<rt>きょうしつ</rt></ruby>に<ruby>大<rt>おお</rt></ruby>きな<ruby>地図<rt>ちず</rt></ruby>がはってある。 教室裡貼著很大的地圖。
345	晴れる 放晴、晴朗	<ruby>週末<rt>しゅうまつ</rt></ruby>はよく<ruby>晴<rt>は</rt></ruby>れるらしい。 週末的天氣似乎很晴朗。

346	光る 發光	くつがぴかぴか光っている。 鞋子閃閃發光。
347	引っ越す 搬家	東京から大阪へ引っ越すことになった。 決定從東京搬到大阪。
348	拾う 撿	公園のごみを拾ってきれいにする。 撿起公園的垃圾並清理乾淨。
349	増える 増加	観光客が去年より増えた。 觀光客比去年增加了。
350	踏む 踩、踏	電車の中でだれかに足を踏まれた。 在電車裡被某人踩到腳。
351	まいる 去、來	まもなく電車がまいります。 電車快來了。
352	任せる 託付	細かい仕事は部下に任せる。 瑣碎的工作託付給屬下。
353	巻く 圍、纏繞	首にマフラーを巻いて外に出た。 在脖子圍上圍巾出門了。
354	負ける 輸	試合に負けてしまった。 比賽輸掉了。
355	待つ 等待	ここで待っています。 在這裡等著。
356	まとめる 彙整、歸納	みんなの意見を一つにまとめる。 把大家的意見歸納成一個。
357	招く 招待、邀請	友だちを招いてパーティーをする。 邀請朋友來開派對。
358	回る 周遊、巡視	一日では市内を全部見て回れない。 一天無法把市內全部遊覽完。
359	見える 看得見	窓から富士山が見えた。 從窗戶看得見富士山。
360	申し込む 申請	マラソン大会に参加を申し込んだ。 申請參加馬拉松大賽。

361	戻_{もど}る 返回	3時_じまでに会社_{かいしゃ}に戻_{もど}らなければならない。 必須在 3 點之前回到公司。
362	役立_{やくだ}つ 有幫助、有用	この料理_{りょうり}の本_{ほん}はあまり役立_{やくだ}たない。 這本做菜的書不太有用。
363	休_{やす}む 休息	風邪_{かぜ}で学校_{がっこう}を休_{やす}む。 因為感冒請假不上課
364	破_{やぶ}る 破壊、打破	約束_{やくそく}は破_{やぶ}ってはいけません。 不行打破約定。
365	分_わかる 理解、懂得	あなたの気持_{きも}ちはよく分_わかりました。 我非常理解你的心情。
366	分_わかれる 劃分、區分	二台_{にだい}のバスに分_わかれて観光_{かんこう}する。 分成兩台巴士遊覽。
367	忘_{わす}れる 忘記	友_{とも}だちとの約束_{やくそく}を忘_{わす}れてしまった。 忘了和朋友的約定。
368	渡_{わた}す 交給	このコピーを部長_{ぶちょう}に渡_{わた}してください。 請把這個副本交給部長。
369	割_わる 打碎	皿_{さら}を落_おとして割_わってしまった。 把盤子掉到地上打碎了。
370	青_{あお}い 藍的	今日_{きょう}は空_{そら}が青_{あお}い。 今天的天空很藍。
371	赤_{あか}い 紅的	りんごの色_{いろ}が赤_{あか}い。 蘋果的顏色是紅的。
372	暖_{あたた}かい 暖和	今日_{きょう}は昨日_{きのう}より暖_{あたた}かいですね。 今天比昨天暖和對吧。
373	新_{あたら}しい 新的	新_{あたら}しいレストランに行_いってみました。 去了一家新的餐廳。
374	熱_{あつ}い 熱的	お湯_ゆを沸_わかして、熱_{あつ}いお茶_{ちゃ}を飲_のんだ。 燒開水，喝了熱茶。
375	暑_{あつ}い 熱的、炎熱	今年_{ことし}の夏_{なつ}は去年_{きょねん}より暑_{あつ}いです。 今年的夏天比去年熱。

376	危ない あぶ 危險	早く手術をしないと、命が危ない。 不快點手術的話,性命很危險。
377	甘い あま 甜的	この果物は甘くておいしいです。 這個水果又甜又好吃。
378	忙しい いそが 忙碌	父はいつも仕事で忙しい。 父親總是因為工作很忙碌。
379	薄い うす 薄	パンを薄く切ります。 把麵包切成薄的。
380	うるさい 吵雜	工事の音がうるさい。 工程的聲音很吵。
381	うれしい 高興	就職が決まってうれしかった。 工作決定了很高興。
382	多い おお 多	日本は雨が多い国だ。 日本是多雨的國家。
383	大きい おお 大	字をもっと大きく書いてください。 請把字再寫大點。
384	おとなしい 老實、聽話	おとなしい彼が怒るのは珍しい。 老實的他生氣是很少見的。
385	重い おも 重	かばんに辞書を入れたら、重くなった。 在包包裡放字典的話會變重。
386	かっこいい 帥氣	自分をかっこよく見せたい。 希望自己看起來很帥氣。
387	悲しい かな 悲傷	友だちと別れるのは悲しい。 和朋友分別很悲傷。
388	辛い から 辣	このカレーはとても辛い。 這個咖哩非常辣。
389	軽い かる 輕、簡單	軽い運動は体にいいです。 簡單的運動對身體很好。
390	かわいい 可愛	この犬はかわいいですね。 這隻狗很可愛對吧。

391	暗<ruby>暗<rt>くら</rt></ruby>い 昏暗	<ruby>外<rt>そと</rt></ruby>は<ruby>暗<rt>くら</rt></ruby>いですから、<ruby>気<rt>き</rt></ruby>をつけてくださいね。 外面很暗，所以請小心喔。
392	<ruby>黒<rt>くろ</rt></ruby>い 黑色的	<ruby>長<rt>なが</rt></ruby>くて<ruby>黒<rt>くろ</rt></ruby>い<ruby>傘<rt>かさ</rt></ruby>を<ruby>持<rt>も</rt></ruby>って<ruby>家<rt>いえ</rt></ruby>を<ruby>出<rt>で</rt></ruby>ました。 帶著又長又黑的傘出門了。
393	<ruby>寂<rt>さび</rt></ruby>しい 寂寞	<ruby>君<rt>きみ</rt></ruby>がいなくて<ruby>寂<rt>さび</rt></ruby>しい。 你不在，我好寂寞。
394	<ruby>寒<rt>さむ</rt></ruby>い 寒冷	<ruby>夏<rt>なつ</rt></ruby>は<ruby>暑<rt>あつ</rt></ruby>く、<ruby>冬<rt>ふゆ</rt></ruby>は<ruby>寒<rt>さむ</rt></ruby>い。 夏天炎熱，冬天寒冷。
395	<ruby>少<rt>すく</rt></ruby>ない 不少	この<ruby>会社<rt>かいしゃ</rt></ruby>は<ruby>休<rt>やす</rt></ruby>みが<ruby>少<rt>すく</rt></ruby>ない。 這家公司的休假不少。
396	すごい 厲害、猛烈	<ruby>昨日<rt>きのう</rt></ruby>はすごい<ruby>雨<rt>あめ</rt></ruby>だった。 昨天下了猛烈的雨。
397	<ruby>涼<rt>すず</rt></ruby>しい 涼爽的	<ruby>明日<rt>あした</rt></ruby>は<ruby>今日<rt>きょう</rt></ruby>より<ruby>涼<rt>すず</rt></ruby>しいでしょう。 明天會比今天涼吧。
398	<ruby>素晴<rt>すば</rt></ruby>らしい 極好的	この<ruby>山<rt>やま</rt></ruby>の<ruby>景色<rt>けしき</rt></ruby>は<ruby>本当<rt>ほんとう</rt></ruby>に<ruby>素晴<rt>すば</rt></ruby>らしい。 這座山的景色真的很棒。
399	<ruby>高<rt>たか</rt></ruby>い 高	このレストランは<ruby>値段<rt>ねだん</rt></ruby>が<ruby>高<rt>たか</rt></ruby>い。 這家餐廳的價位很高。
400	<ruby>正<rt>ただ</rt></ruby>しい 正確	その<ruby>答<rt>こた</rt></ruby>えは<ruby>正<rt>ただ</rt></ruby>しい。 那個答案是正確的。
401	<ruby>楽<rt>たの</rt></ruby>しい 愉快、高興	<ruby>友<rt>とも</rt></ruby>だちと<ruby>遊<rt>あそ</rt></ruby>んで<ruby>楽<rt>たの</rt></ruby>しかった。 和朋友一起玩很愉快。
402	<ruby>近<rt>ちか</rt></ruby>い 近的	<ruby>会社<rt>かいしゃ</rt></ruby>は<ruby>駅<rt>えき</rt></ruby>に<ruby>近<rt>ちか</rt></ruby>い<ruby>便利<rt>べんり</rt></ruby>なところにあります。 公司在離車站近且方便的地方。
403	<ruby>冷<rt>つめ</rt></ruby>たい 冷的、冰涼	<ruby>冷<rt>つめ</rt></ruby>たいジュースを<ruby>飲<rt>の</rt></ruby>む。 喝冰果汁。
404	<ruby>強<rt>つよ</rt></ruby>い 強	<ruby>風<rt>かぜ</rt></ruby>が<ruby>強<rt>つよ</rt></ruby>いから、<ruby>窓<rt>まど</rt></ruby>を<ruby>開<rt>あ</rt></ruby>けないでください。 風很強，請不要開窗。
405	つらい 痛苦、難受	<ruby>彼<rt>かれ</rt></ruby>はつらいことがあっても<ruby>涙<rt>なみだ</rt></ruby>を<ruby>見<rt>み</rt></ruby>せない。 他就算有難受的事情，也不會讓人看見眼淚。

406	遠_{とお}い 遠	駅_{えき}は家_{いえ}から遠_{とお}いので時間_{じかん}がかかります。 因為車站離家裡很遠，所以要花時間。
407	長_{なが}い 長	ミカさんはあの髪_{かみ}の長_{なが}い人_{ひと}です。 美加小姐是那位長頭髮的人。
408	苦_{にが}い 苦的	少_{すこ}し苦_{にが}いビールがおいしいです。 有點苦的啤酒很好喝。
409	憎_{にく}い 可恨的	今_{いま}まで人_{ひと}が憎_{にく}いと思_{おも}ったことはない。 迄今為止，我從來不覺得人是可恨的。
410	眠_{ねむ}い 想睡覺、睏倦	学生_{がくせい}は眠_{ねむ}そうに講義_{こうぎ}を聞_きいています。 學生想睡覺似地聽著課。
411	恥_はずかしい 害羞、不好意思	そんなこと、恥_はずかしくて言_いえません。 那種事情太害羞了，說不出口。
412	低_{ひく}い 低、矮	山田_{やまだ}さんは背_せが低_{ひく}いです。 山田先生身高很矮。
413	ひどい 激烈、兇猛	ひどい風_{かぜ}で木_きがたくさん倒_{たお}れたそうです。 聽說因為強風，很多樹倒了。
414	広_{ひろ}い 寬廣	学校_{がっこう}の前_{まえ}に広_{ひろ}い公園_{こうえん}がある。 學校前面有寬廣的公園。
415	太_{ふと}い 粗	このグラフの太_{ふと}い線_{せん}を見_みてください。 請看這個圖表的粗線。
416	古_{ふる}い 舊的	かばんが古_{ふる}くなったので、新_{あたら}しいのを買_かった。 因為包包變舊了，所以買了新的。
417	欲_ほしい 想要	走_{はし}ってきたので冷_{つめ}たい飲_のみ物_{もの}が欲_ほしい。 因為跑過來，所以想喝冰的飲料。
418	細_{ほそ}い 細	細_{ほそ}くて長_{なが}い傘_{かさ}を買_かいました。 買了又細又長的傘。
419	難_{むずか}しい 困難	この歌_{うた}は好_すきですが、少_{すこ}し難_{むずか}しいです。 雖然喜歡這首歌，但有點難。
420	珍_{めずら}しい 珍奇	動物園_{どうぶつえん}で珍_{めずら}しい鳥_{とり}を見_みました。 在動物園看到了珍奇的鳥。

421	易しい 容易	テストの問題は易しかった。 考試的問題很容易。
422	優しい 溫和、溫柔	田中さんは優しい人です。 田中先生是溫柔的人。
423	安い 便宜	できるだけ安いほうがいいです。 盡量便宜一點比較好。
424	柔らかい 柔軟的	このパンは柔らかくておいしい。 這個麵包又柔軟又好吃。
425	よろしい 好的、出色的	今日は気分がよろしい。 今天的心情很好。
426	弱い 弱	彼は、体が弱くてよく会社を休む。 他身體弱，常向公司請假。
427	悪い 不好、壞	たばこは体に悪いからやめたほうがいいよ。 香菸對身體不好，最好戒掉比較好喔。
428	いやだ 討厭	仕事がいやになる。 工作變得討厭。
429	同じだ 同樣	兄と同じ学校に入学する。 和哥哥進入同樣的學校。
430	可能だ 可能	これは実現可能な計画ではない。 這個不是可能實現的計畫。
431	かわいそうだ 令人同情的、可憐	病気で動けない弟がかわいそうだ。 因為生病無法動彈的弟弟很可憐。
432	完全だ 完全	病気はまだ完全に治っていません。 病還沒完全治好。
433	きらいだ 討厭	私は掃除がきらいです。 我討厭打掃。
434	きれいだ 漂亮	きれいな花が咲いている。 開著漂亮的花
435	元気だ 精神、健康	早く元気になってください。 請早日恢復健康。

436	失礼だ しつれい 不禮貌	そんな失礼なことは言わないでください。 請不要說那種不禮貌的話。
437	重要だ じゅうよう 重要	これは重要な書類である。 這是重要的文件。
438	上手だ じょうず 擅長、拿手	いくら練習しても上手になりません。 不管怎麼練習都無法變拿手。
439	丈夫だ じょうぶ 健康、健壯	山田さんは体が丈夫です。 山田先生身體很健康。
440	好きだ す 喜歡	父はお酒が好きだ。 父親喜歡酒。
441	すてきだ 極好、極漂亮	すてきな洋服を着ている。 穿著很漂亮的洋裝。
442	素直だ すなお 坦率、順從	素直に話を聞く。 順從地聽話。
443	正確だ せいかく 正確	正確な意味を辞書で調べる。 用字典查正確的意思。
444	大丈夫だ だいじょうぶ 不要緊、沒關係	時間は大丈夫ですか。 時間沒問題嗎？
445	にぎやかだ 熱鬧	昨日のパーティーはとてもにぎやかだった。 昨天的派對非常熱鬧。
446	ひまだ 空閒	私は、ひまになると、映画を見ます。 我一有空就會看電影。
447	不思議だ ふしぎ 奇怪、難以想像	不思議な夢を見る。 夢見奇怪的夢。
448	不便だ ふべん 不方便	ここは交通が不便だ。 這裡交通不方便。
449	平気だ へいき 毫不在意	彼女は平気でうそをつく。 她毫不在意地說謊。
450	便利だ べんり 方便	近くにコンビニがあって便利だ。 附近有便利商店很方便。

451	まじめだ 認真	まじめに勉強したら成績が上がった。 認真讀書後，成績就提升了。
452	豊かだ 富裕	経済の発展で生活が豊かになった。 因為經濟的發展，生活變富裕了。
453	あまり 不太（後面接否定）	試合に勝てるかどうか、あまり自信がない。 不太有自信能否在比賽中獲勝。
454	きっと 一定	君ならきっと合格するよ。 你的話一定會及格啦。
455	けっこう 相當	この池はけっこう深いです。 這個池子相當深。
456	すべて 一切、全部	彼女は漢字をすべて覚えてしまった。 她把漢字全部都記住了。
457	すると 於是	ドアをノックした。すると、友だちが出てきた。 敲了門，於是朋友出來了。
458	そして 然後、而且	彼女は英語が話せる。そして、中国語も話せる。 她會說英語，而且也會說中文。
459	それほど 那麼	それほど難しくないと思う。 覺得沒有那麼難。
460	そんなに 那麼	そんなに心配しなくてもいい。 不用那麼擔心也沒關係。
461	大抵 大致上、多半	休みの日は大抵家で過ごす。 假日大致上都在家裡度過。
462	だいぶ 很、相當	この映画を見たのは、だいぶ昔だった。 看這部電影是很久以前的事了。
463	例えば 例如	冬のスポーツ、例えばスキーが好きです。 喜歡冬季運動，例如滑雪。
464	多分 大概	多分彼は来ないでしょう。 他大概不來吧。
465	ちっとも 一點（也不）	この本はちっともおもしろくない。 這本書一點也不有趣。

466	ちょうど 正好	今ちょうど帰ってきたところです。 現在正好剛回來。
467	できるだけ 盡量	できるだけ早く返事をください。 請盡量快點回覆。
468	とうとう 到底、終究	あの会社はとうとう倒産してしまった。 那家公司終究還是破產了。
469	特に 特別	辞書は、特に外国語の学習に必要だ。 辭典對學習外語是特別必要的。
470	どんどん 連續不斷	意見がある方はどんどん言ってください。 有意見的人請繼續說下去。
471	どんなに 無論怎麼樣	どんなに遅くても５時までには戻ります。 無論多晚，都會在五點之前回來。
472	なかなか 怎麼也（後面接否定）	待っているのに、なかなかバスが来ない。 正在等著，公車卻怎麼也不來。
473	はじめて 初次	はじめて彼と会ったのは、３年前です。 初次和他見面是在３年前。
474	はじめに 首先	はじめに私から報告いたします。 首先，由我開始報告。
475	はっきり 清楚、明確	自分の意見をはっきり言う。 明確地表達自己的意見。
476	非常に 非常	彼女は非常に親切な人です。 她是非常親切的人。
477	ほとんど 大致上、差不多	レポートはほとんど終わりました。 報告差不多結束了。
478	もし 如果、要是	もし明日雨が降ったら中止になります。 要是明天下雨的話，就中止。
479	やっと 終於	５時間も話し合って、やっと結論が出た。 談了５小時之久，結論終於出來了。
480	やはり 果然	彼はやはり来なかった。 他果然沒來。

索引

あ

□ あい(愛) ……………………………… 106

□ あいかわらず(相変わらず) ………… 89

□ あいず(合図) ………………………… 13

□ あいて(相手) ………………………… 24

□ アイデア／アイディア ……………… 109

□ あう(合う) …………………………… 282

□ あおい(青い) ………………………… 288

□ あかい(赤い) ………………………… 288

□ あかるい(明るい) …………………… 79

□ あき(秋) ……………………………… 264

□ あきち(空き地) ……………………… 108

□ あきらかだ(明らかだ) ……………… 248

□ あきらめる …………………………… 102

□ あきる(飽きる) ……………………… 142

□ あく(空く) …………………………… 282

□ あくしゅ(握手) ……………………… 124

□ あくび ………………………………… 132

□ あける(明ける) ……………………… 202

□ あさい(浅い) ………………………… 78

□ あさって(明後日) …………………… 108

□ あじ(味) ……………………………… 264

□ あしあと(足跡) ……………………… 131

□ あじみ(味見) ………………………… 140

□ あじわう(味わう) …………………… 242

□ あずかる(預かる) …………………… 282

□ あずける(預ける) …………………… 102

□ あせ(汗) ……………………………… 29

□ あたえる(与える) …………………… 282

□ あたたかい(暖かい) ………………… 288

□ あたためる(温める) ………………… 158

□ あたらしい(新しい) ………………… 288

□ あたりまえ(当たり前) ……………… 155

□ あたる(当たる) ……………………… 226

□ あつい(厚い) ………………………… 77

□ あつい(熱い) ………………………… 288

□ あつい(暑い) ………………………… 288

□ あっか(悪化) ………………………… 157

□ あつかう(扱う) ……………………… 102

□ あっというまに(あっという間に) … 171

□ あつまり(集まり) …………………… 182

□ あつまる(集まる) …………………… 282

□ あつめる(集める) …………………… 18

□ アドバイス …………………………… 117

□ あな(穴) ……………………………… 37

□ あぶない(危ない) …………………… 289

□ あぶら(油) …………………………… 197

□ あふれる(溢れる) …………………… 66

□ あまい(甘い)	289	□ いきいき	169
□ あまど(雨戸)	199	□ いきおい(勢い)	239
□ あまり	294	□ いきなり	173
□ あまる(余る)	102	□ いきる(生きる)	282
□ あむ(編む)	150	□ いくじ(育児)	199
□ あやしい(怪しい)	245	□ いくら	255
□ あやまる(謝る)	282	□ いけ(池)	264
□ あらう(洗う)	282	□ いけん(意見)	264
□ あらわす(表す)	74	□ いこう(以降)	100
□ アレルギー	185	□ いさましい(勇ましい)	245
□ あわ(泡)	46	□ いし(意志)	14
□ あわせる(合わせる)	126	□ いし(石)	264
□ あわてる(慌てる)	186	□ いしゃ(医者)	264
□ あんいだ(安易だ)	249	□ いじわるだ(意地悪だ)	250
□ あんがい(案外)	171	□ いそがしい(忙しい)	289
□ あんき(暗記)	55	□ いそぐ(急ぐ)	234
□ アンケート	201	□ いたい(痛い)	77
□ あんしん(安心)	264	□ いち(位置)	40
□ あんない(案内)	16	□ いちいち	90
□ いがいに(意外に)	88	□ いちば(市場)	209
□ いがく(医学)	264	□ いっきに(一気に)	173
□ いかり(怒り)	221	□ いっしょうけんめい	257
□ いき(息)	13	□ いっせいに(一斉に)	172
□ いぎ(意義)	63	□ いったい(一体)	256

索引

□ いつのまにか(いつの間にか) ……… 174

□ いっぱんてきだ(一般的だ) ………… 165

□ いっぱんに(一般に) ………… 90

□ いつも ………… 86

□ いどう(移動) ………… 48

□ いなか(田舎) ………… 264

□ いねむり(居眠り) ………… 116

□ いのち(命) ………… 264

□ いのる(祈る) ………… 282

□ いはん(違反) ………… 124

□ いま(居間) ………… 213

□ いまにも(今にも) ………… 89

□ イメージ ………… 125

□ いやだ ………… 292

□ いらいら ………… 255

□ いりぐち(入り口) ………… 264

□ いりょう(医療) ………… 133

□ いわ(岩) ………… 13

□ いわう(祝う) ………… 282

□ いんしゅ(飲酒) ………… 264

□ いんしょう(印象) ………… 71

□ インスタント ………… 193

□ インタビュー ………… 133

□ うえる(植える) ………… 34

□ うがい ………… 130

□ うかる(受かる) ………… 282

□ うけいれる(受け入れる) ………… 142

□ うけつけ(受付) ………… 264

□ うけとりにん(受取人) ………… 132

□ うける(受ける) ………… 283

□ うごく(動く) ………… 283

□ うし(牛) ………… 145

□ うすい(薄い) ………… 289

□ うすぐらい(薄暗い) ………… 245

□ うせつ(右折) ………… 97

□ うたがう(疑う) ………… 110

□ うちがわ(内側) ………… 39

□ うつ(打つ) ………… 283

□ うっかり ………… 87

□ うつくしい(美しい) ………… 79

□ うつす(移す) ………… 218

□ うつる(移る) ………… 126

□ うばう(奪う) ………… 186

□ うまい ………… 161

□ うみ(海) ………… 264

□ うめ(梅) ………… 189

□ うら(裏) ………… 264

□ うらやましい ………… 163

□ うりあげ(売り上げ) ……………… 197
□ うりきれ(売り切れ) ……………… 201
□ うりきれる(売り切れる) ………… 74
□ うりば(売り場) ……………………… 265
□ うるさい ……………………………… 289
□ うれしい ……………………………… 289
□ うれる(売れる) …………………… 58
□ うる(売る) ………………………… 283
□ うわぎ(上着) ……………………… 265
□ うわさ ……………………………… 32
□ うん(運) …………………………… 265
□ うんが(運河) ……………………… 207
□ うんちん(運賃) …………………… 215
□ うんてん(運転) …………………… 223
□ うんどう(運動) …………………… 265
□ え(絵) ……………………………… 265
□ えいえん(永遠) …………………… 233
□ えいきょう(影響) ………………… 15
□ えいぎょう(営業) ………………… 71
□ えいよう(栄養) …………………… 47
□ えがお(笑顔) ……………………… 54
□ えきいん(駅員) …………………… 265
□ えだ(枝) …………………………… 265
□ エネルギー ………………………… 141

□ えらぶ(選ぶ) ……………………… 283
□ えんき(延期) ……………………… 64
□ えんそう(演奏) …………………… 73
□ えんそく(遠足) …………………… 265
□ えんりょ(遠慮) …………………… 265
□ おいつく(追いつく) ……………… 142
□ おいわい(お祝い) ………………… 62
□ おう(追う) ………………………… 42
□ おうえん(応援) …………………… 33
□ おうだん(横断) …………………… 23
□ おうふく(往復) …………………… 71
□ おうぼ(応募) ……………………… 14
□ おうよう(応用) …………………… 37
□ おおあめ(大雨) …………………… 265
□ おおい(多い) ……………………… 289
□ おおいに(大いに) ………………… 256
□ おおきい(大きい) ………………… 289
□ おおや(大家) ……………………… 265
□ おかしい …………………………… 162
□ おきる(起きる) …………………… 202
□ おくがい(屋外) …………………… 108
□ おくじょう(屋上) ………………… 265
□ おくりもの(贈り物) ……………… 265
□ おくる(送る) ……………………… 283

□ おくれる(遅れる) ………………… 118

□ おこなう(行う) …………………… 283

□ おこる(怒る) ……………………… 50

□ おさけ(お酒) ……………………… 265

□ おさない(幼い) …………………… 162

□ おしい(惜しい) …………………… 161

□ おしいれ(押入れ) ………………… 265

□ おしえる(教える) ………………… 226

□ おしまい …………………………… 54

□ おしゃれ …………………………… 116

□ おしり(お尻) ……………………… 121

□ おす(押す) ………………………… 283

□ おそい(遅い) ……………………… 77

□ おそろしい(恐ろしい) …………… 162

□ おたく(お宅) ……………………… 266

□ おちつく(落ち着く) ……………… 134

□ おちる(落ちる) …………………… 283

□ おっと(夫) ………………………… 266

□ おてあらい(お手洗い) …………… 266

□ おと(音) …………………………… 266

□ おとしもの(落し物) ……………… 266

□ (お)としより((お)年寄り) ……… 232

□ おとなしい ………………………… 289

□ おどる(踊る) ……………………… 283

□ おなじだ(同じだ) ………………… 292

□ オフィス …………………………… 266

□ おぼえる(覚える) ………………… 186

□ おぼれる …………………………… 194

□ おみまい(お見舞い) ……………… 198

□ おみやげ(お土産) ………………… 130

□ おもい(重い) ……………………… 289

□ おもいで(思い出) ………………… 156

□ おもう(思う) ……………………… 283

□ おもだ(主だ) ……………………… 80

□ おもちゃ …………………………… 266

□ おもわず(思わず) ………………… 171

□ およそ ……………………………… 169

□ おりる(降りる) …………………… 110

□ おる(折る) ………………………… 42

□ おれい(お礼) ……………………… 181

□ おれる(折れる) …………………… 210

□ おろす(降ろす) …………………… 283

□ おわる(終わる) …………………… 26

□ おんせん(温泉) …………………… 63

□ おんど(温度) ……………………… 209

か

□ カーブ ……………………………… 149

□ かいいん(会員) ……………… 231

□ かいが(絵画) ……………… 237

□ かいがい(海外) ……………… 266

□ かいぎ(会議) ……………… 266

□ かいけつ(解決) ……………… 17

□ がいこく(外国) ……………… 266

□ かいさつぐち(改札口) ……………… 31

□ かいしゃいん(会社員) ……………… 266

□ かいしゅう(回収) ……………… 22

□ がいしゅつ(外出) ……………… 266

□ がいしょく(外食) ……………… 14

□ かいもの(買い物) ……………… 266

□ かえす(返す) ……………… 58

□ かえる(替える) ……………… 234

□ かえる(変える) ……………… 283

□ かおり(香り) ……………… 39

□ かがく(科学) ……………… 266

□ かがやく(輝く) ……………… 34

□ かかり(係) ……………… 108

□ かかる ……………… 142

□ かきとめ(書留) ……………… 116

□ かぐ(家具) ……………… 124

□ がくしゃ(学者) ……………… 138

□ がくしゅう(学習) ……………… 148

□ かくす(隠す) ……………… 194

□ かくだい(拡大) ……………… 156

□ かくち(各地) ……………… 47

□ かくにん(確認) ……………… 155

□ がくひ(学費) ……………… 184

□ がくもん(学問) ……………… 198

□ かくやす(格安) ……………… 197

□ がくりょく(学力) ……………… 208

□ かける(駆ける) ……………… 110

□ かこ(過去) ……………… 57

□ かこむ(囲む) ……………… 50

□ かさい(火災) ……………… 221

□ かさねる(重ねる) ……………… 218

□ かざる(飾る) ……………… 283

□ かじ(火事) ……………… 266

□ かしこい(賢い) ……………… 161

□ かしだし(貸し出し) ……………… 223

□ かしゅ(歌手) ……………… 267

□ かす(貸す) ……………… 66

□ かぜ(風) ……………… 267

□ かぜ(風邪) ……………… 267

□ かせん(下線) ……………… 63

□ かせん(河川) ……………… 232

□ かた(肩) ……………… 267

索引

□ かたい（硬い） ································ 78

□ かだい（課題） ···························· 241

□ かたち（形） ······························ 267

□ かたづける（片付ける） ··············· 58

□ かたほう（片方） ························· 70

□ かたみち（片道） ························· 267

□ カタログ ·································· 157

□ かつ（勝つ） ···························· 283

□ がっかり ·································· 86

□ がっき（楽器） ···························· 49

□ かっこいい ································ 289

□ かつどう（活動） ························· 14

□ かてい（仮定） ···························· 33

□ かてい（家庭） ·························· 267

□ かなしい（悲しい） ····················· 289

□ かならず（必ず） ························· 85

□ かならずしも（必ずしも） ··········· 173

□ かなり ··································· 254

□ かのうだ（可能だ） ····················· 292

□ カバー ··································· 101

□ かべ（壁） ······························ 267

□ がまん（我慢） ···························· 41

□ かみ（紙） ······························ 267

□ がめん（画面） ·························· 267

□ かよう（通う） ·························· 284

□ から（空） ································ 45

□ カラー ··································· 201

□ からい（辛い） ·························· 289

□ からから ·································· 85

□ がらがら ·································· 87

□ かりる（借りる） ························· 42

□ かるい（軽い） ·························· 289

□ かれる（枯れる） ······················· 118

□ カロリー ································· 267

□ かわ（川） ······························ 267

□ かわいい ································· 289

□ かわいそうだ ···························· 292

□ かわかす（乾かす） ····················· 284

□ かわく（乾く） ·························· 150

□ かわる（変わる） ······················· 284

□ かん（缶） ······························ 105

□ かんがえ（考え） ······················· 115

□ かんがえる（考える） ··················· 284

□ かんかく（感覚） ························· 55

□ かんきゃく（観客） ····················· 65

□ かんきょう（環境） ····················· 114

□ かんけい（関係） ························· 69

□ かんげい（歓迎） ······················· 123

□ かんこう(観光) ……………… 71
□ かんごし(看護師) …………… 132
□ かんさつ(観察) ……………… 22
□ かんじ(感じ) ………………… 32
□ かんじょう(感情) …………… 139
□ かんしん(関心) ……………… 38
□ かんしん(感心) ……………… 146
□ かんせい(完成) ……………… 47
□ かんせつ(間接) ……………… 156
□ かんぜんだ(完全だ) ………… 292
□ かんそう(感想) ……………… 154
□ かんたんだ(簡単だ) ………… 164
□ かんどう(感動) ……………… 53
□ かんぱい(乾杯) ……………… 193
□ かんりょう(完了) …………… 191
□ きおん(気温) ………………… 62
□ きかい(機械) ………………… 63
□ きかい(機会) ………………… 70
□ きかん(期間) ………………… 267
□ きく(効く) …………………… 158
□ きげん(期限) ………………… 23
□ きこえる(聞こえる) ………… 284
□ きこく(帰国) ………………… 200
□ きじ(記事) …………………… 200

□ ぎじゅつ(技術) ……………… 267
□ きず(傷) ……………………… 29
□ きせつ(季節) ………………… 267
□ きそく(規則) ………………… 39
□ きた(北) ……………………… 268
□ きたい(期待) ………………… 47
□ きたい(気体) ………………… 205
□ きたく(帰宅) ………………… 55
□ きたない(汚い) ……………… 78
□ きちんと ……………………… 170
□ きつい ………………………… 162
□ きつえん(喫煙) ……………… 217
□ ぎっしり ……………………… 254
□ キッチン ……………………… 109
□ きって(切手) ………………… 268
□ きっと ………………………… 294
□ きっぷ(切符) ………………… 268
□ きにいる(気に入る) ………… 202
□ きにゅう(記入) ……………… 222
□ きねん(記念) ………………… 63
□ きびしい(厳しい) …………… 247
□ きぶん(気分) ………………… 268
□ きぼう(希望) ………………… 17
□ きほんてきだ(基本的だ) …… 249

□ きまり（決まり） ……………………… 31
□ きまる（決まる） ……………………… 284
□ きめる（決める） ……………………… 284
□ ぎもん（疑問） ………………………… 25
□ ぎゃく（逆） …………………………… 221
□ キャンセル ……………………………… 117
□ キャンパス ……………………………… 209
□ きゅうか（休暇） ……………………… 233
□ きゅうぎょう（休業） ………………… 239
□ きゅうこう（急行） …………………… 268
□ きゅうじつ（休日） …………………… 31
□ きゅうに（急に） ……………………… 90
□ ぎゅうにく（牛肉） …………………… 268
□ ぎゅうにゅう（牛乳） ………………… 268
□ きゅうよう（休養） …………………… 46
□ きゅうりょう（給料） ………………… 129
□ きょういく（教育） …………………… 268
□ きょうし（教師） ……………………… 41
□ ぎょうじ（行事） ……………………… 113
□ きょうしつ（教室） …………………… 268
□ きょうだい（兄弟） …………………… 268
□ きょうちょう（強調） ………………… 109
□ きょうつう（共通） …………………… 47
□ きょうみ（興味） ……………………… 56

□ きょうりょく（協力） ………………… 16
□ きょか（許可） ………………………… 113
□ きょねん（去年） ……………………… 268
□ きょり（距離） ………………………… 117
□ きらいだ ………………………………… 292
□ ぎりぎり ………………………………… 171
□ きる（切る） …………………………… 284
□ きる（着る） …………………………… 284
□ きれいだ ………………………………… 292
□ きろく（記録） ………………………… 72
□ きんえん（禁煙） ……………………… 73
□ ぎんこう（銀行） ……………………… 268
□ きんし（禁止） ………………………… 22
□ きんちょう（緊張） …………………… 32
□ ぐあい（具合） ………………………… 268
□ くいき（区域） ………………………… 138
□ くうき（空気） ………………………… 268
□ くうこう（空港） ……………………… 268
□ くうせき（空席） ……………………… 15
□ くかん（区間） ………………………… 146
□ くぎる（区切る） ……………………… 118
□ くさ（草） ……………………………… 269
□ くしゃみ ………………………………… 155
□ くすり（薬） …………………………… 269

□ くせ …………………… 48

□ くたびれる …………………… 158

□ くだもの(果物) …………… 269

□ くだらない …………………… 247

□ くだり(下り) ………………… 198

□ くちべに(口紅) ……………… 205

□ ぐっすり ……………………… 170

□ くに(国) …………………… 269

□ くばる(配る) ………………… 226

□ くび(首) ……………………… 53

□ くべつ(区別) ………………… 206

□ くむ(組む) ………………… 134

□ くも(雲) …………………… 269

□ くもる(曇る) ………………… 284

□ くやしい(悔しい) …………… 79

□ くらい(暗い) ………………… 290

□ くらし(暮らし) ……………… 213

□ くらす(暮らす) ……………… 284

□ くらべる(比べる) …………… 284

□ クリーニング ………………… 269

□ くりかえし(くり返し) ……… 222

□ グループ ……………………… 125

□ くるしい(苦しい) …………… 78

□ くれる(暮れる) ……………… 284

□ くろい(黒い) ………………… 290

□ くろう(苦労) ………………… 62

□ くわえる(加える) …………… 186

□ くわしい(詳しい) …………… 161

□ くんれん(訓練) ……………… 72

□ けいえい(経営) ……………… 46

□ けいかく(計画) ……………… 269

□ けいけん(経験) ……………… 190

□ けいざい(経済) ……………… 269

□ けいさつ(警察) ……………… 269

□ けいさん(計算) ……………… 24

□ げいじゅつ(芸術) …………… 230

□ けいたい(携帯) ……………… 232

□ けいと(毛糸) ………………… 240

□ けいゆ(経由) ………………… 31

□ けが …………………………… 269

□ げか(外科) …………………… 39

□ けさ(今朝) …………………… 269

□ けしき(景色) ………………… 269

□ けす(消す) …………………… 66

□ げすい(下水) ………………… 209

□ けちだ ………………………… 248

□ けつえき(血液) ……………… 46

□ けっか(結果) ………………… 269

索引

□ けっきょく(結局) ……………………… 256

□ けっこう ……………………………… 294

□ けっして(決して) …………………… 90

□ けっせき(欠席) ……………………… 56

□ けってい(決定) ……………………… 269

□ けってん(欠点) ……………………… 69

□ けつろん(結論) ……………………… 269

□ げひんだ(下品だ) …………………… 248

□ けむり(煙) …………………………… 270

□ けれども ……………………………… 174

□ けわしい(険しい) …………………… 247

□ げんいん(原因) ……………………… 31

□ けんか ………………………………… 270

□ げんかい(限界) ……………………… 105

□ げんきだ(元気だ) …………………… 292

□ けんきゅう(研究) …………………… 116

□ げんきん(現金) ……………………… 117

□ げんご(言語) ………………………… 123

□ けんこう(健康) ……………………… 41

□ けんさ(検査) ………………………… 49

□ げんざい(現在) ……………………… 16

□ げんじつ(現実) ……………………… 130

□ げんしょう(減少) …………………… 65

□ けんせつ(建設) ……………………… 64

□ げんだい(現代) ……………………… 132

□ げんど(限度) ………………………… 137

□ けんぶつ(見物) ……………………… 270

□ げんりょう(原料) …………………… 17

□ こい(恋) ……………………………… 145

□ こいしい(恋しい) …………………… 163

□ こいびと(恋人) ……………………… 155

□ こううん(幸運) ……………………… 182

□ こうか(効果) ………………………… 70

□ こうかい(公開) ……………………… 270

□ こうがい(郊外) ……………………… 270

□ こうがく(工学) ……………………… 184

□ ごうかく(合格) ……………………… 191

□ こうかん(交換) ……………………… 25

□ こうぎ(講義) ………………………… 270

□ こうきゅう(高級) …………………… 201

□ こうぎょう(工業) …………………… 270

□ ごうけい(合計) ……………………… 31

□ こうこく(広告) ……………………… 37

□ こうさい(交際) ……………………… 216

□ こうさてん(交差点) ………………… 270

□ こうじ(工事) ………………………… 270

□ こうそくどうろ(高速道路) ………… 225

□ こうちゃ(紅茶) ……………………… 270

□ こうつう(交通) ……………… 229

□ こうどう(行動) ……………… 270

□ こうどう(講堂) ……………… 270

□ こうはい(後輩) ……………… 270

□ こうばん(交番) ……………… 270

□ こえ(声) …………………… 270

□ こおり(氷) ………………… 271

□ こきゅう(呼吸) ……………… 45

□ こきょう／ふるさと(故郷) …… 106

□ こくご(国語) ……………… 114

□ こくばん(黒板) ……………… 114

□ ごご(午後) ………………… 271

□ こころ(心) ………………… 271

□ こし(腰) …………………… 121

□ こしょう(故障) ……………… 271

□ こじん(個人) ……………… 55

□ ごぜん(午前) ……………… 271

□ こそだて(子育て) …………… 132

□ こたえる(答える) …………… 284

□ こっかい(国会) ……………… 131

□ こっそり …………………… 253

□ こづつみ(小包) ……………… 137

□ ことわる(断る) ……………… 74

□ このみ(好み) ……………… 137

□ こぼす ……………………… 110

□ こまかい(細かい) …………… 163

□ こまる(困る) ……………… 150

□ こめ(米) …………………… 271

□ ごろごろ …………………… 257

□ ころぶ(転ぶ) ……………… 242

□ こわい(怖い) ……………… 78

□ こわれる(壊れる) …………… 284

□ こんご(今後) ……………… 185

□ こんざつ(混雑) ……………… 32

□ こんらん(混乱) ……………… 182

さ

□ さ(差) …………………… 106

□ さいきん(最近) ……………… 29

□ さいご(最後) ……………… 271

□ さいこう(最高) ……………… 190

□ さいじつ(祭日) ……………… 200

□ さいしょ(最初) ……………… 271

□ さいしん(最新) ……………… 37

□ サイズ ……………………… 133

□ さいせい(再生) ……………… 205

□ さいてい(最低) ……………… 208

□ さいてん(採点) ……………… 214

索引

□ さいのう(才能) ……………… 222

□ さいふ(財布) ………………… 271

□ ざいりょう(材料) …………… 47

□ さか(坂) ……………………… 271

□ さがす(探す) ………………… 285

□ さかな(魚) …………………… 271

□ さかみち(坂道) ……………… 55

□ さがる(下がる) ……………… 285

□ さかんだ(盛んだ) …………… 82

□ さぎょう(作業) ……………… 238

□ さくひん(作品) ……………… 271

□ さげる(下げる) ……………… 285

□ させつ(左折) ………………… 216

□ さっか(作家) ………………… 271

□ さっき …………………………… 87

□ さっさと ……………………… 173

□ ざっし(雑誌) ………………… 64

□ さっそく ……………………… 85

□ ざっと ………………………… 169

□ さびしい(寂しい) …………… 290

□ さまざまだ(様々だ) ………… 165

□ さむい(寒い) ………………… 290

□ さめる(覚める) ……………… 26

□ さら(皿) ……………………… 271

□ さわぐ(騒ぐ) ………………… 186

□ さんか(参加) ………………… 115

□ ざんぎょう(残業) …………… 62

□ さんせい(賛成) ……………… 271

□ ざんねんだ(残念だ) ………… 163

□ サンプル ……………………… 217

□ しあい(試合) ………………… 272

□ しあわせだ(幸せだ) ………… 166

□ しいんと ……………………… 172

□ しお(塩) ……………………… 21

□ しかい(司会) ………………… 131

□ しかし ………………………… 174

□ じかんわり(時間割) ………… 138

□ しき(四季) …………………… 147

□ しきゅう(支給) ……………… 99

□ しげん(資源) ………………… 38

□ じけん(事件) ………………… 183

□ しけん(試験) ………………… 272

□ しご(死後) …………………… 182

□ じこ(事故) …………………… 153

□ じこくひょう(時刻表) ……… 208

□ しじ(指示) …………………… 16

□ ししゃ(支社) ………………… 207

□ じしゅう(自習) ……………… 214

□ じじょ(次女) ……………… 223

□ じじょう(事情) ……………… 54

□ しじん(詩人) ……………… 233

□ じしん(自信) ……………… 61

□ じしん(地震) ……………… 272

□ しずかだ(静かだ) ……………… 80

□ しせい(姿勢) ……………… 40

□ しぜん(自然) ……………… 22

□ じぜん(事前) ……………… 229

□ じそく(時速) ……………… 237

□ しだいに(次第に) ……………… 89

□ したしい(親しい) ……………… 161

□ しっかり ……………… 86

□ しつぎょう(失業) ……………… 30

□ しっけ(湿気) ……………… 272

□ しつこい ……………… 162

□ じっと ……………… 258

□ じつは(実は) ……………… 172

□ じつりょく(実力) ……………… 39

□ しつれいだ(失礼だ) ……………… 293

□ じてん(辞典) ……………… 272

□ じてんしゃ(自転車) ……………… 272

□ しどう(指導) ……………… 45

□ じどうてきだ(自動的だ) ……………… 165

□ しない(市内) ……………… 272

□ しなもの(品物) ……………… 192

□ じなん(次男) ……………… 107

□ しはらい(支払い) ……………… 272

□ しはらう(支払う) ……………… 285

□ しばらく ……………… 86

□ しばる ……………… 234

□ じぶん(自分) ……………… 272

□ しぼう(死亡) ……………… 122

□ しぼる ……………… 34

□ しま(島) ……………… 53

□ しまい(姉妹) ……………… 272

□ しまう ……………… 142

□ じまん(自慢) ……………… 64

□ しみ ……………… 69

□ しみじみ ……………… 258

□ じみだ(地味だ) ……………… 166

□ しみん(市民) ……………… 272

□ じむ(事務) ……………… 121

□ しめきり(締め切り) ……………… 48

□ しめす(示す) ……………… 202

□ しめる(締める) ……………… 285

□ じゃぐち(蛇口) ……………… 140

□ しゃしん(写真) ……………… 272

索引

□ しゃせつ(社説) ……………… 156

□ しゃちょう(社長) ……………… 272

□ しゃどう(車道) ……………… 272

□ しゃべる ……………… 118

□ しゃりん(車輪) ……………… 182

□ じゆう(自由) ……………… 17

□ しゅうい(周囲) ……………… 182

□ しゅうかん(習慣) ……………… 272

□ しゅうかんし(週刊誌) ……………… 30

□ じゅうきょ(住居) ……………… 190

□ じゅうし(重視) ……………… 201

□ じゅうしょ(住所) ……………… 273

□ しゅうしょく(就職) ……………… 206

□ じゅうたい(渋滞) ……………… 38

□ しゅうちゅう(集中) ……………… 48

□ しゅうにゅう(収入) ……………… 214

□ じゅうぶんだ(十分だ) ……………… 164

□ しゅうへん(周辺) ……………… 225

□ しゅうまつ(週末) ……………… 230

□ じゅうみん(住民) ……………… 231

□ じゅうようだ(重要だ) ……………… 293

□ しゅうり(修理) ……………… 57

□ しゅくしょう(縮小) ……………… 62

□ しゅじゅつ(手術) ……………… 73

□ しゅじん(主人) ……………… 273

□ しゅだん(手段) ……………… 57

□ しゅちょう(主張) ……………… 25

□ しゅっせき(出席) ……………… 273

□ しゅっちょう(出張) ……………… 33

□ しゅっぱつ(出発) ……………… 273

□ しゅっぱん(出版) ……………… 273

□ しゅと(首都) ……………… 15

□ しゅふ(主婦) ……………… 107

□ じゅみょう(寿命) ……………… 114

□ しゅようだ(主要だ) ……………… 82

□ しゅるい(種類) ……………… 124

□ じゅんばん(順番) ……………… 45

□ じゅんび(準備) ……………… 273

□ しよう(使用) ……………… 54

□ しょうか(消化) ……………… 130

□ しょうかい(紹介) ……………… 273

□ しょうぎょう(商業) ……………… 65

□ しょうきょくてきだ(消極的だ) …… 249

□ じょうげ(上下) ……………… 138

□ じょうけん(条件) ……………… 147

□ しょうご(正午) ……………… 155

□ じょうし(上司) ……………… 185

□ じょうしき(常識) ……………… 185

□ しょうじきだ(正直だ) ……………… 81
□ じょうしゃ(乗車) ………………… 69
□ じょうじゅん(上旬) ……………… 189
□ しょうしょう(少々) ……………… 173
□ しょうじょう(症状) ……………… 208
□ じょうずだ(上手だ) ……………… 293
□ しょうせつ(小説) ………………… 273
□ しょうたい(招待) ………………… 273
□ じょうだん(冗談) ………………… 107
□ しょうてん(商店) ………………… 206
□ しょうばい(商売) ………………… 230
□ しょうひ(消費) …………………… 23
□ しょうひん(商品) ………………… 30
□ しょうひん(賞品) ………………… 229
□ じょうひんだ(上品だ) …………… 165
□ じょうぶだ(丈夫だ) ……………… 293
□ しょうぼう(消防) ………………… 240
□ じょうほう(情報) ………………… 41
□ しょうらい(将来) ………………… 273
□ しょくぎょう(職業) ……………… 229
□ しょくじ(食事) …………………… 273
□ しょくば(職場) …………………… 232
□ しょくひん(食品) ………………… 273
□ しょくぶつ(植物) ………………… 273

□ しょくよく(食欲) ………………… 107
□ じょじょに(徐々に) ……………… 255
□ しょしんしゃ(初心者) …………… 123
□ しょっき(食器) …………………… 49
□ しょてん(書店) …………………… 121
□ しょるい(書類) …………………… 129
□ しらせ(知らせ) …………………… 141
□ しらべる(調べる) ………………… 285
□ しりあい(知り合い) ……………… 141
□ しりつ(私立) ……………………… 147
□ しりょう(資料) …………………… 154
□ しる(知る) ………………………… 285
□ しるし(印) ………………………… 181
□ しんがく(進学) …………………… 184
□ じんこう(人口) …………………… 273
□ しんさつ(診察) …………………… 209
□ じんしゅ(人種) …………………… 208
□ しんじる(信じる) ………………… 50
□ しんせい(申請) …………………… 55
□ じんせい(人生) …………………… 215
□ しんせき(親戚) …………………… 224
□ しんせんだ(新鮮だ) ……………… 80
□ しんちょう(身長) ………………… 64
□ しんねん(新年) …………………… 273

索引

□ しんぱいだ(心配だ) ……………… 81

□ しんぶん(新聞) ………………… 274

□ しんぽ(進歩) …………………… 70

□ しんや(深夜) …………………… 229

□ しんり(心理) …………………… 274

□ すいえい(水泳) ………………… 274

□ すいどう(水道) ………………… 274

□ ずいぶん ………………………… 86

□ すいみん(睡眠) ………………… 274

□ すうがく(数学) ………………… 274

□ ずうずうしい …………………… 246

□ すきだ(好きだ) ………………… 293

□ すぎる(過ぎる) ………………… 218

□ すくない(少ない) ……………… 290

□ すくなくとも(少なくとも) ……… 173

□ スケジュール …………………… 141

□ すごい …………………………… 290

□ すごす(過ごす) ………………… 126

□ すずしい(涼しい) ……………… 290

□ ずつう(頭痛) …………………… 33

□ すっかり ………………………… 253

□ ずっと …………………………… 253

□ すてきだ ………………………… 293

□ すでに …………………………… 170

□ すてる(捨てる) ………………… 285

□ ストーリー ……………………… 185

□ ストップ ………………………… 225

□ ストレス ………………………… 209

□ すな(砂) ………………………… 274

□ すなおだ(素直だ) ……………… 293

□ すばらしい(素晴らしい) ……… 290

□ すべて …………………………… 294

□ すむ(住む) ……………………… 285

□ すると …………………………… 294

□ せいかい(正解) ………………… 24

□ せいかく(性格) ………………… 14

□ せいかくだ(正確だ) …………… 293

□ せいかつ(生活) ………………… 274

□ せいきゅう(請求) ……………… 106

□ ぜいきん(税金) ………………… 40

□ せいけつだ(清潔だ) …………… 166

□ せいげん(制限) ………………… 49

□ せいこう(成功) ………………… 113

□ ぜいこみ(税込み) ……………… 123

□ せいざ(正座) …………………… 122

□ せいさん(生産) ………………… 274

□ せいじ(政治) …………………… 197

□ せいしつ(性質) ………………… 129

□ せいしゅん(青春) ……………… 140

□ せいじょうだ(正常だ) ………… 80

□ せいじん(成人) ………………… 148

□ せいせき(成績) ………………… 56

□ せいそう(清掃) ………………… 156

□ せいちょう(成長) ……………… 183

□ せいねん(青年) ………………… 183

□ せいねんがっぴ(生年月日) …… 193

□ せいひん(製品) ………………… 199

□ せいふく(制服) ………………… 65

□ せいもん(正門) ………………… 207

□ せいり(整理) …………………… 17

□ セール …………………………… 274

□ せかい(世界) …………………… 274

□ せき(席) ………………………… 53

□ せき(咳) ………………………… 205

□ せきにん(責任) ………………… 216

□ せきゆ(石油) …………………… 224

□ せっきょくてきだ(積極的だ) … 165

□ ぜったいに(絶対に) …………… 90

□ セット …………………………… 149

□ せつめい(説明) ………………… 274

□ せつやく(節約) ………………… 232

□ せなか(背中) …………………… 274

□ ぜひ ……………………………… 169

□ せんきょ(選挙) ………………… 239

□ ぜんご(前後) …………………… 29

□ せんこう(専攻) ………………… 274

□ ぜんこく(全国) ………………… 274

□ せんざい(洗剤) ………………… 275

□ せんじつ(先日) ………………… 275

□ せんしゅ(選手) ………………… 41

□ ぜんぜん(全然) ………………… 88

□ せんそう(戦争) ………………… 275

□ ぜんたい(全体) ………………… 275

□ せんたく(選択) ………………… 275

□ せんたく(洗濯) ………………… 275

□ せんぱい(先輩) ………………… 275

□ ぜんぶ(全部) …………………… 16

□ せんもんか(専門家) …………… 54

□ そうおん(騒音) ………………… 105

□ そうきん(送金) ………………… 115

□ そうごう(総合) ………………… 123

□ そうじ(掃除) …………………… 123

□ そうぞう(創造) ………………… 62

□ そうぞう(想像) ………………… 71

□ そうぞく(相続) ………………… 141

□ そうたい(早退) ………………… 22

□ そうだん(相談) ……………………………… 21

□ そうとう(相当) ……………………………… 256

□ そうべつかい(送別会) ……………………… 140

□ そうりょう(送料) …………………………… 149

□ ぞくぞく(続々) ……………………………… 256

□ そくたつ(速達) ……………………………… 153

□ そくてい(測定) ……………………………… 192

□ そくど(速度) ………………………………… 183

□ そくりょう(測量) …………………………… 191

□ そこ(底) ……………………………………… 30

□ そして …………………………………………… 294

□ そそっかしい ………………………………… 247

□ そだてる(育てる) …………………………… 74

□ そつぎょう(卒業) …………………………… 15

□ そっくりだ …………………………………… 166

□ そっと ………………………………………… 88

□ そで(袖) ……………………………………… 197

□ そとがわ(外側) ……………………………… 275

□ そふ(祖父) …………………………………… 275

□ そぼ(祖母) …………………………………… 275

□ そら(空) ……………………………………… 275

□ それから ……………………………………… 174

□ それで ………………………………………… 174

□ それに ………………………………………… 174

□ それほど ……………………………………… 294

□ そろそろ ……………………………………… 85

□ そんなに ……………………………………… 294

た

□ たいいく(体育) ……………………………… 207

□ たいいん(退院) ……………………………… 275

□ ダイエット …………………………………… 193

□ たいおん(体温) ……………………………… 216

□ たいかい(大会) ……………………………… 49

□ だいきん(代金) ……………………………… 57

□ たいくつだ …………………………………… 82

□ たいざい(滞在) ……………………………… 61

□ たいさく(対策) ……………………………… 222

□ たいしかん(大使館) ………………………… 238

□ だいじだ(大事だ) …………………………… 164

□ たいして(大して) …………………………… 253

□ たいじゅう(体重) …………………………… 231

□ だいじょうぶだ(大丈夫だ) ………………… 293

□ たいしょく(退職) …………………………… 238

□ たいせつだ(大切だ) ………………………… 82

□ だいたい(大体) ……………………………… 89

□ たいてい(大抵) ……………………………… 294

□ たいど(態度) ………………………………… 240

□ だいどころ(台所) ················· 73

□ だいひょうてきだ(代表的だ) ········ 82

□ だいぶ ···························· 294

□ たいふう(台風) ·················· 275

□ たいへんだ(大変だ) ·············· 166

□ だいり(代理) ···················· 275

□ たいりょう(大量) ················· 99

□ たいりょく(体力) ················· 24

□ だが ···························· 258

□ たかい(高い) ···················· 290

□ だから ·························· 258

□ たけ(竹) ························ 275

□ たしかだ(確かだ) ················ 250

□ たしかめる(確かめる) ············ 102

□ たしょう(多少) ·················· 33

□ たすける(助ける) ················ 285

□ たたかう(戦う) ·················· 150

□ ただしい(正しい) ················ 290

□ たたみ(畳) ···················· 276

□ たたむ(畳む) ···················· 210

□ たつ(経つ) ···················· 118

□ たっぷり ························ 169

□ たてもの(建物) ·················· 276

□ たてる(建てる) ·················· 285

□ たとえば(例えば) ················ 294

□ たな(棚) ························ 276

□ たにん(他人) ···················· 38

□ たね(種) ························ 105

□ たのしい(楽しい) ················ 290

□ たのむ(頼む) ···················· 18

□ たのもしい(頼もしい) ············ 245

□ たび(旅) ························ 276

□ たぶん(多分) ···················· 294

□ たべもの(食べ物) ················ 276

□ たまたま ························ 171

□ たまに ·························· 257

□ たまる ·························· 226

□ だまる(黙る) ···················· 134

□ ためる ·························· 194

□ たよる(頼る) ···················· 226

□ だるい ·························· 163

□ たんき(短期) ···················· 108

□ たんきだ(短気だ) ················ 81

□ たんご(単語) ···················· 46

□ だんし(男子) ···················· 276

□ たんじゅんだ(単純だ) ············ 81

□ たんじょう(誕生) ················ 124

□ だんたい(団体) ··················· 57

□ チェック …………………… 157

□ ちか(地下) ………………… 138

□ ちがい(違い) ……………… 139

□ ちかい(近い) ……………… 290

□ ちがう(違う) ………………… 26

□ ちかすい(地下水) ………… 148

□ ちかてつ(地下鉄) ………… 276

□ ちかみち(近道) …………… 153

□ ちから(力) ………………… 276

□ ちきゅう(地球) ……………… 17

□ ちこく(遅刻) ……………… 184

□ ちじん(知人) ……………… 190

□ ちず(地図) ………………… 276

□ ちっとも ……………………… 294

□ ちほう(地方) ……………… 191

□ ちゃいろ(茶色) …………… 276

□ チャレンジ ………………… 101

□ チャンス …………………… 109

□ ちゃんと …………………… 170

□ ちゅうい(注意) …………… 276

□ ちゅうおう(中央) ………… 206

□ ちゅうかん(中間) ………… 215

□ ちゅうきゅう(中級) ……… 224

□ ちゅうこ(中古) ……………… 71

□ ちゅうごく(中国) ………… 229

□ ちゅうし(中止) …………… 276

□ ちゅうしゃ(駐車) …………… 56

□ ちゅうしゃ(注射) ………… 239

□ ちゅうじゅん(中旬) ……… 241

□ ちゅうもん(注文) …………… 25

□ ちょうし(調子) ……………… 30

□ ちょうしょ(長所) ………… 221

□ ちょうしょく(朝食) ………… 40

□ ちょうど …………………… 295

□ ちょきん(貯金) ……………… 45

□ ちょくご(直後) …………… 225

□ ちょくせつ(直接) …………… 56

□ ちょくせん(直線) ………… 106

□ ちょくぜん(直前) ………… 114

□ ちょくつう(直通) ………… 122

□ ちょっと ……………………… 87

□ つい …………………………… 172

□ ついに ……………………… 170

□ つうか(通過) ……………… 122

□ つうきん(通勤) ……………… 61

□ つうこう(通行) …………… 107

□ つうしん(通信) …………… 133

□ つうち(通知) ………………… 72

□ つうちょう(通帳) ……………… 140

□ つうやく(通訳) ……………… 146

□ つかう(使う) ……………… 285

□ つかれる(疲れる) ……………… 18

□ つぎつぎ(次々) ……………… 172

□ つく(着く) ……………… 285

□ つくる(作る) ……………… 285

□ つごう(都合) ……………… 276

□ つたえる(伝える) ……………… 74

□ つたわる(伝わる) ……………… 126

□ つち(土) ……………… 153

□ つづける(続ける) ……………… 285

□ つつみ(包み) ……………… 183

□ つつむ(包む) ……………… 18

□ つとめる(勤める) ……………… 234

□ つねに(常に) ……………… 172

□ つまらない ……………… 79

□ つめたい(冷たい) ……………… 290

□ つもる(積もる) ……………… 286

□ つゆ／ばいう(梅雨) ……………… 125

□ つよい(強い) ……………… 290

□ つらい ……………… 290

□ ていあん(提案) ……………… 189

□ ていき(定期) ……………… 213

□ ていしゃ(停車) ……………… 215

□ ていしゅつ(提出) ……………… 224

□ ていでん(停電) ……………… 40

□ ていねいだ(丁寧だ) ……………… 164

□ でいり(出入り) ……………… 237

□ データ ……………… 233

□ テーマ ……………… 117

□ でかける(出かける) ……………… 286

□ てがみ(手紙) ……………… 276

□ できごと(出来事) ……………… 241

□ てきとうだ(適当だ) ……………… 248

□ できるだけ ……………… 295

□ デザート ……………… 276

□ てつだう(手伝う) ……………… 134

□ てんいん(店員) ……………… 277

□ でんせん(伝染) ……………… 231

□ といあわせ(問い合わせ) ……………… 115

□ とうあん(答案) ……………… 125

□ とうけい(統計) ……………… 131

□ とうじつ(当日) ……………… 21

□ どうじに(同時に) ……………… 256

□ とうじょう(登場) ……………… 29

□ とうぜん(当然) ……………… 39

□ とうだい(灯台) ……………… 131

索引

□ とうちゃく(到着) ……………… 48

□ とうとう ……………… 295

□ どうぶつ(動物) ……………… 277

□ どうろ(道路) ……………… 148

□ とおい(遠い) ……………… 291

□ とおまわり(遠回り) ……………… 154

□ とおり(通り) ……………… 277

□ とおりすぎる(通り過ぎる) ……………… 142

□ どきどき ……………… 85

□ とくいだ(得意だ) ……………… 80

□ どくしょ(読書) ……………… 191

□ とくしょく(特色) ……………… 190

□ どくしん(独身) ……………… 53

□ とくちょう(特徴) ……………… 65

□ とくに(特に) ……………… 295

□ とくばい(特売) ……………… 198

□ とくべつだ(特別だ) ……………… 164

□ どくりつ(独立) ……………… 72

□ とざん(登山) ……………… 216

□ とし(都市) ……………… 217

□ としうえ(年上) ……………… 221

□ とじる(閉じる) ……………… 66

□ とち(土地) ……………… 238

□ とちゅう(途中) ……………… 277

□ とっきゅう(特急) ……………… 277

□ とつぜん(突然) ……………… 88

□ とどける(届ける) ……………… 18

□ どなる ……………… 158

□ とぶ(飛ぶ) ……………… 218

□ とほ(徒歩) ……………… 240

□ とまる(泊まる) ……………… 286

□ とまる(止まる) ……………… 286

□ ドライブ ……………… 277

□ とり(鳥) ……………… 277

□ とりひき(取引) ……………… 181

□ どりょく(努力) ……………… 13

□ とる(取る) ……………… 34

□ とる(撮る) ……………… 286

□ トレーニング ……………… 217

□ とんでもない ……………… 245

□ どんどん ……………… 295

□ どんなに ……………… 295

な

□ ないしょ(内緒) ……………… 22

□ ないぶ(内部) ……………… 277

□ ないよう(内容) ……………… 32

□ なおす(直す) ……………… 286

□ なか(仲) ──────── 237

□ ながい(長い) ──────── 291

□ ながなが ──────── 254

□ なかなか ──────── 295

□ ながれる(流れる) ──────── 242

□ なく(泣く) ──────── 49

□ なぐさめる(慰める) ──────── 134

□ なげる(投げる) ──────── 150

□ なだらかだ ──────── 166

□ なつ(夏) ──────── 277

□ なつかしい ──────── 79

□ なま(生) ──────── 106

□ なまえ(名前) ──────── 277

□ なみ(波) ──────── 53

□ なみき(並木) ──────── 115

□ なみだ(涙) ──────── 61

□ ならべる(並べる) ──────── 286

□ なるべく ──────── 90

□ にあう(似合う) ──────── 210

□ にがい(苦い) ──────── 291

□ にがてだ(苦手だ) ──────── 249

□ にぎやかだ ──────── 293

□ にぎる ──────── 126

□ にく(肉) ──────── 277

□ にくい(憎い) ──────── 291

□ にげる(逃げる) ──────── 158

□ にし(西) ──────── 277

□ にちじ(日時) ──────── 132

□ にっこり ──────── 257

□ にっちゅう(日中) ──────── 139

□ にってい(日程) ──────── 146

□ にほんしゅ(日本酒) ──────── 147

□ にもつ(荷物) ──────── 73

□ にゅうじょう(入場) ──────── 155

□ にゅうよく(入浴) ──────── 183

□ にゅうりょく(入力) ──────── 191

□ にる(似る) ──────── 286

□ にわ(庭) ──────── 277

□ にわとり(鶏) ──────── 189

□ にんき(人気) ──────── 198

□ にんぎょう(人形) ──────── 277

□ にんげん(人間) ──────── 207

□ ぬく(抜く) ──────── 210

□ ぬぐ(脱ぐ) ──────── 286

□ ぬすむ(盗む) ──────── 286

□ ね(根) ──────── 97

□ ねあげ(値上げ) ──────── 213

□ ねがう(願う) ──────── 226

索引

☐ ねさげ(値下げ) ················· 225

☐ ねだん(値段) ················· 23

☐ ねっしんだ(熱心だ) ················· 250

☐ ねっちゅう(熱中) ················· 241

☐ ねむい(眠い) ················· 291

☐ ねむる(眠る) ················· 34

☐ ねんがじょう(年賀状) ················· 239

☐ ねんじゅう／ねんちゅう(年中) ····· 21

☐ のうぎょう(農業) ················· 99

☐ のこる(残る) ················· 286

☐ ノック ················· 101

☐ のばす(延ばす) ················· 194

☐ のろのろ ················· 170

☐ のんびり ················· 253

は

☐ は(歯) ················· 45

☐ は(葉) ················· 69

☐ ばあい(場合) ················· 121

☐ パーセント ················· 217

☐ ばい(倍) ················· 61

☐ はいいろ(灰色) ················· 115

☐ バイク ················· 277

☐ はいたつ(配達) ················· 72

☐ ばいてん(売店) ················· 130

☐ はえる(生える) ················· 66

☐ はかる ················· 110

☐ はきはき ················· 171

☐ はくしゅ(拍手) ················· 139

☐ はくぶつかん(博物館) ················· 147

☐ はげしい(激しい) ················· 247

☐ はこ(箱) ················· 278

☐ はこぶ(運ぶ) ················· 286

☐ はし(箸) ················· 145

☐ はじめて ················· 295

☐ はじめに ················· 295

☐ ばしょ(場所) ················· 72

☐ はしら(柱) ················· 153

☐ はずかしい(恥ずかしい) ················· 291

☐ バスてい(バス停) ················· 278

☐ パスポート ················· 233

☐ はたけ(畑) ················· 181

☐ はたらき(働き) ················· 192

☐ はっきり ················· 295

☐ はっけん(発見) ················· 24

☐ はっしゃ(発車) ················· 200

☐ はっせい(発生) ················· 29

☐ はっそう(発想) ················· 207

□ はったつ(発達) ………………… 214

□ ばったり ……………………… 253

□ はってん(発展) ………………… 100

□ はつでん(発電) ………………… 215

□ はつばい(発売) ………………… 223

□ はっぴょう(発表) ………………… 46

□ はつめい(発明) ………………… 230

□ はでだ(派手だ) ………………… 250

□ はな(花) ……………………… 278

□ はなしかける(話しかける) ………… 158

□ はなす(離す) ………………… 126

□ はなす(話す) ………………… 286

□ はなび(花火) ………………… 278

□ はなみ(花見) ………………… 278

□ はば(幅) ……………………… 189

□ はやい(速い) ………………… 77

□ はやし(林) …………………… 278

□ はやめに(早めに) ……………… 89

□ はらう(払う) ………………… 74

□ はり(針) ……………………… 113

□ はる(春) ……………………… 278

□ はる ………………………… 286

□ はれる(晴れる) ………………… 286

□ ばんごう(番号) ………………… 278

□ はんせい(反省) ………………… 109

□ はんとし(半年) ………………… 116

□ はんにち(半日) ………………… 54

□ はんにん(犯人) ………………… 124

□ はんばい(販売) ………………… 129

□ パンフレット ………………… 125

□ はんぶん(半分) ………………… 278

□ ひあたり(日当たり) …………… 139

□ ひえる(冷える) ………………… 234

□ ひがい(被害) ………………… 157

□ ひがえり(日帰り) ……………… 148

□ ひかく(比較) ………………… 61

□ ひがし(東) …………………… 278

□ ぴかぴか ……………………… 255

□ ひかる(光る) ………………… 287

□ ひきうける(引き受ける) ………… 242

□ ひくい(低い) ………………… 291

□ ひこう(飛行) ………………… 181

□ びじゅつ(美術) ………………… 192

□ ひじょうに(非常に) …………… 295

□ びじん(美人) ………………… 189

□ ひっき(筆記) ………………… 199

□ ひづけ(日付) ………………… 208

□ ひっこし(引っ越し) …………… 213

□ ひっこす(引っ越す) ……………… 287

□ ぴったり ……………………………… 85

□ ひどい ………………………………… 291

□ ひとびと(人々) …………………… 222

□ ひまだ ………………………………… 293

□ びょう(秒) …………………………… 69

□ びょうき(病気) …………………… 278

□ ひょうめん(表面) ………………… 13

□ ひるね(昼寝) ……………………… 232

□ ひろい(広い) ……………………… 291

□ ひろう(拾う) ……………………… 287

□ ヒント ………………………………… 133

□ ふあん(不安) ……………………… 24

□ ふあんだ(不安だ) ………………… 81

□ ふうふ(夫婦) ……………………… 33

□ ふえる(増える) …………………… 287

□ ぶか(部下) ………………………… 278

□ ふかい(深い) ……………………… 79

□ ふくざつだ(複雑だ) ……………… 80

□ ふくしゅう(復習) ………………… 100

□ ふくすう(複数) …………………… 48

□ ふしぎだ(不思議だ) ……………… 293

□ ふせぐ(防ぐ) ……………………… 42

□ ふそく(不足) ……………………… 109

□ ふた …………………………………… 113

□ ぶたい(舞台) ……………………… 122

□ ふだん(普段) ……………………… 149

□ ふち(縁) …………………………… 129

□ ぶっか(物価) ……………………… 57

□ ぶつける …………………………… 202

□ ふっとう(沸騰) …………………… 64

□ ぶつぶつ …………………………… 254

□ ぶつり(物理) ……………………… 131

□ ふで(筆) …………………………… 137

□ ふとい(太い) ……………………… 291

□ ふとる(太る) ……………………… 118

□ ふとん(布団) ……………………… 278

□ ふね(船) …………………………… 278

□ ぶひん(部品) ……………………… 146

□ ぶぶん(部分) ……………………… 70

□ ふべんだ(不便だ) ………………… 293

□ ふまん(不満) ……………………… 105

□ ふみきり(踏み切り) ……………… 145

□ ふむ(踏む) ………………………… 287

□ ふゆ(冬) …………………………… 278

□ プラス ……………………………… 225

□ ふらふら …………………………… 87

□ ぶらぶら …………………………… 169

□ プラン ……………………… 241

□ ふりこみ(振り込み) …………… 154

□ ふる(振る) ……………………… 50

□ ふるい(古い) …………………… 291

□ ブレーキ ……………………… 279

□ ふんいき(雰囲気) ……………… 184

□ ぶんか(文化) ………………… 279

□ ぶんしょ(文書) ……………… 279

□ ぶんしょう(文章) ………………… 21

□ ぶんぼうぐ(文房具) …………… 197

□ ぶんるい(分類) ………………… 30

□ へいきだ(平気だ) ……………… 293

□ へいきん(平均) ………………… 38

□ へいこう(平行) ………………… 206

□ べいこく(米国) ………………… 215

□ へいじつ(平日) ………………… 56

□ へいぼんだ(平凡だ) …………… 165

□ へいわ(平和) ………………… 214

□ べつに(別に) ………………… 255

□ べつべつに(別々に) …………… 89

□ へや(部屋) …………………… 279

□ へる(減る) …………………… 218

□ へんか(変化) ………………… 63

□ べんきょう(勉強) ……………… 73

□ へんこう(変更) ……………… 224

□ べんごし(弁護士) ……………… 233

□ へんじ(返事) ………………… 279

□ へんしゅう(編集) ……………… 237

□ へんだ(変だ) ………………… 81

□ べんとう(弁当) ……………… 279

□ べんりだ(便利だ) ……………… 293

□ ぼうえき(貿易) ……………… 100

□ ほうこう(方向) ………………… 25

□ ほうこく(報告) ……………… 238

□ ほうそう(放送) ………………… 97

□ ほうそく(法則) ……………… 230

□ ほうほう(方法) ………………… 65

□ ほうもん(訪問) ………………… 15

□ ほうりつ(法律) ………………… 37

□ ボーナス ……………………… 279

□ ほし(星) ……………………… 279

□ ほしい(欲しい) ……………… 291

□ ぼしゅう(募集) ………………… 98

□ ほす(干す) …………………… 134

□ ポスター ……………………… 279

□ ほそい(細い) ………………… 291

□ ほぞん(保存) ………………… 138

□ ほっと ………………………… 258

索引

☐ ほどう(歩道) ······ 279

☐ ほどうきょう(歩道橋) ······ 107

☐ ほとんど ······ 295

☐ ほね(骨) ······ 279

☐ ほんき(本気) ······ 279

☐ ほんしゃ(本社) ······ 116

☐ ほんだな(本棚) ······ 279

☐ ほんにん(本人) ······ 133

☐ ほんもの(本物) ······ 193

☐ ほんや(本屋) ······ 279

☐ ほんやく(翻訳) ······ 98

ま

☐ ま(間) ······ 137

☐ まいご(迷子) ······ 145

☐ まいど(毎度) ······ 147

☐ マイナス ······ 241

☐ まいる ······ 287

☐ まかせる(任せる) ······ 287

☐ まがる(曲がる) ······ 58

☐ まく(巻く) ······ 287

☐ まけ(負け) ······ 154

☐ まげる(曲げる) ······ 242

☐ まける(負ける) ······ 287

☐ まご(孫) ······ 97

☐ まごまご ······ 255

☐ まさか ······ 87

☐ まじめだ ······ 294

☐ まずしい(貧しい) ······ 161

☐ まぜる(混ぜる) ······ 102

☐ または ······ 258

☐ まち(街) ······ 181

☐ まち(町) ······ 279

☐ まちあわせ(待ち合わせ) ······ 193

☐ まちがい(間違い) ······ 192

☐ まちがえる(間違える) ······ 150

☐ まちかど(街角) ······ 199

☐ まつ(待つ) ······ 287

☐ まったく(全く) ······ 88

☐ まつり(祭り) ······ 216

☐ まとめる ······ 287

☐ マナー ······ 141

☐ まなぶ(学ぶ) ······ 210

☐ まね(真似) ······ 222

☐ まねく(招く) ······ 287

☐ まぶしい ······ 163

☐ まめ(豆) ······ 98

☐ まもる(守る) ······ 26

□ まよう(迷う) ································ 50
□ まる(丸) ································ 237
□ まるい(丸い) ································ 77
□ まわす(回す) ································ 234
□ まわる(回る) ································ 287
□ まんぞく(満足) ································ 101
□ まんなか(真ん中) ································ 98
□ みえる(見える) ································ 287
□ みおくる(見送る) ································ 134
□ みかた(味方) ································ 239
□ みじかい(短い) ································ 78
□ みずうみ(湖) ································ 21
□ みち(道) ································ 280
□ みどり(緑) ································ 32
□ みなと(港) ································ 280
□ みなみ(南) ································ 280
□ みにくい(醜い) ································ 246
□ みにつける(身につける) ································ 194
□ みらい(未来) ································ 15
□ むかえ(迎え) ································ 130
□ むかし(昔) ································ 129
□ むき(向き) ································ 97
□ むきゅう(無休) ································ 139
□ むく(剥く) ································ 194

□ むし(虫) ································ 280
□ むし(無視) ································ 145
□ むじ(無地) ································ 146
□ むしあつい(蒸し暑い) ································ 245
□ むしば(虫歯) ································ 157
□ むずかしい(難しい) ································ 291
□ むすこ(息子) ································ 184
□ むすぶ(結ぶ) ································ 110
□ むすめ(娘) ································ 280
□ むせん(無線) ································ 190
□ むちゅうだ(夢中だ) ································ 249
□ むね(胸) ································ 205
□ むら(村) ································ 280
□ むりょう(無料) ································ 217
□ めいかくだ(明確だ) ································ 249
□ めいさく(名作) ································ 223
□ めいし(名刺) ································ 224
□ めいじん(名人) ································ 231
□ めいはくだ(明白だ) ································ 250
□ めいれい(命令) ································ 101
□ めいわく(迷惑) ································ 240
□ メール ································ 280
□ めした(目下) ································ 201
□ めずらしい(珍しい) ································ 291

索引

□ めんせつ(面接) ……………… 23

□ めんどうだ(面倒だ) ………… 248

□ もういちど(もう一度) ……… 86

□ もうしこみ(申し込み) ……… 99

□ もうしこむ(申し込む) ……… 287

□ もうしわけない(申し訳ない) …… 246

□ もえる(燃える) ……………… 42

□ もくてき(目的) ……………… 13

□ もくひょう(目標) …………… 25

□ もし ……………………………… 295

□ もしかすると ………………… 254

□ もったいない ………………… 246

□ もっとも(最も) ……………… 257

□ もどる(戻る) ………………… 288

□ ものおき(物置) ……………… 105

□ ものがたり(物語) …………… 99

□ ものわすれ(物忘れ) ………… 113

□ もよう(模様) ………………… 122

□ もり(森) ……………………… 280

□ もんく(文句) ………………… 38

や

□ やかましい …………………… 247

□ やかん(夜間) ………………… 280

□ やく(約) ……………………… 88

□ やく(焼く) …………………… 210

□ やくそく(約束) ……………… 280

□ やくだつ(役立つ) …………… 288

□ やさい(野菜) ………………… 280

□ やさしい(易しい) …………… 292

□ やさしい(優しい) …………… 292

□ やすい(安い) ………………… 292

□ やすむ(休む) ………………… 288

□ やちん(家賃) ………………… 16

□ やっと …………………………… 295

□ やはり …………………………… 295

□ やぶる(破る) ………………… 288

□ やぶれる(破れる) …………… 26

□ やまみち(山道) ……………… 280

□ やむをえない(やむを得ない) …… 246

□ やめる(止める) ……………… 58

□ やりかた(やり方) …………… 98

□ やりなおす(やり直す) ……… 186

□ やるき(やる気) ……………… 137

□ やわらかい(柔らかい) ……… 292

□ ゆうき(勇気) ………………… 149

□ ゆうじょう(友情) …………… 156

□ ゆうそう(郵送) ……………… 185

□ ゆうひ(夕日) ································· 200

□ ゆうびん(郵便) ···························· 205

□ ユーモア ····································· 149

□ ゆうやけ(夕焼け) ························· 213

□ ゆか(床) ······································· 98

□ ゆきさき(行き先) ·························· 99

□ ゆしゅつ(輸出) ···························· 40

□ ゆたかだ(豊かだ) ······················· 294

□ ゆでる ·· 242

□ ゆにゅう(輸入) ·························· 280

□ ゆび(指) ···································· 280

□ ゆびわ(指輪) ······························ 280

□ ゆめ(夢) ····································· 281

□ ゆるい(緩い) ······························ 162

□ ゆるす(許す) ······························ 42

□ よあけ(夜明け) ·························· 230

□ ようい(用意) ······························ 281

□ ようき(容器) ······························ 108

□ ようきゅう(要求) ······················· 240

□ ようじ(用事) ······························ 198

□ ようと(用途) ······························ 192

□ ようやく ····································· 254

□ よこ(横) ····································· 37

□ よごれる(汚れる) ························ 58

□ よしゅう(予習) ·························· 281

□ よそう(予想) ······························ 281

□ よぞら(夜空) ······························ 281

□ よてい(予定) ······························ 125

□ よなか(夜中) ······························ 281

□ よのなか(世の中) ······················· 117

□ よびかける(呼びかける) ············ 202

□ よほう(予報) ······························ 114

□ よぼう(予防) ······························ 281

□ よやく(予約) ······························ 281

□ よろしい ····································· 292

□ よわい(弱い) ······························ 292

ら

□ らくだ(楽だ) ······························ 164

□ りこうだ(利口だ) ······················· 248

□ りこん(離婚) ······························ 140

□ リサイクル ································· 157

□ りそう(理想) ······························ 148

□ りっぱだ(立派だ) ························ 82

□ りゆう(理由) ······························ 100

□ りゅうがく(留学) ························ 154

□ りゅうこう(流行) ························ 100

□ りょう(量) ································· 153

索引

□ りよう(利用) …………………… 281

□ りょうがえ(両替) ……………… 101

□ りょうきん(料金) ……………… 14

□ りょうり(料理) ………………… 281

□ りょこう(旅行) ………………… 281

□ りれきしょ(履歴書) …………… 199

□ るす(留守) ……………………… 23

□ るすばん(留守番) ……………… 200

□ れいがい(例外) ………………… 206

□ れいせいだ(冷静だ) …………… 250

□ れいとう(冷凍) ………………… 214

□ れいぼう(冷房) ………………… 70

□ れきし(歴史) …………………… 281

□ れつ(列) ………………………… 97

□ れっしゃ(列車) ………………… 281

□ れんきゅう(連休) ……………… 221

□ れんしゅう(練習) ……………… 281

□ れんらく(連絡) ………………… 281

□ ろうじん(老人) ………………… 282

□ ろくおん(録音) ………………… 223

□ ろくが(録画) …………………… 231

□ ろめん(路面) …………………… 238

わ

□ わかい(若い) …………………… 77

□ わかもの(若者) ………………… 282

□ わかる(分かる) ………………… 288

□ わかれる(別れる) ……………… 26

□ わかれる(分かれる) …………… 288

□ わかわかしい(若々しい) ……… 246

□ わける(分ける) ………………… 50

□ わざと ……………………………… 257

□ わすれもの(忘れ物) …………… 282

□ わすれる(忘れる) ……………… 288

□ わだい(話題) …………………… 282

□ わたす(渡す) …………………… 288

□ わたる(渡る) …………………… 218

□ わらう(笑う) …………………… 18

□ わりあい(割合) ………………… 41

□ わりびき(割引) ………………… 121

□ わる(割る) ……………………… 288

□ わるい(悪い) …………………… 292

□ われる(割れる) ………………… 66

破解JLPT 新日檢N3

高分合格單字書

考題字彙最強蒐錄與攻略

別冊

別冊目錄

必考單字 ………………………………………………………… 1

收錄本書中出題率最高的重點單字，方便考前快速瀏覽、重點不遺漏。

重點整理 ………………………………………………………… 13

整理出容易混淆的漢字與詞彙，以及容易答錯的敬語類型，考前重點整理讓你一目瞭然。

複習 ………………………………………………………… 27

可利用表格記錄不易記住的單字，讓學習更有效率。

必考單字

收錄本書中出題率最高的重點單字，
方便考前快速瀏覽、重點不遺漏。

單字	解釋	單字	解釋
いわ 岩	岩石	し じ 指示	指示
いき 息	氣息、呼吸	ぜん ぶ 全部	全部
あい ず 合図	信號	や ちん 家賃	房租
ど りょく 努力	努力	げんざい 現在	現在
ひょうめん 表面	表面	あんない 案内	導覽、引導
もくてき 目的	目的	きょうりょく 協力	配合、合作
りょうきん 料金	費用、收費	ち きゅう 地球	地球
かつどう 活動	活動	かいけつ 解決	解決
い し 意志	意志	き ぼう 希望	期望、希望
おう ぼ 応募	報名參加、應徵	げんりょう 原料	原料
がいしょく 外食	外食	せい り 整理	整理
せいかく 性格	性格	じ ゆう 自由	自由
ほうもん 訪問	訪問	わら 笑う	笑
えいきょう 影響	影響	あつ 集める	蒐集
くうせき 空席	空位	とど 届ける	傳遞、送達、申報
しゅ と 首都	首都	つつ 包む	包起來
そつぎょう 卒業	畢業	つか 疲れる	疲倦
み らい 未来	未來	たの 頼む	請求、訂購

單字	解釋	單字	解釋
しお 塩	鹽	はっけん 発見	發現
みずうみ 湖	湖	たいりょく 体力	體力
とうじつ 当日	當天	あいて 相手	對方
ねんじゅう ねんちゅう 年中／年中	整年	ふあん 不安	不安、擔心
そうだん 相談	商量	けいさん 計算	計算
ぶんしょう 文章	文章	せいかい 正解	正確答案
ないしょ 内緒	秘密	もくひょう 目標	目標
かんさつ 観察	觀察	しゅちょう 主張	主張、論點
きんし 禁止	禁止	ほうこう 方向	方向
そうたい 早退	早退	ぎもん 疑問	疑問
かいしゅう 回収	回收	ちゅうもん 注文	訂購
しぜん 自然	自然	こうかん 交換	交換、替換
おうだん 横断	橫斷、穿越	まも 守る	守護、保護
しょうひ 消費	消費	やぶ 破れる	破、破損
めんせつ 面接	面試	わか 別れる	分開、分別
るす 留守	外出	さ 覚める	醒來、睜開眼睛
きげん 期限	期限	ちが 違う	錯誤、不同
ねだん 値段	價錢	お 終わる	結束

單字	解釋	單字	解釋
<ruby>汗<rt>あせ</rt></ruby>	汗	<ruby>緑<rt>みどり</rt></ruby>	綠色
<ruby>傷<rt>きず</rt></ruby>	創傷、損傷	<ruby>感<rt>かん</rt></ruby>じ	感覺
<ruby>前後<rt>ぜん ご</rt></ruby>	前後	<ruby>内容<rt>ないよう</rt></ruby>	內容
<ruby>発生<rt>はっせい</rt></ruby>	發生	<ruby>緊張<rt>きんちょう</rt></ruby>	緊張
<ruby>登場<rt>とうじょう</rt></ruby>	登場	<ruby>混雑<rt>こんざつ</rt></ruby>	擁擠、混雜
<ruby>最近<rt>さいきん</rt></ruby>	最近	うわさ	風聲、謠言
<ruby>失業<rt>しつぎょう</rt></ruby>	失業	<ruby>出張<rt>しゅっちょう</rt></ruby>	出差
<ruby>調子<rt>ちょう し</rt></ruby>	狀況	<ruby>夫婦<rt>ふう ふ</rt></ruby>	夫妻
<ruby>週刊誌<rt>しゅうかん し</rt></ruby>	週刊雜誌	<ruby>仮定<rt>か てい</rt></ruby>	假設
<ruby>底<rt>そこ</rt></ruby>	底部	<ruby>多少<rt>た しょう</rt></ruby>	多少、多寡
<ruby>商品<rt>しょうひん</rt></ruby>	商品	<ruby>頭痛<rt>ず つう</rt></ruby>	頭痛
<ruby>分類<rt>ぶんるい</rt></ruby>	分類	<ruby>応援<rt>おうえん</rt></ruby>	加油
<ruby>合計<rt>ごうけい</rt></ruby>	合計	<ruby>植<rt>う</rt></ruby>える	種植
<ruby>休日<rt>きゅうじつ</rt></ruby>	假日	<ruby>取<rt>と</rt></ruby>る	拿
<ruby>経由<rt>けい ゆ</rt></ruby>	途經	<ruby>手伝<rt>て つだ</rt></ruby>う	幫忙
<ruby>決<rt>き</rt></ruby>まり	規定	<ruby>眠<rt>ねむ</rt></ruby>る	睡覺
<ruby>原因<rt>げんいん</rt></ruby>	原因	<ruby>輝<rt>かがや</rt></ruby>く	閃耀
<ruby>改札口<rt>かいさつぐち</rt></ruby>	檢票口	しぼる	擠、搾

單字	解釋	單字	解釋
よこ 横	旁邊	ていでん 停電	停電
あな 穴	洞、坑洞	いち 位置	位置
さいしん 最新	最新	ぜいきん 税金	税金
ほうりつ 法律	法律	ちょうしょく 朝食	早餐
おうよう 応用	應用	しせい 姿勢	姿勢
こうこく 広告	廣告	ゆしゅつ 輸出	出口
じゅうたい 渋滞	交通堵塞	せんしゅ 選手	選手
もんく 文句	抱怨、牢騷	がまん 我慢	忍耐、忍受
かんしん 関心	關心、興趣	きょうし 教師	教師、老師
しげん 資源	資源	わりあい 割合	比例
へいきん 平均	平均	けんこう 健康	健康
たにん 他人	他人	じょうほう 情報	資訊、消息
かお 香り	香氣	ふせ 防ぐ	防止、預防
うちがわ 内側	內側	お 追う	追趕
げか 外科	外科	か 借りる	借（入）
じつりょく 実力	實力	も 燃える	燃燒
とうぜん 当然	理所當然、當然	ゆる 許す	允許、原諒
きそく 規則	規則	お 折る	折斷

單字	解釋	單字	解釋
は 歯	牙齒	ふくすう 複数	複數、多個
から 空	空、空洞	し き 締め切り	期限、截止日期
こ きゅう 呼吸	呼吸	しゅうちゅう 集中	集中、專心
ちょきん 貯金	儲蓄、存款	い どう 移動	移動
し どう 指導	指導	くせ	毛病、習慣
じゅんばん 順番	順序	とうちゃく 到着	到達、抵達
あわ 泡	泡沫	たいかい 大会	大會、大賽
きゅうよう 休養	休養	しょっき 食器	餐具
けいえい 経営	經營	がっき 楽器	樂器
たん ご 単語	單字	けん さ 検査	檢查
はっぴょう 発表	發表	せいげん 制限	限制
けつえき 血液	血液	な 泣く	哭泣
かく ち 各地	各地	ふ 振る	揮、搖晃
きょうつう 共通	共通、共同	まよ 迷う	迷惑、猶豫
ざいりょう 材料	材料	わ 分ける	區分、分類
かんせい 完成	完成	かこ 囲む	圍繞、包圍
き たい 期待	期待	おこ 怒る	發火、責備
えいよう 栄養	營養	しん 信じる	相信

單字	解釋	單字	解釋
<ruby>波<rt>なみ</rt></ruby>	波浪	<ruby>成績<rt>せいせき</rt></ruby>	成績
<ruby>島<rt>しま</rt></ruby>	島	<ruby>直接<rt>ちょくせつ</rt></ruby>	直接
<ruby>首<rt>くび</rt></ruby>	頭、脖子	<ruby>興味<rt>きょうみ</rt></ruby>	興趣
<ruby>席<rt>せき</rt></ruby>	座位	<ruby>平日<rt>へいじつ</rt></ruby>	平日
<ruby>独身<rt>どくしん</rt></ruby>	單身	<ruby>駐車<rt>ちゅうしゃ</rt></ruby>	停車
<ruby>感動<rt>かんどう</rt></ruby>	感動	<ruby>欠席<rt>けっせき</rt></ruby>	缺席
おしまい	結束	<ruby>手段<rt>しゅだん</rt></ruby>	手段
<ruby>事情<rt>じじょう</rt></ruby>	情況、原因	<ruby>過去<rt>かこ</rt></ruby>	過去
<ruby>使用<rt>しよう</rt></ruby>	使用	<ruby>代金<rt>だいきん</rt></ruby>	貨款
<ruby>半日<rt>はんにち</rt></ruby>	半天	<ruby>修理<rt>しゅうり</rt></ruby>	修理
<ruby>専門家<rt>せんもんか</rt></ruby>	專家	<ruby>物価<rt>ぶっか</rt></ruby>	物價
<ruby>笑顔<rt>えがお</rt></ruby>	笑臉、笑容	<ruby>団体<rt>だんたい</rt></ruby>	團體
<ruby>帰宅<rt>きたく</rt></ruby>	回家	<ruby>返す<rt>かえ</rt></ruby>	歸還
<ruby>申請<rt>しんせい</rt></ruby>	申請	<ruby>売れる<rt>う</rt></ruby>	暢銷、好賣
<ruby>感覚<rt>かんかく</rt></ruby>	感覺	<ruby>止める<rt>や</rt></ruby>	停止
<ruby>坂道<rt>さかみち</rt></ruby>	坡道	<ruby>曲がる<rt>ま</rt></ruby>	轉彎、彎曲
<ruby>暗記<rt>あんき</rt></ruby>	背誦	<ruby>片付ける<rt>かたづ</rt></ruby>	整理
<ruby>個人<rt>こじん</rt></ruby>	個人	<ruby>汚れる<rt>よご</rt></ruby>	弄髒

單字	解釋	單字	解釋
なみだ 涙	眼淚	しんちょう 身長	身高
ばい 倍	倍	ざっ し 雑誌	雜誌
たいざい 滞在	停留、逗留	ふっとう 沸騰	沸騰
ひ かく 比較	比較	えん き 延期	延期
じ しん 自信	自信	けんせつ 建設	建設
つうきん 通勤	通勤	じ まん 自慢	自誇
いわ お祝い	慶祝、祝賀	しょうぎょう 商業	商業
しゅくしょう 縮小	縮小	ほうほう 方法	方法
ざんぎょう 残業	加班	とくちょう 特徴	特徵
く ろう 苦労	辛苦	げんしょう 減少	減少
そうぞう 創造	創造	せいふく 制服	制服
き おん 気温	氣溫	かんきゃく 観客	觀眾
おんせん 温泉	溫泉	け 消す	熄滅、關掉
い ぎ 意義	意義	あふ 溢れる	溢出
へん か 変化	變化	は 生える	生、長
き かい 機械	機械、機器	わ 割れる	破裂
き ねん 記念	紀念	と 閉じる	關閉、閉上（眼睛）
か せん 下線	底線	か 貸す	借（出）

單字	解釋	單字	解釋
は 葉	葉子	ばしょ 場所	場所、地點
びょう 秒	秒	くんれん 訓練	訓練
しみ	污點、褐斑	つうち 通知	通知
じょうしゃ 乗車	搭車	どくりつ 独立	獨立
かんけい 関係	關係	はいたつ 配達	配送
けってん 欠点	缺點	きろく 記録	記錄
こうか 効果	效果	えんそう 演奏	演奏
かたほう 片方	單方面、一邊	にもつ 荷物	行李
れいぼう 冷房	冷氣	しゅじゅつ 手術	手術
しんぽ 進歩	進步	きんえん 禁煙	禁菸
きかい 機会	機會	だいどころ 台所	廚房
ぶぶん 部分	部分	べんきょう 勉強	讀書、學習
おうふく 往復	往返	ことわ 断る	拒絕
えいぎょう 営業	營業	あらわ 表す	表現、表達
そうぞう 想像	想像	そだ 育てる	培育、扶養
いんしょう 印象	印象	はら 払う	支付
かんこう 観光	觀光	う き 売り切れる	售完
ちゅうこ 中古	中古、二手	つた 伝える	傳達、轉告

單字	解釋	單字	解釋
いた 痛い	痛	おも 主だ	主要
わか 若い	年輕	ふくざつ 複雑だ	複雜
はや 速い	快、早	せいじょう 正常だ	正常
あつ 厚い	厚	しんせん 新鮮だ	新鮮
まる 丸い	圓	とく い 得意だ	擅長
おそ 遅い	慢、晚	しず 静かだ	安靜
こわ 怖い	恐怖、可怕	たん き 短気だ	沒耐心、急躁
みじか 短い	短	しょうじき 正直だ	誠實、正直
あさ 浅い	淺	ふ あん 不安だ	不安
きたな 汚い	骯髒	たんじゅん 単純だ	單純
かた 硬い	硬、僵硬	しんぱい 心配だ	擔心
くる 苦しい	痛苦、艱辛	へん 変だ	奇怪
あか 明るい	明亮	だいひょうてき 代表的だ	有代表性
なつかしい	懷念	さか 盛んだ	昌盛、發達
ふか 深い	深	りっ ぱ 立派だ	優秀、出色
うつく 美しい	美麗	しゅよう 主要だ	主要
くや 悔しい	後悔、不甘心	たいくつだ	無聊
つまらない	無聊	たいせつ 大切だ	重要

單字	解釋	單字	解釋
からから	乾透、空空如也	そっと	悄悄地、靜靜地
さっそく	馬上、迅速地	<ruby>全<rt>まった</rt></ruby>く	完全
ぴったり	正好、合適	<ruby>約<rt>やく</rt></ruby>	大約
そろそろ	差不多、快要	<ruby>突然<rt>とつぜん</rt></ruby>	突然
<ruby>必<rt>かなら</rt></ruby>ず	一定	<ruby>全然<rt>ぜんぜん</rt></ruby>	完全
どきどき	心臟怦怦跳	<ruby>意外<rt>い がい</rt></ruby>に	意外地
しばらく	暫時、一會	<ruby>大体<rt>だいたい</rt></ruby>	大致、大抵
もう<ruby>一度<rt>いち ど</rt></ruby>	再一次	<ruby>別々<rt>べつべつ</rt></ruby>に	分別
がっかり	失望	<ruby>次第<rt>し だい</rt></ruby>に	漸漸地
しっかり	充足、好好地	<ruby>早<rt>はや</rt></ruby>めに	早一點
いつも	總是	<ruby>今<rt>いま</rt></ruby>にも	眼看、馬上
ずいぶん	非常	<ruby>相変<rt>あい か</rt></ruby>わらず	照舊、和往常一樣
ふらふら	搖搖晃晃、不穩定、頭暈	<ruby>一般<rt>いっぱん</rt></ruby>に	一般、通常
うっかり	不注意、糊里糊塗	<ruby>絶対<rt>ぜったい</rt></ruby>に	絕對
さっき	剛剛	いちいち	逐個
がらがら	空蕩蕩、物體倒塌的聲音或樣子	<ruby>決<rt>けっ</rt></ruby>して	絕對
ちょっと	稍微	<ruby>急<rt>きゅう</rt></ruby>に	突然
まさか	萬萬（想不到）、怎麼可能	なるべく	盡量

11

Memo

重點整理

整理出容易混淆的漢字與詞彙，
以及容易答錯的敬語類型，
考前重點整理讓你一目瞭然。

同音異義詞

厚い <small>あつ</small>	厚
熱い <small>あつ</small>	熱的
暑い <small>あつ</small>	熱的、炎熱
石 <small>いし</small>	石頭
意志 <small>い し</small>	意志
意思 <small>い し</small>	想法
医師 <small>い し</small>	醫師
今 <small>いま</small>	現在
居間 <small>い ま</small>	起居室
替える <small>か</small>	更換
変える <small>か</small>	改變、轉換
風 <small>かぜ</small>	風
風邪 <small>かぜ</small>	感冒
下線 <small>か せん</small>	底線
河川 <small>か せん</small>	河川
仮定 <small>か てい</small>	假設
家庭 <small>か てい</small>	家庭

関心 <small>かんしん</small>	關心、興趣
感心 <small>かんしん</small>	欽佩、佩服
機械 <small>き かい</small>	機械、機器
機会 <small>き かい</small>	機會
期待 <small>き たい</small>	期待
気体 <small>き たい</small>	氣體
切る <small>き</small>	切、剪、割
着る <small>き</small>	穿
行動 <small>こうどう</small>	行動
講堂 <small>こうどう</small>	禮堂
自信 <small>じ しん</small>	自信
自身 <small>じ しん</small>	自身、自己
地震 <small>じ しん</small>	地震
消化 <small>しょう か</small>	消化
消火 <small>しょう か</small>	滅火
商品 <small>しょうひん</small>	商品
賞品 <small>しょうひん</small>	獎品

しりつ 市立	市立	なか 仲	關係、交情
しりつ 私立	私立	なか 中	之中、裡面
せいかく 性格	性格	は 歯	牙齒
せいかく 正確	正確	は 葉	葉子
せき 席	座位	はな 離す	分開、隔開
せき 咳	咳嗽	はな 話す	說
せんたく 選択	選擇	はや 速い	（動作、速度）快速
せんたく 洗濯	洗衣服、洗滌	はや 早い	（時間）很早
そっそう 創造	創造	へいこう 平行	平行
そうぞう 想像	想像	へいこう 並行	並行、同時進行
たんき 短期	短期	まち 街	街道
たんき 短気	沒耐心、急躁	まち 町	城鎮、街道
ちゅうしゃ 駐車	停車	むし 虫	蟲
ちゅうしゃ 注射	打針	むし 無視	無視
つと 勤める	工作	やさ 易しい	容易
つと 努める	努力	やさ 優しい	溫和、溫柔
と 取る	拿	や 止める	停止
と 撮る	照相、拍攝	や 辞める	辭職

わか 別れる	分開、分別
わ 分かれる	劃分、區分

容易唸錯的漢字

家	や ちん 家賃 房租
	か ぞく 家族 家人
自	し ぜん 自然 自然
	じ ぶん 自分 自己
留	る す 留守 外出
	りゅうがく 留学 留學
頭	ず つう 頭痛 頭痛
	いっとう 一頭 一頭（牛、馬等大型動物的量詞）
文	もん く 文句 抱怨、牢騷
	ぶんがく 文学 文學
外	げ か 外科 外科
	がいこく 外国 外國

空	そら 空 天空
	から 空 空、空洞
日	はんにち 半日 半天
	へいじつ 平日 平日
興	きょう み 興味 興趣
	ふっこう 復興 復興
去	か こ 過去 過去
	きょねん 去年 去年
場	ば しょ 場所 場所、地點
	こうじょう 工場 工廠
台	だいどころ 台所 廚房
	たいふう 台風 颱風
男	じ なん 次男 次子
	だんせい 男性 男性
行	ぎょう じ 行事 活動、儀式
	こうどう 行動 行動
命	じゅみょう 寿命 壽命
	めいれい 命令 命令

生	たんじょう 誕生 誕生	間	にんげん 人間 人類
	じんせい 人生 人生		じかん 時間 時間
縁	ふち 縁 邊框、邊緣	平	へいわ 平和 和平
	えん 縁 緣分		びょうどう 平等 平等
物	ぶつり 物理 物理	米	べいこく 米国 美國
	かもつ 貨物 貨物		しんまい 新米 新手
下	じょうげ 上下 上下	人	じんせい 人生 人生
	かせん 下線 底線		にんき 人気 受歡迎
存	ほぞん 保存 保存	登	とざん 登山 登山
	そんざい 存在 存在		とうじょう 登場 登場
迷	まいご 迷子 迷路的孩子	国	ちゅうごく 中国 中國
	めいわく 迷惑 麻煩、打擾		こくみん 国民 國民
地	むじ 無地 素色	作	さぎょう 作業 作業、工作
	ちか 地下 地下		さくひん 作品 作品
治	せいじ 政治 政治		
	ちあん 治安 治安		
雨	あまど 雨戸 防雨門、木板套窗		
	おおあめ 大雨 大雨		

筆劃相似的漢字

料	りょうきん 料金 費用、收費
科	か もく 科目 科目
問	ほうもん 訪問 訪問
門	せんもん 専門 專業
案	あんない 案内 導覽、引導
安	あんぜん 安全 安全
由	じ ゆう 自由 自由
曲	きょくせん 曲線 曲線
汗	あせ 汗 汗
肝	きも 肝 肝臟（身體器官）
失	しつぎょう 失業 失業
矢	いっ し 一矢 一支箭
因	げんいん 原因 原因
困	こんなん 困難 困難
緑	みどり 緑 綠色
縁	ふち 縁 邊緣

援	おうえん 応援 加油
授	きょうじゅ 教授 教授
源	し げん 資源 資源
原	そうげん 草原 草原
側	うちがわ 内側 內側
測	そくりょう 測量 測量
輸	ゆ しゅつ 輸出 出口
輪	しゃりん 車輪 車輪
健	けんこう 健康 健康
建	けんせつ 建設 建設
情	じょうほう 情報 資訊、消息
清	せいそう 清掃 清掃
借	か 借りる 借（入）
惜	お 惜しい 可惜
歯	は 歯 牙齒
菌	さいきん 細菌 細菌
単	たん ご 単語 單字
草	そうげん 草原 草原

各	かくち 各地 各地	倍	にばい 二倍 兩倍
客	きゃく お客さん 客人	培	さいばい 栽培 栽培
待	きたい 期待 期待	小	しゅくしょう 縮小 縮小
持	いじ 維持 維持	少	げんしょう 減少 減少
複	ふくすう 複数 複數、多個	労	くろう 苦労 辛苦
復	おうふく 往復 往返	学	がくしゃ 学者 學者
到	とうちゃく 到着 到達、抵達	義	いぎ 意義 意義
倒	とうさん 倒産 破產	議	かいぎ 会議 會議
検	けんさ 検査 檢查	慢	じまん 自慢 自誇
険	ほけん 保険 保險	漫	まんが 漫画 漫畫
島	しま 島 島	特	とくちょう 特徴 特徵
鳥	とり 鳥 鳥	持	じさん 持参 帶來（去）
席	せき 席 座位	観	かんきゃく 観客 觀眾
度	たび 度 次數、次	勧	かんゆう 勧誘 勧誘、勧說
帰	きたく 帰宅 回家	係	かんけい 関係 關係
掃	そうじ 掃除 打掃	系	けいれつ 系列 系列
績	せいせき 成績 成績	効	こうか 効果 效果
積	めんせき 面積 面積	郊	こうがい 郊外 郊外

往	おうふく 往復 往返	幅	はば 幅 寬度
住	じゅうみん 住民 居民	福	ふく 福 福氣
像	そうぞう 想像 想像	問	がくもん 学問 學問
象	たいしょう 対象 對象	間	しゅうかん 週間 週間、一星期
若	わか 若い 年輕	例	れいがい 例外 例外
苦	にが 苦い 苦	列	ぎょうれつ 行列 行列、隊伍
純	たんじゅん 単純だ 單純	折	させつ 左折 左轉
鈍	どんかん 鈍感だ 遲鈍	析	ぶんせき 分析 分析
司	しかい 司会 司儀	級	ちゅうきゅう 中級 中級
可	かのう 可能 可能	給	じきゅう 時給 時薪
帳	つうちょう 通帳 存摺	名	めいじん 名人 名人
張	しゅっちょう 出張 出差	各	かくち 各地 各地
牛	うし 牛 牛	録	ろくが 録画 錄影
午	ごぜん 午前 上午	緑	りょくちゃ 緑茶 綠茶
編	あ 編む 編織	永	えいえん 永遠 永遠
組	く 組む 交叉起來、組織	氷	ひょうざん 氷山 冰山
土	つち 土 土壤	注	ちゅうしゃ 注射 打針
士	しき 士気 士氣	住	じゅうしょ 住所 地址

態	たいど 態度 態度
能	のうりょく 能力 能力

自動詞、他動詞

わら 笑う	笑 … 自動詞
	譏笑、取笑 … 他動詞
あつ 集まる	聚集 … 自動詞
あつ 集める	蒐集 … 他動詞
とど 届く	送達 … 自動詞
とど 届ける	送達 … 他動詞
やぶ 破れる	破、破損 … 自動詞
やぶ 破る	撕破、弄破 … 他動詞
さ 覚める	醒來 … 自動詞
さ 覚ます	喚醒 … 他動詞
お 終わる	結束 … 自動詞
お 終える	做完、結束 … 他動詞

も 燃える	燃燒 … 自動詞
も 燃やす	燃燒 … 他動詞
お 折れる	折斷 … 自動詞
お 折る	折斷 … 他動詞
ふ 振れる	震動 … 自動詞
ふ 振る	揮、搖晃 … 他動詞
わ 分かれる	分開、區分 … 自動詞
わ 分ける	區分、分類 … 他動詞
う 売れる	暢銷、好賣 … 自動詞
う 売る	賣 … 他動詞
ま 曲がる	轉彎、彎曲 … 自動詞
ま 曲げる	彎、折彎 … 他動詞
かたづ 片付く	整理好 … 自動詞
かたづ 片付ける	整理 … 他動詞
よご 汚れる	弄髒 … 自動詞
よご 汚す	弄髒、玷汙 … 他動詞
き 消える	熄滅 … 自動詞
け 消す	關掉、熄滅 … 他動詞

生_はえる	生、長 … 自動詞	枯_かれる	枯萎 … 自動詞
生_はやす	使……生長 … 他動詞	枯_からす	使枯萎 … 他動詞
割_われる	破裂 … 自動詞	合_あう	符合、適合 … 自動詞
割_わる	打碎 … 他動詞	合_あわせる	配合 … 他動詞
閉_とじる	關閉 … 自動詞	移_{うつ}る	轉移、移動 … 自動詞
	關閉 … 他動詞	移_{うつ}す	轉移、移動 … 他動詞
表_{あらわ}れる	表現 … 自動詞	離_{はな}れる	分離 … 自動詞
表_{あらわ}す	表現 … 他動詞	離_{はな}す	分開、隔開 … 他動詞
育_{そだ}つ	發育、成長 … 自動詞	過_すぎる	過去、經過 … 自動詞
育_{そだ}てる	培育、扶養 … 他動詞	過_すごす	度過 … 他動詞
伝_{つた}わる	傳達、流傳 … 自動詞	かかる	花費 … 自動詞
伝_{つた}える	傳達、轉告 … 他動詞	かける	花費 … 他動詞
混_まじる	混雜 … 自動詞	乾_{かわ}く	乾燥 … 自動詞
混_まぜる	混合、攪拌 … 他動詞	乾_{かわ}かす	曬乾、弄乾 … 他動詞
こぼれる	灑出、溢出 … 自動詞	間違_{まちが}う	弄錯 … 自動詞
こぼす	灑出、溢出 … 他動詞		弄錯 … 他動詞
降_おりる	下來 … 自動詞	間違_{まちが}える	弄錯 … 他動詞
降_おろす	使下車、降下 … 他動詞		

温まる （あたた）	暖和 … 自動詞	抜ける （ぬ）	漏掉 … 自動詞
温める （あたた）	加熱 … 他動詞	抜く （ぬ）	省略 … 他動詞
逃げる （に）	逃跑 … 自動詞	焼ける （や）	燃燒 … 自動詞
にがす	放跑、放掉 … 他動詞	焼く （や）	燒、烤 … 他動詞
加わる （くわ）	增加 … 自動詞	飛ぶ （と）	飛 … 自動詞
加える （くわ）	添加 … 他動詞	飛ばす （と）	使飛行 … 他動詞
身につく （み）	掌握、學會 … 自動詞	減る （へ）	減少 … 自動詞
身につける （み）	掌握 … 他動詞	減らす （へ）	減少 … 他動詞
隠れる （かく）	隱藏 … 自動詞	重なる （かさ）	重疊、反覆 … 自動詞
隠す （かく）	隱藏 … 他動詞	重ねる （かさ）	反覆、屢次 … 他動詞
延びる （の）	延長 … 自動詞	渡る （わた）	穿越、經過 … 自動詞
延ばす （の）	延長、推遲 … 他動詞	渡す （わた）	渡、交付 … 他動詞
たまる	儲存、積攢 … 自動詞	当たる （あ）	撞上、命中 … 自動詞
ためる	儲存、積攢 … 他動詞	当てる （あ）	撞、猜中 … 他動詞
ぶつかる	碰、撞 … 白動詞	回る （まわ）	轉動 … 自動詞
ぶつける	撞上、碰上 … 他動詞	回す （まわ）	轉動 … 他動詞
起きる （お）	起床 … 自動詞	冷える （ひ）	變冷、變涼 … 自動詞
起こす （お）	叫醒 … 他動詞	冷やす （ひ）	冰、冰鎮 … 他動詞

<ruby>流<rt>なが</rt></ruby>れる	流出、傳出 … 自動詞
<ruby>流<rt>なが</rt></ruby>す	沖走、使流動 … 他動詞

尊敬語

<ruby>言<rt>い</rt></ruby>う 說	おっしゃる
<ruby>聞<rt>き</rt></ruby>く 聽	お<ruby>聞<rt>き</rt></ruby>きになる
<ruby>尋<rt>たず</rt></ruby>ねる 詢問	お<ruby>尋<rt>たず</rt></ruby>ねになる
	<ruby>尋<rt>たず</rt></ruby>ねられる
<ruby>見<rt>み</rt></ruby>る 看	ご<ruby>覧<rt>らん</rt></ruby>になる
<ruby>食<rt>た</rt></ruby>べる 吃	<ruby>召<rt>め</rt></ruby>し<ruby>上<rt>あ</rt></ruby>がる
	お<ruby>食<rt>た</rt></ruby>べになる
<ruby>行<rt>い</rt></ruby>く 前往	いらっしゃる
	おいでになる
する 做	なさる

<ruby>来<rt>く</rt></ruby>る 來	お<ruby>越<rt>こ</rt></ruby>しになる
	お<ruby>見<rt>み</rt></ruby>えになる
	いらっしゃる
	おいでになる
<ruby>いる<rt></rt></ruby> 有	いらっしゃる
	おいでになる
<ruby>知<rt>し</rt></ruby>る 知道	ご<ruby>存<rt>ぞん</rt></ruby>じ
	お<ruby>知<rt>し</rt></ruby>りになる
<ruby>持<rt>も</rt></ruby>つ 擁有	お<ruby>持<rt>も</rt></ruby>ちになる
<ruby>会<rt>あ</rt></ruby>う 見面	お<ruby>会<rt>あ</rt></ruby>いになる
	<ruby>会<rt>あ</rt></ruby>われる
<ruby>着<rt>き</rt></ruby>る 穿	<ruby>召<rt>め</rt></ruby>す
	お<ruby>召<rt>め</rt></ruby>しになる
	<ruby>着<rt>き</rt></ruby>られる
<ruby>借<rt>か</rt></ruby>りる 借（入）	お<ruby>借<rt>か</rt></ruby>りになる
	<ruby>借<rt>か</rt></ruby>りられる
<ruby>読<rt>よ</rt></ruby>む 讀	お<ruby>読<rt>よ</rt></ruby>みになる
	<ruby>読<rt>よ</rt></ruby>まれる

言う 説	申す
	申し上げる
尋ねる 詢問	伺う
	お伺いする
	お尋ねする
聞く 聴	伺う
	拝聴する
	承る
見る 看	拝見する
食べる 吃	いただく
	ちょうだいする
行く 前往	伺う
	参る
する 做	いたす
いる 有	おる
知る 知道	存じる
	存じ上げる

持つ 擁有	お持ちする
会う 見面	お目めにかかる
	お会いする
借りる 借（入）	拝借する
読む 讀	拝読する

Memo

複習

將不容易背誦的單字記錄在表格中，
加強複習，方便在考前做最後衝刺。

複習

單字	讀音	解釋	頁碼
			p.
			p.
			p.
			p.
			p.
			p.
			p.
			p.
			p.
			p.
			p.
			p.
			p.
			p.

單字	讀音	解釋	頁碼
			p.
			p.
			p.
			p.
			p.
			p.
			p.
			p.
			p.
			p.
			p.
			p.
			p.
			p.

複習

單字	讀音	解釋	頁碼
			p.
			p.
			p.
			p.
			p.
			p.
			p.
			p.
			p.
			p.
			p.
			p.
			p.
			p.

單字	讀音	解釋	頁碼
			p.
			p.
			p.
			p.
			p.
			p.
			p.
			p.
			p.
			p.
			p.
			p.
			p.
			p.

複習

單字	讀音	解釋	頁碼
			p.
			p.
			p.
			p.
			p.
			p.
			p.
			p.
			p.
			p.
			p.
			p.
			p.
			p.

單字	讀音	解釋	頁碼
			p.
			p.
			p.
			p.
			p.
			p.
			p.
			p.
			p.
			p.
			p.
			p.
			p.
			p.

讀書日期： 月 日

單字	讀音	解釋	頁碼
			p.
			p.
			p.
			p.
			p.
			p.
			p.
			p.
			p.
			p.
			p.
			p.
			p.
			p.

單字	讀音	解釋	頁碼
			p.
			p.
			p.
			p.
			p.
			p.
			p.
			p.
			p.
			p.
			p.
			p.
			p.
			p.

複習

單字	讀音	解釋	頁碼
			p.
			p.
			p.
			p.
			p.
			p.
			p.
			p.
			p.
			p.
			p.
			p.
			p.
			p.

單字	讀音	解釋	頁碼
			p.
			p.
			p.
			p.
			p.
			p.
			p.
			p.
			p.
			p.
			p.
			p.
			p.
			p.

讀書日期： 月 日

單字	讀音	解釋	頁碼
			p.
			p.
			p.
			p.
			p.
			p.
			p.
			p.
			p.
			p.
			p.
			p.
			p.
			p.

單字	讀音	解釋	頁碼
			p.
			p.
			p.
			p.
			p.
			p.
			p.
			p.
			p.
			p.
			p.
			p.
			p.
			p.

 複習

單字	讀音	解釋	頁碼
			p.
			p.
			p.
			p.
			p.
			p.
			p.
			p.
			p.
			p.
			p.
			p.
			p.
			p.
			p.
			p.

單字	讀音	解釋	頁碼
			p.
			p.
			p.
			p.
			p.
			p.
			p.
			p.
			p.
			p.
			p.
			p.
			p.
			p.

複習

單字	讀音	解釋	頁碼
			p.
			p.
			p.
			p.
			p.
			p.
			p.
			p.
			p.
			p.
			p.
			p.
			p.
			p.

單字	讀音	解釋	頁碼
			p.
			p.
			p.
			p.
			p.
			p.
			p.
			p.
			p.
			p.
			p.
			p.
			p.
			p.

複習

單字	讀音	解釋	頁碼
			p.
			p.
			p.
			p.
			p.
			p.
			p.
			p.
			p.
			p.
			p.
			p.
			p.
			p.

單字	讀音	解釋	頁碼
			p.
			p.
			p.
			p.
			p.
			p.
			p.
			p.
			p.
			p.
			p.
			p.
			p.
			p.

複習

單字	讀音	解釋	頁碼
			p.
			p.
			p.
			p.
			p.
			p.
			p.
			p.
			p.
			p.
			p.
			p.
			p.
			p.

單字	讀音	解釋	頁碼
			p.
			p.
			p.
			p.
			p.
			p.
			p.
			p.
			p.
			p.
			p.
			p.
			p.
			p.

複習

單字	讀音	解釋	頁碼
			p.
			p.
			p.
			p.
			p.
			p.
			p.
			p.
			p.
			p.
			p.
			p.
			p.
			p.

單字	讀音	解釋	頁碼
			p.
			p.
			p.
			p.
			p.
			p.
			p.
			p.
			p.
			p.
			p.
			p.
			p.
			p.

複習

單字	讀音	解釋	頁碼
			p.
			p.
			p.
			p.
			p.
			p.
			p.
			p.
			p.
			p.
			p.
			p.
			p.
			p.

單字	讀音	解釋	頁碼
			p.
			p.
			p.
			p.
			p.
			p.
			p.
			p.
			p.
			p.
			p.
			p.
			p.
			p.

複習

單字	讀音	解釋	頁碼
			p.
			p.
			p.
			p.
			p.
			p.
			p.
			p.
			p.
			p.
			p.
			p.
			p.
			p.
			p.
			p.

單字	讀音	解釋	頁碼
			p.
			p.
			p.
			p.
			p.
			p.
			p.
			p.
			p.
			p.
			p.
			p.
			p.
			p.

破解 JLPT 新日檢 N3 高分合格單字書：考題字彙最強蒐錄與攻略

作　　者：金星坤
譯　　者：羅敏綺
企劃編輯：王建賀
文字編輯：江雅鈴
設計裝幀：張寶莉
發 行 人：廖文良

發 行 所：碁峰資訊股份有限公司
地　　址：台北市南港區三重路 66 號 7 樓之 6
電　　話：(02)2788-2408
傳　　真：(02)8192-4433
網　　站：www.gotop.com.tw
書　　號：ARJ001300
版　　次：2024 年 06 月初版
建議售價：NT$399

國家圖書館出版品預行編目資料

破解 JLPT 新日檢 N3 高分合格單字書：考題字彙最強蒐
錄與攻略 / 金星坤原著；羅敏綺譯. -- 初版. -- 臺北
市：碁峰資訊, 2024.06
面；　公分
ISBN 978-626-324-722-2(平裝)
1.CST：日語　2.CST：詞彙　3.CST：能力測驗
803.189　　　　　　　　　　　112022641